戦争を生きた先輩たち Ⅰ

平和を生きる大学生が取材し、学んだこと

監修 松野良一
Matsuno Ryoichi

中央大学出版部

はじめに
「戦争を生きた先輩」を、「平和を生きる後輩」が取材することで何が生まれたか

本書は、戦争の時代を生きた中央大学の先輩を、平和な時代を生きる中央大学の後輩（学部生）が、取材し執筆したものである。なぜ、このような本が生まれるに至ったかについて、最初に説明しておきたい。

二〇〇六年にゼミ活動の一環として、「私は島で考えた」をテーマにノンフィクションの取材、執筆実習を行った。その中で、ある学生は地上戦があった沖縄に行き、ある学生は旧海軍兵学校があった江田島に行った。そして、ある学生は特攻兵器「回天」の訓練基地・大津島へ行って取材した。そこで彼らが共通して思ったことは、「自分が戦前、戦中に大学生だったら、どうなっていたのだろうか」という疑問であった。

現代の大学生たちは、平和な時代に生まれ、平和な大学生活を送っている。彼らが生まれた時にはすでに、目の前に豊かな暮らしがあった。そして、今や「ゆとり教育世代」と呼ばれる平成生まれの若者が、大学に入学してきている時代である。

しかしながら、ひとたび六十数年前に思いをめぐらせるならば、大学生たちは繰り上げ卒業、学徒動員という形で戦場に駆り出され、最前線に送り込まれていったという歴史がある。当時、中央大学に学んでいた大学生たちも、その例外ではなかった。

平和な時代を生きる大学生たちにとって、戦争の時代を想像することは、なかなか容易ではない。しかし、もし大学生たちが、六十数年前にタイムスリップしてしまったと考えるならば、その運命は想像に難

▶野外での厳しい軍事教練を終えて帰校する学生（昭和一四年）。

くない。ある者は特攻機に乗って知覧から出撃しているかもしれない。ある者は、沖縄に水上特攻として向かう戦艦大和のデッキの上にいるかもしれない。また、ある者は、南方戦線のジャングルの中で、マラリアや餓えと闘っているかもしれない。

ゼミ生たちは、純粋な気持ちで、戦争の時代を生きた先輩たちの生の声を聞きたいと思った。それは、同じ大学の先輩と後輩という関係であるからこそ、戦争の時代というものを、追体験しやすいと思ったからだ。今の大学生と何が違い、何が同じなのだろうか。戦争とは、軍隊とは、平和とは、そして、生と死とは何か。当時を知る方々が軒並み八〇歳を超える高齢であることを考えると、これが最後のチャンスかもしれないと、ゼミ生たちは考えた。

二〇〇七年に入り、さっそく、戦争を体験した中央大学の出身者を探し出す作業を自主的に開始した。最初に、「特攻隊員とその遺族」を取材対象として調査を始めた。その結果、「神風特攻隊」に代表される「空の特攻隊」として戦死した先輩は、海軍一〇六名、陸軍一四名の計一二〇名。人間魚雷「回天」乗組員は二名確認できた。この合計一二二名という特攻戦死者は、他の大学のそれと比較しても多い方である。

さらに大学の卒業者名簿を手繰り、資料等をひもときながら、時にはインターネットという最新のメディアを駆使しながら、戦争を体験した大学の卒業生たちを探し続けた。学徒出陣して戦地に赴い

▶大学の中庭で軍事教練を受ける法学部学生。

た先輩たち、戦前に中央大学を卒業し招集された先輩たち、戦地から生還し戦後に中央大学に入学した先輩たち、さらに、女学校時代に戦争を体験し戦後初の女子大生となった先輩たちも探し出して、取材をお願いした。その結果、実に約二〇〇名の戦争を体験した卒業生、あるいは遺族の方々に連絡を取り、そのうち、ご健在でインタビューを受けることが可能な方々について取材させて頂いた。

「中央大学」という、細いけれども先輩と後輩にしか持ち得ない強い糸で結ばれた「縁」を頼りに、ゼミ生たちは全国を訪ね歩いた。そして、「家族にも誰にも話してはいないけれど、大学の後輩になら、話しておきたい……」と重い口を開き、戦争体験を初めて証言された先輩も多くいらっしゃった。その壮絶な体験を聞き、取材中に涙した学生も多かった。

この本は、戦争体験者による執筆でもなければ、聞き書きでもない。現役の学部生が戦争体験者である先輩たちを探し出し連絡するところから書き始め、先輩に直接会って話を聞き、そして、自らの心の変化も描くというルポルタージュの形を採った。その方が、この本を読む若い学生たちにはリアルで、理解しやすいと思ったからだ。

また、ほかにもいくつか期待があった。一二五年という歴史を持つ中央大学だからこそできる企画だという自覚を、学部生に持ってもらいたかった。そして、戦争体験者である先輩の証言を記録し後

▶昭和一六年一二月八日。中庭に集合し、開戦の報を聞く繰上げ試験中の学生。

世に残していくという重要な仕事をしているという自信をもってもらいたかった。さらに、平和な時代を生きている現役の学部生たちに、もう一度、生きる意味について考えてもらいたかった。

また、戦争を体験した先輩たちに、現在の中央大学の学生と交流してもらうことも、期待していたことの一つだった。約六〇歳という年齢差があり、そして、戦争の時代と平和な時代という決定的な違いがあった。しかし、「中央大学」という細い糸が、何かしら不思議な温かい交流を生み出し、大きな力を発揮してくれることを期待していた。

「戦争を生きた先輩」と「平和を生きる後輩」。その交流で、互いに何が変わるのか、何を得るのか。そこに、大きな関心を持った。そして、二〇〇七年四月から約三年余をかけて、調査、資料収集、取材、執筆を行った。その結果、三三名分をまとめて本として刊行できることとなった（巻Ⅰの本書に一七名分、巻Ⅱに一六名分）。

出版に当たり、改めて全体を読み通すと、企画は間違いではなかったと思う。後輩である学生にとっても、そして戦争体験者である先輩たちにとっても、取材を通した出会いが大変有意義なものだったことがわかるからだ。

特攻隊で戦死した穴澤利夫さんには、婚約者の智恵子さんがいた。特攻基地・知覧から智恵子さんにあてた最後の手紙に、こうあった。「智恵子。会ひたい、話したい、無性に。（中略）自分も負けずに朗

▶昭和一八年、浅草の料亭で開かれた学徒出陣学生の壮行会。

らかに笑って征く」。取材した女子学生は涙をこらえることができなかった。

沖縄地上戦で戦死した上村元太さんの妹さんは、取材した女子学生に「（あなたとの）出会いは、私にとって戦死した兄からのすばらしいプレゼントだった」と、手紙にしたためている。一方、手紙を受け取った女子学生は、上村さんが戦死した沖縄に出向き、戦死者が刻まれた「平和の礎《いしじ》」で上村さんの名前を見つけた。そして合掌し、妹さんとの出会いに感謝している。

また、名久井一二さんは、特攻隊であったと同時に戦後シベリア抑留という苦労を体験している。「シベリアでの強制労働は大変だったが、星空はきれいだった」という言葉が心にしみる。名久井一二さんは取材の最後に、こう語る。「もう一度二〇歳ぐらいに帰ってみたいって気持ちがあるね。戦争のない時代を生きたいなあ」と。そして名久井さんは、取材した男子学生に、外に行こうと誘う。二人が戸外に出ると、そこには満天の星が輝いていたという。

同じく元特攻隊員だった飯田誠さんは取材を受けた後、取材した女子学生に手紙を出している。その手紙には、軍隊生活、特攻隊、シベリア抑留、強制労働、粗末な食料のこと、多くの友人と恋人を亡くしたことや、横浜の自宅を焼失した悲しみが記されていた。そして最後に、「それが私の青春時代だったのです」とあった。この言葉は、平和な時代を生きる我々の心にずっしりと響いた。

ここで全員の話を紹介すると大変長くなるので、あとは実際に記録をお読み頂きたい。どれも読みやすく、理解しやすい。中央大学の先輩たちの壮絶な戦争体験を、何とか理解しようとする現役学生たちの体当たり的な熱い思いが感じられる。このプロジェクトを終えて、現役の学生たちは見違えるように成長した。加えて、大学の先輩あるいはご遺族等関係者の方々からも感謝され、この企画をやってよかったと、改めて思う。

学徒出陣、特攻隊、沖縄地上戦などのほかに、シベリア抑留、マレー戦線、ビルマ戦線、対馬丸沈没、広島での被爆、中国華北部のアナウンサー、徹底抗戦を叫ぶ航空部隊の反乱などを体験した先輩たちが、初めて証言している。まさに、後世に残されるべき渾身の証言録となっていると思う。

今回、取材に協力してくださった中央大学の戦争体験者の皆様、そして、学員会等関係各位に心よりお礼を申し上げます。

最後に、このプロジェクトは、中央大学が二〇〇三年四月から導入した全学部から選抜された学生で構成されるファカルティ・リンケージ・プログラム（FLP）・ジャーナリズムプログラムおよび総合政策学部松野良一ゼミの学生が中心となって行ったものである。取材、執筆は、ジャーナリズムの方法論に則って行ったことを記しておきたい。

二〇一〇年八月

中央大学総合政策学部教授　松野良一

目次

本文中に記されている取材者の学年及び証言者の年齢は、すべて取材当時のものです。

特攻隊員と婚約者

取材者 **小林可奈** ▼総合政策学部四年

×

証言者 **伊達智恵子** ▼穴澤利夫さんの元婚約者（取材時、八三歳）

・

戦死者 **穴澤利夫** ▼昭和一八（一九四三）年中央大学専門部法学科繰り上げ卒業、特攻隊員として昭和二〇年戦死

証言者の経歴

昭和一六年、上野の図書館講習所（筑波大学情報学群の前身である文部省図書館講習所）に入学。その後、実習先の東京高等歯科医学校（現在の東京医科歯科大学）の図書館で智恵子さんが実習生、中央大学の学生だった穴澤利夫さんがアルバイトという形で出会う。昭和二〇年三月に、穴澤利夫さんと婚約。

戦死者

穴澤利夫さん

取材日

平成一九（二〇〇七）年六月一一日、八月七日

はじめに

伊達智恵子さんは、穴澤利夫さんという婚約者を六二年前に、特攻隊で失った。当時の彼女は二一歳だったので、今の私と同い年である。同じ二一歳でも、智恵子さんが二一歳だった頃の人生経験の濃さと、今の私とでは大きな差があるような気がする。なぜなら私は、未だに身近な人の死に直面したことがないので、大切な人が亡くなるという想像が全くつかない。ましてや、自分の命を自ら犠牲にする特攻隊に、大切な人を送り出せる自信などない。当時私と同い年だった智恵子さんは、どのような思いで、戦争の時代を生き抜いたのだろうか。現代を生きる私には到底理解できないようなことかもしれないけれど、どうしても話を伺ってみたかった。

私が智恵子さんと最初にお話をしたのは、電話だった。緊張して声が小さくなっていた私とは逆に、智恵子さんの声は大きくてはっきりとしていた。中央大学の学生だと名乗ると、とても嬉しそうに、「利夫さんの後輩ね」と言ってくださった。私の緊張もすぐにほぐれた。会って話を聞きたい旨を話すと、二つ返事で日取りを決めてくださり、お会いできることになった。

1943（昭和18）年９月中央大学の学生服に身を包む穴澤利夫さん。中央大学にて。

こんなに簡単に智恵子さんにお会いできるとは、思ってもみなかった。私は嬉しくて、すぐに自分の手帳の六月一一日の所に予定を書き込んだ。その後、取材で智恵子さんの家へ伺った時、ほとんど何も書き込まれていないカレンダーの六月一一日の欄だけに「中央大学」と黒いペンで書かれていたのを見て、智恵子さんもこの取材で私に会えるのを心待ちにしてくれていたのかもしれないと思い、思わず顔がほころんだ。

私と智恵子さんとの出会い

六月一一日。私は自宅がある大泉学園駅から、伊達智恵子さんの家のある青砥駅まで電車を三回乗り換えて向かった。快晴とは言えない空模様だったが、ドアの近くに立ったまま車窓から外の風景を眺めた。青砥駅へと向かう京成線からは、隅田川や荒川、そしてどこまでも続いている住宅街を臨むことができる。途中に見える野球グラウンドからは、子供たちの元気な声が聞こえてきそうだった。こんなに長閑《のどか》なこの地も、かつては東京大空襲で焦土と化した無残な光景が広がっていたのだろうと、六十数年前のことをぼんやりと想像した。外の景色に見とれていると、すぐに青砥駅に到着した。改札を抜けると、買い物客で賑わう商店街が広がる。商店街を奥の方まで進むと、昔からあると思われる小さな店も軒を連ねていた。店員と客が世間話を楽しそうにしている様子は、なぜだか懐かしい気持ちにさせてくれる。その商店街を抜けるとすぐに住宅街があった。

智恵子さんの家はすぐに見つけることができた。しかし、家の前まで来ると緊張してなかなかインターホンが押せない。大きく深呼吸をしてから思い切ってインターホンを鳴らすと、すぐに元気な声で智恵子さんが現れた。電話で話した智恵子さんの元気そうなイメージそのものであった。そして、テキパキとした応対は八三歳とは到底思えない。利夫さんが卒業してから六五年後の後輩である私を、「よくいらしたわね。上がってちょうだい」と、大歓迎してくれた。

リビングに通して頂くと、目の前には飛行服を着た凛々《りり》しい表情の利夫さんの遺影が飾られていた。取材に訪れた私のために今日は飾っているということだったが、今日まで大切に写真を保存されていたのかと思うと、智恵子さんが利夫さんを思う気持ちは大変深かったことがうかがえる。写真は色褪せてしまっていたけれど、小さな赤い縁の写真立てにしっかりと入れられていた。そして、写真の中の利

戦死者経歴

昭和16年…中央大学専門部法学部に入学。

昭和18年９月…陸軍特別操縦見習士官の試験に合格し、中央大学専門部法学部を繰り上げ卒業。

昭和18年10月…特別操縦見習士官一期生として入隊。

昭和19年３月…熊谷陸軍飛行学校相模教育隊を卒業。台湾第十四武隊岩本隊に配属され、台湾へ。

　12月…第三振武隊に編成され、三重県亀山へ移動。

昭和20年３月…第三振武隊は、陸軍特別攻撃隊第十二振武隊に名前が変更され、宮崎県都城へ移動。その後、鹿児島県知覧へ移動。

　４月12日…鹿児島県知覧の飛行場から第二次航空総攻撃により、沖縄方面へ出撃し沖永良部島付近で戦死した模様。当時、23歳。

智恵子さんの部屋に飾られた利夫さんの遺影。一番のお気に入りの写真だそうだ。

夫さんが、今でも智恵子さんを見守っているようにさえ感じた。智恵子さんは、私が一息つくよりも先に「今日はお昼ご飯を用意したの」と言ってテーブルにサラダやパンなどを並べ始めた。私が遠慮していると、「戦争中は、食べ物が全然なかったでしょ。だから、若い人にはたくさん食べさせてあげたいの。たくさん食べてちょうだい」と言って、学生である私に大変良くしてくれた。智恵子さんは、戦時中に学生だった利夫さんと、現在学生である私の姿を重ね合わせているかのようにも見えた。

智恵子さんの恋愛観

食事を終えて、私がリビングの床に座ると同時に智恵子さんは自身の恋愛観を語ってくれた。

「今の女の人は、相手の都合や状況など考えずに、男の人をただ追いかけてしまうでしょ。それではだめよ。男の人は忠実に、女の人は男の人を許す大きさと賢さが必要よ。相手を痛めつけるのは、もったいないから互いを許し合うことが大切。好きな人には、何かしてあげられる時に、できるだけのことをしてあげること。そして、本当にお互い好きな人と結ばれて欲しいの」

智恵子さんの力強いこの言葉に聞き入ってしまった。戦時中、死に向かっての訓練を重ねていた利夫さんを支え続けたであろう智恵子さんの温かい言葉であった。そんな智恵子さんは、戦争中の利夫さんへの思いも語ってくれた。

「利夫さんが特攻隊で死ぬってわかっていても、私は結婚したいって思っていたのよ。特攻隊の訓練で辛い思いをしている利夫さんのために、死ぬ直前まで素敵な思い出を残してあげたかったの。あとはね、自分をせっかく好きになってくれた利夫さんのために、何かしてあげたかったの」

戦争中の智恵子さんは、利夫さんのことを一途に思い続けていた。「人を好きになる」ということは、まさに智恵子さんのような恋愛を指すのかもしれない。自分よりも相手のことを考えて、相手に尽くすということ。こんなにも一人の人間を愛することができる智恵子さんの純粋な気持ちが、羨ましかった。

―智恵子さんと利夫さんの出会い―

「それじゃ、本題に入りましょうか。何でも聞いてくださいね」。そう言うと、智恵子さんは、利夫さんと出会った日のことから順番に話してくれた。

智恵子さんが利夫さんと出会ったのは、昭和一六（一九四二）年、上野にある図書館講習所へ通っていた頃だった。利夫さんは智恵子さんよりも、二つ先輩だ。ある時、智恵子さんは利夫さんに呼び出されて告白をされた。最初は何のことかわからず、ただただ驚き、友達として二人の関係は始まった。その後、智恵子さんは利夫さんから二四、五枚に及ぶラブレターを受け取った。以下は、ラブレターの一部である。

煮凍へ　ともに箸さす　女夫かな　　召波

冒頭にこんな句をもって来て変ですが、山口誓子氏のこの句に対する評を一部書いて説明にかえます。

冬の日に老いた夫婦が食事をしている。ふたりとも直箸で煮凝りをつつき合いその箸を口にもっていっては、また煮凝りをつつき合っている。淡々たる情景ではあるが、愛情のきめは実に濃やかである。「愛情の冬」なのである「煮凝りの愛情」なのである……。

これだけで、僕のいおうとしている全部が、あなたに思惟出来るだろうか。ただこの句が僕の好きなもののひとつであり、そして愛情の極致はかような淡々たる中に無意識のうちに現れるものであることを言っておきたい。

利夫さんの美辞麗句のない率直な文章に智恵子さんは心を打たれ、交際することを決意したそうだ。この時、智恵子さんは、他にも美人な女の子がたくさんいたのに、なぜ利夫さんが自分を選んでくれたのか、未だにわからないという。しかし、私は常ににこにこ笑いながら楽しそうに話す智恵子さんの姿を見て、利夫さんが智恵子さんを選んだ

昭和16年７月、図書館講習所で出会った頃の智恵子さん（左上）と利夫さん（左下）。

理由が何となくわかったような気がした。

最初、智恵子さんは、利夫さんがどれだけ本気であるかがわからなかったため、交際するということに若干躊躇《ちゅうちょ》していたそうだ。しかし、昭和一八年八月、利夫さんが陸軍特別操縦見習士官を志願して受験した時に、当時軍国少女だった智恵子さんは国家のために生きる純粋な心を持った利夫さんに改めて惹かれたという。そして、この人にきちんと向き合おうと決意をした。戦時中は、国家に尽くすことが純粋で素晴らしいとされていたので、現代とはかなり異なる。命を犠牲にしてまでも国を守ることは、現代を生きる私には納得がいかない。しかし、何かに真剣に取り組む姿というのは、女性の目には今も昔も変わらず素敵に映るのかもしれない。二人の当時の交際はというと、家を行き来することはなく、喫茶店でお茶をする程度だった。ほとんど手紙のみで互いの心を通わせたそうだ。会える機会も少なかったため、戦後に利夫さんの友人を通して、利夫さんについて知ることも多かったという。六二年前の話を、まるで昨日のことかのように思い出して話してくれる智恵子さんは、戦争中の智恵子さんそのもののような気がした。

「あなたのマフラーになりたい」

智恵子さんは、窓際にある戸棚の中から利夫さんとの思い出の写真や手紙を、大切そうに取り出して見せてくれた。茶色く色褪せたそれらは、時が経ったことを感じさせたが、利夫さんの話をする智恵子さんの目はきらきらと輝いていた。手紙は、メールなどとは違い、一枚一枚に利夫さんの熱い思いが感じられる。所々強調したい部分には、赤鉛筆で点が打ってあった。智恵子さんにとっておそらくこの手紙が戦時中の唯一の楽しみだったのかもしれない。この手紙を何度も何度も読み返して利夫さんのことを考えていたのだろうと、私は思いを巡らせた。しかし、当時特攻隊については、たとえ家族にでさえも口外できなかったため、智恵子さんも手紙のやりとりなどから薄々は気づいていたが、利夫さんとは特攻隊の話をすることもなければ、手紙に書かれることもなかった。

智恵子さんが見せてくれた写真の中で、私の目に止まった一枚の写真がある。利夫さんが特攻隊員として知覧から出撃する直前の写真だ。彼の軍服の首周りだけ、他の隊員よりも膨れ上がっているのがわかる。聞くところによると、それは智恵子さんが渡したマフラーだった。

「あなたのマフラーになりたい」

マフラーになっていつでも利夫さんの近くにいたい。そういった思いを込めて、智恵子さんは、利夫さんに手紙を送ったことがあった。この言葉は智恵子さんなりには、利夫さんへのプロポーズの言葉だった。昭和一九（一九四四）年一二月、利夫さんの部隊が三重県亀山を拠点にしていた時、智恵子さんは会いに行った。その時に、利夫さんは手紙の言葉を受けて、智恵子さんが身に付けていたマフラーをそっと取って首に巻き、その四カ月後に知覧から出撃したのだった。智恵子さんを一途に思う利夫さんの姿が、六二年前の写真を通して痛いほど伝わってくる。おそらくこの写真を撮影した何時間か後に、利夫さんはこのマフラーと一緒に沖永良部島近くの海の中へと沈んだ。私は、利夫さんが死ぬ直前まで智恵子さんのことを考えていたと知った瞬間、全身に鳥肌が立ったのを感じた。現代に生まれていたら、絶対に二人は幸せになっていただろうに。お互いの想いにかかわらず、戦争は二人を引き裂いた。

同じく、智恵子さんが利夫さんにマフラーを渡した昭和一九年一二月、隊長の配慮により智恵子さんと利夫さんに一組の布団が敷かれた部屋が用意された。「いいのか」と利夫さんに言われた智恵子さんは、首を横に振ることしかできなかった。智恵子さんの気持ちを大切にした利夫さんは、訓練で疲れていたため、すぐに寝てしまった。智恵子さんは、利夫さんに触れることはなく一晩中見つめ、シューベルトの子守唄を歌い続けたという。決して男女の仲

1945（昭和20）年４月12日、知覧から出撃する直前の陸軍特別攻撃隊第十二振武隊。利夫さん（左から２番目）の首には智恵子さんのマフラーが巻かれている。

1945（昭和20）年４月12日、知覧の飛行場から女学生に見送られ出撃する利夫さん。

になることはなかったが、手紙でのやりとりを通して二人は強く結ばれていたのかもしれない。智恵子さんの気持ちを尊重した利夫さんの行動は、大変男らしいと感じた。

戦争中、双方の両親は、二人の結婚に反対していた。智恵子さんの両親は社会人と結婚することを望んでおり、利夫さんの両親は時期尚早だと反対した。智恵子さんも利夫さんも、両親に反対されても文通を続け戦争中も互いに支えあった。そんな二人がようやく両親の許しをもらい婚約したのは、利夫さんが知覧から出撃する約一カ月前だった。

智恵子さんの幸せは長くは続かなかった。

智恵子さんは利夫さんの話をしている時、自分に言い聞かせているかのように何度も何度も呟いた。

「私は、不幸だと思ったことは一度もないの。利夫さんと会ったことが幸せ」

飛行服に身を包む利夫さん。普段見せる表情とは違うと智恵子さんは言っていた。

智恵子さんは強がっていたのかもしれないが、満面の笑みで幸せだと話してくれた。兵役が義務の当時は、決して「戦争に行かないで」などという言葉は口にはできなかった。しかし、当時は、国を守るために命を落とすことは当たり前であったし、軍国少女だった智恵子さんも、利夫さんが特攻隊で出撃することは、当たり前だと思っていた。

そのため、智恵子さんは利夫さんとの幸せな結婚生活を思い描くよりも先に、利夫さんが国のために立派に死ねることを願った。戦争中は、国のために死ぬことは正しいと思っていた智恵子さん。悲しいことだが、当時はそれが当然のことだったという。戦争中の国家や軍隊の体制がなく平和な日本であったならば、智恵子さんと利夫さんは結ばれていたのかもしれない。

智恵子さんは、「戦争は二度と起きてはいけないと思うわ」と力強く最後に話してくれた。戦争を体験した方のこの言葉には、大変重みがある。

最後の手紙

智恵子さんが、利夫さんとの思い出の品で最も大切にしている物を、私に見せてくれた。戦後に智恵子さんが作った利夫さんの手紙や写真を貼っているノートの最後のページに、ひときわ大切そうに貼られて保管されていた。それは、利夫さんが知覧の基地で最後に智恵子さんに宛てた手紙であり、遺書である。この日を境に、二人の文通は終わった。以下は、利夫さんが出撃を待っていた知覧から、智恵子さんに宛てた最後の手紙である。一部引用する。

あなたの幸を希ふ以外に何物もない。徒らに過去の小義に拘る勿れ。あなたは過去に生きるのではない。勇気を持って過去を忘れ、将来に新活面を見出すこと。あなたは今後の一時々々の現実の中に生きるのだ。穴澤は現実の世界にはもう存在しない。

極めて抽象的に流れたのかもしれぬが、将来生起する具体的な場面々々に活かしてくれる様、自分勝手な一方的な言葉ではないつもりである。純客観的な立場に立って言ふのである。当地はすでに桜も散り果てた。大好きな嫩葉の候が此処へは直きに訪れることだらう。

今更何を言ふかと自分でも考へるが、ちょっぴり欲を言ってみたい。

一、読みたい本「万葉」「句集」「道程」「一点鐘」「故郷」

二、観たい絵　ラファエル「聖母子像」、芳崖「悲母観音」

三、智恵子。会ひたい、話したい、無性に。

今後は明るく朗らかに。

自分も負けずに朗らかに笑って征く。

昭二〇、四、一二

智恵子様

この手紙は、四月一六日に智恵子さんの下に届き、これを読み利夫さんが亡くなったことを知ったそうだ。気づけ

1945（昭和20）年４月12日、利夫さんが智恵子さんに宛てた最後の手紙。

ば私は、当時の智恵子さんの気持ちになりきって、何度もこの手紙を読み返した。そして、智恵子さんを思いながら亡くなっていった利夫さんを思うと、だんだんと目の前が涙でぼやけた。智恵子さんは、利夫さんに別れの挨拶をすることもできなければ、遺体を抱きしめてあげることもできなかった。智恵子さんの手元には手紙だけが残った。智恵子さんは、この手紙に対してこんなことを語ってくれた。

「利夫さんが死んだって知った時は、今で言うノイローゼになったのよ。「過去を忘れる」なんて書いてあるから、縁を切られたってすぐに思ってしまったわ。その時の心境はね、井戸の底にいて青空が見えても、決して上には上がる気がしないような感じだったのよ。感情がなくなってしまったの」

「できることなら、一分でも一秒でもいいからもう一度だけ、利夫さんに会いたいわ」

智恵子さんは、少し目に涙を浮かばせながらそう話してくれた。智恵子さんは利夫さんが亡くなってしばらく、この最後の手紙の意味を考えた。利夫さんを忘れて他の男性を好きになればいいのか、利夫さんを思い続けたらいいのか。智恵子さんは、今でもこの言葉の意味を考えているような気がした。答えがわかる日は来ないのかもしれない。

智恵子さんが、気持ちの整理をつけるのには一〇年かかったという。利夫さんにしてあげられなかったことを誰かにしてあげたいと思うようになったその頃、伊達さんというご主人に出会ったそうだ。結婚した後は、ご主人に断って利夫さんのお墓参りに行くこともあったという。ご主人が昭和四八（一九七三）年にすい臓癌《がん》で亡くなるまでに、智恵子さんは利夫さんにしてあげられなかったこと全てをご主人にしてあげた。足が不自由だったご主人のために免許を取って様々な場所へドライブにも出かけたという。

「主人には、やるだけのことをやってあげたわ。だから、主人への後悔は何もないの。でも、利夫さんには、会える機会も少なかったし、何もしてあげられなかった。それだけが、後悔」。智恵子さんは、何度も後悔していると私に向かって呟いた。そのため、戦後六二年経った今も利夫さんは夢に出てくるそうだ。それだけ、利夫さんに何もしてあげられなかったことが心残りのようだ。

智恵子さんの「青春」は、八三歳になった今も続いているのだ。

「私は、今でも青春だと思っているわ。利夫さんを思い続けている間は、死ぬまで青春」。そう力強く私の目を見て話す智恵子さんは、私よりも若く、そして輝いて見えた。

もしも利夫さんが現代に生きていたらどうしたいかを私は智恵子さんに聞いてみた。

「利夫さんの声は忘れてしまったけれど、もし急に電話がかかってきたら、絶対に利夫さんだってわかる自信があるの。何でかしらね。あとは、昔よく待ち合わせた御茶ノ水の駅へ一緒に行きたいわ。昔とあまり変わっていないから、あそこなら今待ち合わせても利夫さんもわかる気がする」。智恵子さんは、声を弾ませながら利夫さんのことを想像しながら話してくれた。

最後に

智恵子さんの心の中には、いつも利夫さんがいる。戦争中、飛行機雲が見えると「利夫さんだ」と思ったという智恵子さん。しかし最近、近所の子供たちに「見てご覧なさい。すぐに消えちゃうわよ」と、夕焼けに照らされて緑が金色に輝く飛行機雲を指差すと、「それがどうしたんだよ」と軽くあしらわれた。この時、決して首を上げない子供たちに、智恵子さんは驚いたという。「昔は、綺麗な景色は皆で見たものだったのよ」と語る智恵子さんは、悲しそうな目をしていた。

智恵子さんにとって、利夫さんを思い出させてくれるかけがえのない飛行機雲は、今の子供たちには何の意味も持たないようだ。戦争体験者から直接話を聞ける最後の世代の私は、この子供たちに利夫さんと智恵子さんの話をしてあげたくなった。戦争によって、家族や恋人を失う辛さや痛みを語り継いでいきたいと思った。戦争は、単純に人の命を奪うだけではない。勉強することや、大切な人と過ごす時間も容赦なく奪う。今は、勉強や恋愛、アルバイトなど好きなことは何でも自由にできる。何でもできる時代に生まれたからこそ、学生である私には何にでも挑戦して欲しいと、智恵子さんは言ってくれた。

陽が暮れた夕方六時頃、私は智恵子さんのお宅を出た。青砥駅は、会社や学校帰りの人々で賑わっていた。そんな中、空を見上げるとうっすらと飛行機雲が見えたような気がした。それは、今もなお、遠くから智恵子さんを見守る利夫さんだったのかもしれない……。

取材後記

「学生であるあなたには、一番気楽に何でも話せるわ」。取材の中で智恵子さんにこう言ってもらえた時が、一番嬉しかった。戦時中の体験が、テレビドラマや本になるなど、メディアからの取材を数多く受けていられる方だったので、最初は取材素人の学生を相手にして頂けるのかということに大変不安があった。しかし実際に智恵子さんに会うと、私を孫のように思って接してくれたり、戦争時代の背景など無知な私に丁寧に話してくれた。そして、特に智恵子さんが自身の恋愛観を語ってくださった時は、六二歳の年の差などは全く感じずに楽しく話すことができた。

取材後、智恵子さんから手紙が届いた。

「どんなことにも素直に遠慮なく意見が言えるのは学生の特権です」

戦争中とは違い、好きなことができる時代を生きる学生に、何にでも挑戦して欲しいという想いが込められていた。私は智恵子さんのこの言葉通り、今回の取材は学生であった今しかできないことだったと思っている。卒業を前に、学生として、そして戦争体験者から直接話を聞ける最後の世代として、「今しかできないこと」に取り組めたことを誇りに思う。

智恵子さんと取材者（右）。平成19年８月７日、智恵子さんの自宅で。

心の中で今も生き続けている兄

取材者 **宗廣鮎美**
▼総合政策学部二年

×

証言者 **山田美《み》彌《や》**
▼上村《うえむら》元太さんの妹（取材時、七四歳）

・

戦死者 **上村元太**
▼昭和一七（一九四二）年中央大学専門部法学科卒業、沖縄地上戦にて戦死

証言者の経歴
昭和八年生まれ。五人兄妹の末っ子で、元太さんの一三歳違いの妹。

戦死者
上村元太さん。

取材日
平成一九（二〇〇七）年七月一日、一〇月一〇日

取材を始めたきっかけ

私は「戦争」という言葉を聞くと、広島に原爆が投下されて真っ黒なきのこ雲がモクモクと空に昇っていく映像を思い出す。真っ黒なきのこ雲から黒い雨が降りそそぎ、この雨が有害であることを知らなかった数え切れないほど多くの人々が、雨にさらされて命を落とした。想像しただけでもぞっとする。

平成一九（二〇〇七）年八月六日、被爆地である広島は六二回目の原爆忌を迎えた。爆心地近くの広島市中区にある平和記念公園では、平和記念式典が毎年行われる。この式典では、原爆投下時刻の午前八時一五分に平和の鐘が打ち鳴らされ、参列者全員が一分間の黙祷を捧げる。

この日、私は朝から高校野球のテレビ中継を見ていた。すると突然、高校球児や観客が一斉に立ち上がりはじめた。そして、「一分間の黙祷を捧げましょう」というアナウンスとともに、サイレンが甲子園中に鳴り響いた。時計を見ると午前八時一五分だった。

高校野球に出場している球児たちの年齢は一六歳から一八歳。全員が平成の時代に生まれている。彼らはもちろん、彼らを生んだ両親もきっと戦争を体験していないだろう。体験していない戦争に対して、彼らはどのようなことを感じ、どのような想いを抱いているのだろうか。

広島に原爆が投下された八月六日は、私にとっては一年に一度の誕生日でもある。二一年前に生まれた私は、球児たちと同じく戦争を体験していない。昔から私の誕生日には決まって、『広島原爆投下から〇〇年』などの見出しからはじまる記事が新聞の一面を飾る。テレビのニュースは一日中、広島に落とされた原爆に関する話題で持ち切りになる。嬉しいはずの誕生日は毎年、新聞やニュースを見ると憂鬱な気分になる。

最近、防衛大臣による「原爆しょうがない発言」が話題になった。この悲惨な出来事を「しょうがない」と言い切ったことにびっくりした。しかもこの発言をしたのは、日本を守る防衛省の長だった。この無責任な発言で最も傷ついた人は、原爆で大切な人を亡くした遺族の方たちだと思う。まるで原爆投下を正当化しているかのようにも聞こえるし、戦争は「しょうがない」の一言で簡単に片付けてはならないと思う。

私は高校野球のテレビ中継を見ながら、小学校六年生の時に行った修学旅行のことを思い出した。私の小学校の修学旅行は、二泊三日で広島県と山口県に行くというのが毎年の恒例。広島へ行く目的は、平和学習をするためだった。修学旅行に行く前に、グループワークで事前に原爆について発表し合ったことを覚えている。

私たちはまず、広島平和記念資料館を訪れた。資料館には被爆者の遺品や被爆時の資料がたくさん展示されていた。どんなものが展示されていたのか、あまりはっきりとは覚えていない。だが、「怖い」と感じたことだけは今でもしっかりと頭の中に残っている。もし自分がこの時代のこの瞬間に広島にいたら……。そう思うと、全身に鳥肌が立って泣きそうになった。私たちはその後、小さな部屋に集まって体育座りをしながら、原爆体験者の方から当時のお話を聞いた。そのお話は小学校六年生の私たちにはとても衝撃的で、私を含めてクラスの子のほぼ全員が泣いていた。

お話を聞きながら私は、「八月六日に生まれた。だから、もしかしたら私は、広島の原爆犠牲者の生まれ変わりなのかもしれない」と真剣に考えたことを、今でもはっきりと覚えている。

この広島への修学旅行以来、あまり戦争について考える機会はなかった。だが大学二年生になった平成一九年の春、私は「戦争を生きた先輩たち」という企画に参加する機会に恵まれた。この企画は、私たちと同じ中央大学で学んだ先輩の中でも、実際に戦争に行かれた方や戦死者の遺族の方から直接お話を伺い、私たちが感じたことを記録に残すことが目的だ。八月六日に生まれたけれど、私は戦争について何も知らない。戦争について一度じっくりと考えてみたい。そう思い、私は取材を始めることにした。

山田美彌さんとの出会い

中央大学大学史編纂課の方のご協力により、私は山田美彌さんという方を紹介して頂けることになった。彼女は、『中央大学百年史』に掲載されている、中央大学出身で戦死者の上村元太さんという方の、実の妹さんだった。

取材の許可を頂くため、美彌さんに早速お電話をした。取材というものが初めてだった私は、取材を断られてしまったらどうしようと、かなり不安だった。ただでさえ、ご遺族にとって当時の話をすることはとても辛いことかもしれない。取材を断られる可能性は十分にあった。しかし幸

戦死者経歴

大正10（1921）年1月1日生まれ。兵庫県尼崎市出身。埼玉県大宮市で少年時代を過ごす。

昭和17（1942）年…中央大学専門部法学科卒業。

10月…同大学経済学部入学。

昭和18年1月10日…学徒召集により中部第三八部隊入営。

昭和20年4月21日…沖縄本島宜野湾方面戦において戦死。当時24歳。

運にも、美彌さんは取材を快く引き受けてくれた。受話器から聞こえる彼女の声はとても優しそうだった。いいお返事が頂けて、ホッと胸をなでおろした。また、取材日を決める際には私の大学の授業や試験の日程まで気にしてくださり、その優しさにとても心が温かくなった。美彌さんはご主人と神奈川県鎌倉市にお住まいということなので、鎌倉の自宅に呼んで頂けることになった。七月一日の午後一時にJR鎌倉駅の改札口で待ち合わせる約束をし、静かに受話器を置いた。

鎌倉にて

ついに七月一日になった。鎌倉駅から見上げた青い空には、雲がうっすらとかかっていた。日差しはきつくはないけれど、歩くと少し汗をかいたので、時折吹く風がとても心地よかった。これからいよいよ夏が始まるな、と感じた。

約束の午後一時になった。私は、美彌さん宅の電話番号しか知らなかったし、もちろん顔も知らなかった。駅の改札口には大勢の観光客がいたので、この中から彼女を見つけられるか不安になった。でも、そんな不安も束の間だった。かわいらしい年配の女性と、一瞬目が合った。もしかしてと思い、近づいてみると美彌さんだった。彼女もこの中から私を見つけられるか不安だったらしく、何だかお互い会えたことが嬉しくなって、「運命ですね」と言い合った。

鎌倉駅から歩いて美彌さんの家に向かう途中、彼女は何度も「あなたのお役に立てるかどうかはわからないわよ」と言った。私はこれから始まる取材に少し緊張しながらも、「いえいえ、こうしてお話を聞かせて頂けるだけでも十分です」と感謝の気持ちを伝えた。戦後六十数年も経った今になって突然、見ず知らずの学生が電話をかけてきて、戦争で亡くなられたお兄さんの話を聞かせて欲しいと言われ、

山田美彌さんの手元に残る、唯一の家族写真（左から、母、上村元太さん、山田美彌さん）。

かなりびっくりされたと思う。お兄さんと同じ大学に通っているというだけの学生を、家に上げて話をして頂けるなんて、私は本当に貴重な体験をしているなと実感した。二〇分ほど世間話をしながら歩いているうちに、家に到着した。

家に入ると、美彌さんが温かい紅茶を入れてくれた。向かい合わせに座って一緒に飲んでいるうちに、さっきまでの緊張が少しずつほぐれてきた。温かい飲み物は心を落ち着かせてくれる。一緒に飲みながら、彼女はお兄さんに関する資料や本を見せてくれた。それらに書かれていた元太さんについての情報を、メモに取らせて頂いた。

元太さんは大正一〇（一九二一）年に兵庫県尼崎市で生まれ、埼玉県大宮市で少年時代を過ごした。五人兄妹の次男で、一人の兄と二人の弟、そして一人の妹がいた。その妹が美彌さんだ。元太さんの兄は、元太さんが一五歳の時に病死してしまった。元太さんの父も、元太さんが一七歳の時に病死してしまった。そのため、次男である元太さんが父と兄の代わりとなって、母や弟妹たちの生活を支えるために国鉄の東京駅でアルバイトを始めた。アルバイトをしながら中央大学の夜間部へ通い、昭和一七（一九四二）年に中央大学専門部法科を卒業した。卒業後、中央大学経済学部に入学したが、学徒召集により戦争に行くことになった。「母と弟妹たちを残して死ぬわけにはいかない」と幹部候補生試験に落ちることを決意し、口頭試問で「戦争勝利は困難だ」と主張した。だが、その主張をしたことでかえって男気を買われてしまったのか、幹部候補生試験に合格してしまい、昭和二〇年四月二一日に、沖縄本島宜野湾方面の地上戦において二四歳の若さで戦死してしまった。

メモを取り終えてから私は、「美彌さんにとって、お兄さんはどんな方でしたか」と質問した。だが彼女からの返事は、「兄のことはあまりよく覚えていないのよ」だった。お兄さんのことをはっきりと覚えているのだろうと勝手に思い込んでいた私は、返ってきたこの言葉にかなり戸惑った。しかし、覚えていないのも無理はない。元太さんが戦争に行った頃、彼女はまだ小学校の低

軍服姿で友人と並ぶ上村元太さん（右）。

学年だ。小学校の低学年の頃のことを思い出せと言われても、私自身もすぐには思い出せない。しかも彼女は、私と違って戦争を体験している。戦争を体験した方にとって、当時のことを思い出すという行為は私が想像する以上にもっともっと辛いことなのかもしれない。しかし、戦争を体験していない大学生の私が戦争体験者の方から当時のお話を聞くことができるという機会は、この先二度とないかもしれないくらい、とても貴重で価値のあることだ。だから、どんなに小さなことでもいいから、彼女が当時体験したことや感じたことなどを聞きたいと思った。用意してきた元太さんに関する質問は控え、美彌さん自身のことについて教えてもらった。

山田美彌さんは昭和八年に生まれ、現在は七四歳。五人兄妹の末っ子で、次男の元太さんとは一三歳離れている。

「私の祖母も同世代だと思います」と言うと、「じゃあ、私にとってあなたは孫みたいなものね」と、彼女はにこっと笑いながら言った。その笑顔が私の祖母の笑顔と重なって見え、何だか急に懐かしくなって祖母と会いたくなった。

彼女には、戦前に病死した父と長男の兄の記憶が全くと言っていいほどないそうだ。さらに次男の元太さんは海を越えてはるか遠い沖縄で戦死してしまったし、母も戦後まもなく病死してしまった。三男の兄は引揚げで復員したものの、結核にかかっていて、母の後を追うかのように戦病死してしまった。残された四男の兄と美彌さんは、母方の叔父に引き取られることになった。その後、四男も病死してしまった。両親と四人の兄の死。何て壮絶な人生なのだろう、もし私が彼女だったら、と考えると泣きそうになった。私には両親も弟もいる。両親が働いてくれているおかげで、東京の大学にも進学できた。何か不安なことがあればすぐに両親が助けてくれるし、ささいなことでも相談に乗ってくれる。もしも両親が死んでしまったら、もしも弟が死んでしまったら、と考えただけでもぞっとする。家族がこの世からいなくなってしまったら、私は一体どうやって生きていけばいいのだろう。家族の死という現実を受け止めて、前に進むことができるだろうか。美彌さんが私にしてくれたように、自分の家族の死について見ず知らずの人間に話すことができるようになるには、もし私なら相当な時間がかかるだろうと思う。彼女もきっと、いろいろなことを考え感じた結果、こうして私に話すことができるようになったのだろう、と思った。

「一度だけ、兄と動物園に行った記憶があるわ。その時のことはあまり覚えていないけれど、とても優しかったと思うわ」と思い出してくれた。お兄さんとの思い出が全くないのかと思ったが、動物園に行ったと聞いて、何だかホッとした。

きけわだつみのこえ

『きけわだつみのこえ～日本戦没学生の手記～』という本が出版されている。この本には、日本の戦没学生たち七四人の手記が掲載されている。この本の中には元太さんの日記も掲載されていて、日記を撮影した写真がこの本の表紙にも使われている。元太さんの日記がこの本に掲載された経緯は、当時東京大学在学中の従兄から出版の計画を聞いた美彌さんが、お兄さんの日記全文を書き写して投稿したところ、採用されたのだそうだ。書き写した時のことを彼女は、「とにかく必死になって写したことだけは覚えているわ。兄の日記を本に残して、たくさんの人に読んでもらいたかったの」と語った。元太さんの日記はとても長い。しかも、彼女は当時中学生か高校生だ。全文を書き写すにはとても時間がかかったと思う。でも、「本に残してたくさんの人に読んでもらいたい」という思いが、彼女を必死にさせたのだろう。元太さんの日記には、次のようなことが書かれている。私がとても印象的だった部分を抜粋してみる。

『「生きたい」とこれほどまでに考えつつ、死に直面した時の苦痛は思いみるだに顔をそむけたくなるほどゾッとするものであろう。「生きて帰る」俺にはまだまだ山ほどの人生がある。いや俺ばかりではない。生きとし、生けるものすべてだ。それがみんな死の中で育ち、ほんものの死へ這入っていかなくてはならぬとは。「生ける屍」キザな言葉だが、この凡そ未来と希望をなげうっている言葉に、真実性があるのだろう。赤紙を受け取った後の俺がいまだに死を怖れ生活をおほほする（果《おお》す、あるいは生《おお》す、のいずれかと読みとれる）のは、莫迦げ切った話なのか』

『昨日一日と今引き続いて、一層の事自殺でもしたらとも思いたい。しかし母がいる、その母が一心に待ちわびているのに帰れるのに、運命の皮肉、人生の皮肉、幹部候補生にうかっているとは。泣いた、心から。今でも一人でいれば泣けてくる。後四年、小さい時から大嫌いだった戦争へ、なにを好んで四年間も五年間も。えい死んでみたい。母さえいなかったらおそらく昨日死を決意したかも知れなかった。生ける屍の生活

学生服を着た上村元太さん。真面目で優しそうな印象を受ける。

を後四、五年。社会へでられるのは三十の声を近くきくのか。皮肉、皮肉。しかもどんじりで合格しているとは。後ちょっと、点数でほんの一点かそこらで、運命は大きく動いてしまう』

『ああ後何年間か。その間、生を保たねばならぬとは。物心ついて、政治、経済、法律と、なまかじりながらやるうちに、軍部を思想上の最も下劣な敵と意識してより、「時は過ぎ行く」とは無駄に過ごした過去をくいる良心的なひびきと、運命の流れを歌った言葉のように思えるが、今の俺は、「時を過ぎいけ」と悲涙を流す。青春も、恋愛も、情熱も、すべてを犠牲にしてまで、も』

『鈍才の俺は今まで生きている。母者のために生きている。このThe end of worldともいうべき混乱期に母者は俺の帰る日まではと歯を喰いしばって、きっと昔の楽しい思い出にすがりつつ生活しているだろう。母よ、頑張ってくれ。不幸者だったかも知れないが、何時も何時も今では母者を忘れたことはない』

私はこの日記を読んで、元太さんは自分にとても正直な人だな、と感じた。この本にはたくさんの戦死者の方の日記が掲載されているけれども、「お国のために戦ってきます」、「戦争に必ず勝利してきます」のように、軍国青年らしい言葉が書かれているものが多かった。しかし元太さんの日記にはそのような言葉はなく、「生きて帰る」だとか、「後四年、小さい時から大嫌いだった戦争へ、なにを好んで四年間も五年間も」だとか、本音がそのまま書かれているように私は感じた。

美彌さんは私の目をしっかりと見ながら、「こうして日記が残っていることは、とてもすごいことだと思うの。よく軍隊の中で見つけられなかったわよね。身体検査もあっただろうにね。こうして日記に書かないと生きていられないくらい、苦しかったのだろうね」と言った。日記が軍隊の中で見つからずに、こうして六二年後も彼女の手元に残っていることは、本当にすごいことだ。彼女の言うとおり、元太さんは軍隊の中で学徒兵が決して口に出してはいけない言葉や本音を、せめて日記に書くことで必死に精神を落ち着かせていたのだろう。

私はこの本を、戦争を体験していない世代の人に読んでもらいたい、と思った。私のように戦争について何も知らない人でも、絶対に何か感じるものがあると思うし、戦争や平和について少しでも考えるきっかけになると思うからだ。

山田さん夫婦の沖縄旅行

美彌さんは平成八年の二月に、ご主人と沖縄旅行に出かけた。平成八年に建設される「平和の礎《いしじ》」に、沖縄戦の戦死者の一人として元太さんの名前が刻銘されるという連絡が入り、見に行くためだった。平和の礎は、沖縄県の南部の糸満市にある平和祈念公園の中にあり、沖縄戦で亡くなられた方一人ひとりの氏名が刻銘されている。

「沖縄に来るまで、兄の戦死について詳しいことは何も知らなかったの。沖縄で集団自決があったでしょう。もしそれに兄が関わっていたらと考えると申し訳ない気持ちで、沖縄の人に兄のことについて何にも聞くことができなかったのよ。でもね、平和の礎に行った後、沖縄県庁の平和推進課という所に連れて行ってもらったの。そこで兄の名前や戦死した日を伝えるとね、兄が戦死した場所を教えてくださったの。そして、兄は沖縄戦が始まる間際に沖縄に行ったことがわかったの。集団自決には関わっていなかった。沖縄に行って本当によかった」と彼女は言った。「集団自決に関わっていたかもしれない」という不安で、兄のことについて聞いて回ることができなかったと聞いて、私はとてもびっくりした。もし私が美彌さんだったら、集団自決に関わっていたかもしれないという不安よりも、兄についての詳細を知りたいという気持ちの方が上回ってしまうと思う。

「私は頭が悪くてよかった。もし頭がよかったら、いろんなことを考えたり感じたりして、自殺していたかも。あの頃は生きていくだけで精一杯だったわ」と、彼女はにこっと笑った。「頭が悪くてよかった」と言われたけれども、私には頭が悪いようには思えなかった。集団自決に関しても、いろんなことを考えたり感じたりしたと思う。見ず知らずの私にとても気を遣ってくださるし、他人に心配りができる、むしろとても頭のいい人だと思う。

「両親と三人の兄の死に目には遭っているけれど、二番目の兄の死に目には遭っていない。だから実感がないの。雑踏の中にいる時、突然ふっと目の前に兄が現れるんじゃないかと今でも思ってしまうの。今はそういうことは減ったけれども、昔は特にね」

山田美彌さんと取材者（右）。鎌倉を案内して頂いた時に、休憩で立ち寄った喫茶店にて。

私は美彌さんのこの言葉が、最も印象的だった。戦後六十数年が経った今でも、兄の死に実感がないために、美彌さんの心の中でお兄さんは今もなお生きている。戦争は、家族の見えない所でとてつもない数の学徒兵の命を奪った。お話の最中、何度も「こんな話、私の娘にもしたことがないわ」と彼女は言った。胸の中にそっとしまっておいたものを少しだけ見せて頂いたような気がして、何だか嬉しかった。

美彌さんからの手紙

家に帰ってすぐ、私は感謝の気持ちを手紙に書いて送った。すると数日後、美彌さんからの返事が届いた。まさか返事が頂けるとは思っていなかったので、嬉しくて何回も何回も読み返した。

　折角大切な時間と運賃をかけていらっしゃったのに、雑談ばかり多く、反省しております。でもこの出会いは、私にとって戦死した兄からの素晴らしいプレゼントだったと思って居ります。そして、私の心の中に兄が生きているのだと実感致しました。誠にありがとうございました。戦争のない時が、いついつまでも続きますよう、世界に平和を願ってやみません。又のお便りを楽しみにして居ります。鎌倉にいらっしゃる時は、必ず連絡してくださいね。

「戦死した兄からの素晴らしいプレゼント」と、私との出会いをそんなふうに思って頂けるなんて、思ってもみなかった。むしろ、思い出したくない辛い過去を、私が取材に行ったことで思い出させてしまって、ご迷惑をかけたと思っていた。だから、とても嬉しかった。私は美彌さんに、戦争について考えるとてもいい機会を与えてもらった。この貴重な経験は、私にとってかけがえのないものになった。また、「戦争のない時がいついつまでも続きますよう、世界に平和を願ってやみません」という彼女の言葉は、心の中にとても大きく響いた。私が世界の平和を願うのと、彼女が願うのとでは、言葉の重みが全然違う。戦争を体験し、かけがえのない家族という存在を失った彼女だからこそ、言葉に真実味があるように思う。私がこの取材を通して学んだことは、戦後六二年が経った今でも、遺族の方の心には、戦争によって亡くなられた方が今もなお生き続けているということだ。

沖縄への旅

美彌さんからお話を聞いて、私は小学校から高校までの歴史の教科書で学んだ表面的なこと以外には、戦争について何も知らないことを実感した。正直に言うと、歴史の授業はとても眠たかったし、ただ試験前に必死になって暗記しただけだった。元太さんは沖縄戦で亡くなられたが、歴史を知らない私は、沖縄戦ではたくさんの人が亡くなったこと、そして集団自決があったことぐらいしか知らなかった。歴史を知ることの大切さを痛いほど感じた。

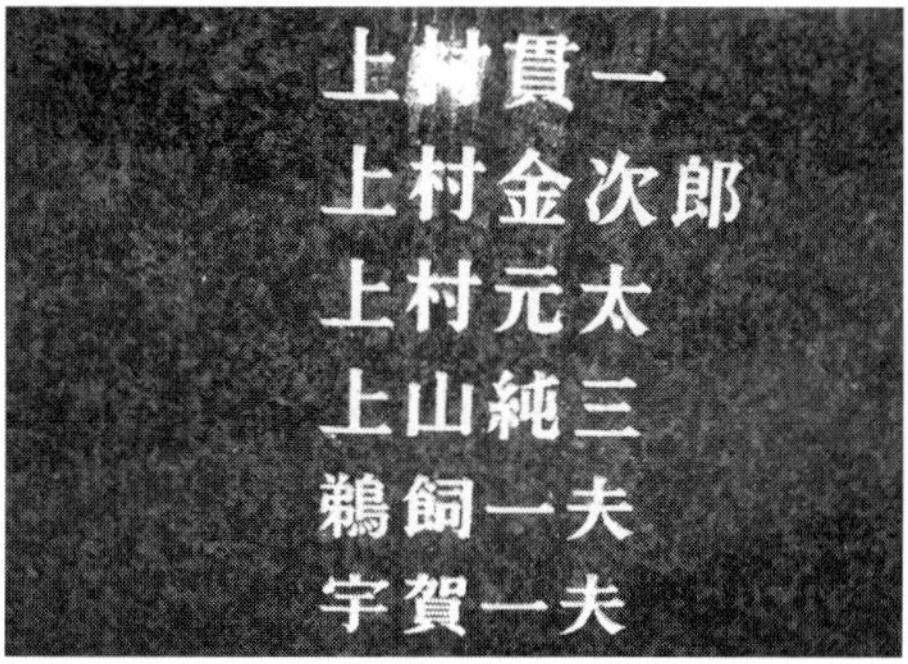

沖縄県糸満市にある平和の礎に刻まれた「上村元太」さんの名前。

「平和の礎に行って、元太さんの前で手を合わせたい」。強くそう思い、私は平成一九（二〇〇七）年一一月一日に沖縄へ出かけた。

那覇市内からバスに

乗って平和祈念公園に向かったが、外はあいにくの大雨だった。平日で、しかも大雨。きっと観光客はほとんどいないだろうと思っていたが、元気いっぱいの修学旅行生が大勢いた。この子たちも戦争を体験していない。今の小学生や中学生は、この場所で戦争について一体どんなことを考えたり感じたりするのだろう、と思った。

平和の礎はとても広く、たくさんの礎が建っていた。戦死者の名前を入れると刻銘されている場所を検索してくれる機械があることを教えてもらい、早速上村元太さんの名前を入力した。礎には、出身都道府県ごとに戦死者の名前が刻銘されていた。やはり沖縄戦だけあって、沖縄県出身者が礎の半分以上を占めていた。元太さんの名前は、三重県出身者の一人として刻銘されていた。

「上村元太」と刻まれている礎の前にしゃがみ、ゆっくりと目を閉じて手を合わせた。そして、「元太さん、はじめまして。私は元太さんがかつて通われていた中央大学に通っている者です。私を美彌さんと出会わせてくれて、本当にありがとうございました。美彌さんは、とても優しくて心配りの細やかな、素敵な方です」と伝えた。

その後見学した平和祈念資料館で、大きな文字で展示されている次の文章に出会い、私は立ち止まって心の中で読み上げた。

『沖縄戦の実相にふれるたびに、戦争というものはこれほど残忍で、これほど汚辱にまみれたものはない、と思うのです。このなまなましい体験の前では、いかなる人でも戦争を肯定し美化することはできないはずです。戦争をおこすのは、たしかに人間です。しかしそれ以上に、戦争を許さない努力のできるのも、私たち人間ではないでしょうか。戦後このかた、私たちはあらゆる戦争を憎み、平和な島を建設せねば、と思いつづけてきました。これが、あまりにも大きすぎた代償を払って得た、ゆずることのできない私たちの信条なのです』

これからまた、美彌さんに会いに行こうと思う。

六四年前の学生帽

――特攻隊員だった先輩

取材者　**板倉拓也**
▼法学部二年

×

証言者　**神原　崙《たかし》**
▼昭和二三（一九四八）年中央大学専門部経済学科卒業、元特攻隊員（取材時、八三歳）

証言者の経歴

昭和一八（一九四三）年…中央大学専門部経済学科入学。

昭和一九年…学生生活中途で陸軍特別操縦見習士官を志願し、採用される。国内で数カ月訓練した後、昭和二〇年二月、北朝鮮に渡り、温井里で終戦を迎える。同年一〇月、舞鶴引揚第一船、雲仙丸で帰国し、昭和二二年、中央大学に復学する。

取材日

平成一九（二〇〇七）年六月二四日、八月六日

舞鶴へ

平成一九（二〇〇七）年六月、私は新宿で夜行バスを待っていた。行き先は京都。目的はひとつ、中央大学のある先輩に会うことだった。

四月、戦争を経験した中央大学の先輩に取材をするというプロジェクトが発足した。考えてみれば、私は戦争体験者の話を聞く機会が少なかった。そのせいか、「戦争」という言葉は、学校やニュースでよく耳にしても、自分の中で漠然としたイメージしかわかない。実際に戦争体験者、それも私と同年代の頃に戦地へと赴いた人の話を聞きたい。そう思い、このプロジェクトに参加した。そこで紹介された人が、今回、私が京都に会いに行く中央大学の先輩だった。

新宿の街は、ネオンで光り輝いていた。六十数年前、誰がこの街の今の姿を想像しただろう。サラリーマンは急ぎ足で駅の構内へ入って行き、カップルは腕を組んで駅前をゆっくり歩いていた。見る人が見れば、平和ボケと言われてしまうのだろうか。当たり前かもしれないが、そこにいる誰もが、戦時中のことなど頭の片隅にもないようだった。

そんなことを考えていると、バスが来た。夜行バスは初めてだった。見知らぬ人と狭い車内で一晩を過ごすことに違和感を覚えながら、その日は、カーテンの隙間から、行き交う車のヘッドライトを見ているうちに眠りについた。

翌日、目が覚めると、もうすでに京都に着いていた。京都駅前で降りて、朝食を食べた。私が会いに行く先輩が住んでいるのは、舞鶴というところだった。京都駅から鈍行列車で三時間ほどかかる。朝食を済ませると、すぐにまた長旅の始まりだった。

京都駅から離れれば離れるほど、田んぼや山の風景が広がるようになった。慣れない長距離移動で頭がぼんやりとしていたせいか、車窓を流れるみずみずしい緑を眺めなが

軍隊時代の神原さん。

舞鶴の海。

ら、まるで自分が六十数年前にタイムスリップしたような感覚に陥った。

電車を二回ほど乗り継いで、東舞鶴駅に到着した。その日は舞鶴引揚記念館の見学に行く予定だった。休む間もなくバスに乗り、記念館を目指した。峠を上って行くと、目の前に海が広がった。海を見た瞬間、「岸壁の母」が頭に浮かんだ。岸壁の母とは、戦後、舞鶴の港で安否のわからない息子の帰りを待ち続けた女性である。結局、息子が帰ってくることはなかった。そして、息子の安否すらわからないまま、彼女は他界した。彼女はこの海に向かい、何を思って息子の帰りを待ち続けたのだろうか。眼前に広がる日本海はとても青く、そして悲しい色をしていた。

引揚記念館では、引揚者やシベリア抑留体験者の遺品などが展示されていた。多くが、戦後国外で苦しんだ人々のものだった。戦争が終わっても苦しみ続けたのだろう。決して終戦日が戦争の終わりというわけではないと感じた。きっと、まだどこかで、「戦争」と戦い続けている人もいるのだ。

二時間ほどで見学を終え、ホテルへ行った。疲れていたので、その日はすぐに眠りに落ちた。

取材開始

翌日の六月二四日、私は再び引揚記念館に向かった。そこが先輩との待ち合わせ場所となっていたのだ。彼はその記念館で、「舞鶴引揚語り部の会」の一員として、ボランティア活動を行っていた。私が受付で係員の人に挨拶をしていると、展示室の方から笑顔で一人の男性が歩み寄ってきた。今回、私がお話を聞く中央大学の先輩、神原崙さんだ。背筋も伸びていて、口調もしっかりしている。とても八〇歳を超えるご高齢には見えなかった。挨拶をすると、「よう来たな」と言って、早速応接室に案内してくださった。

軽く談笑した後、神原さんは中央大学に入学するに至った経緯を話してくださった。舞鶴で生まれ育った彼に、中央大学に対する憧れを抱かせたのは、実家にあったひとつの学生帽だった。それは、父親が中央大学の夜間部に通っていた頃の学生帽だった。その学生帽を見て、ただ漠然と中央大学に魅かれたという。

　そして猛勉強の末、見事、中央大学専門部経済学科に合格した。彼は、中央大学に入学した時の写真と、当時の学生帽を持ってきてくれていた。私は、まさか当時の学生帽がまだ残っているとは思ってもみなかった。

　写真の中の彼は、誇らしげに学生帽を被っていた。古びた白黒写真の中の人物が今、目の前にいる。私は改めて六〇年の歳月を感じた。

　そして、彼はその学生帽を触りながら、学生生活の思い出を楽しそうに語ってくれた。その笑顔は、写真の中の笑顔とまったく一緒だった。

二〇歳の決断

　昭和一八（一九四三）年四月、神原さんは中央大学に入学した。中央大学の正門から二軒隣が下宿先で、そこには早稲田大学や明治大学などの学生もいたという。「学生時代は、夜の討論会が一番楽しかった」。彼は、その頃の思い出ひとつひとつを振り返るようにそう語った。毎晩のように下宿先の友人と討論会を開いていたという。その内容は、哲学の話題から政治経済の話題まで、多岐にわたるものだった。討論会のために、皆必死で勉強したという。

神原さんが被っていた学生帽。

　神原さんは、心の底から中央大学を誇りに思い、愛している。私が、今は学生帽がないことを言うと、本当に残念がり、「学生帽を被って大学に行ってほしい」と言った。なぜ卒業して六〇年以上も経つのに、未だにそんなに中央大学を愛せるのだろうか。彼はその理由を、「中央大学が私に勉強する場所を与えてくれたから」と語った。

　当時大学に行けるのは、ほんの一握りの学生だけだった。その中でも、東京の私立大学は、みんなの憧れの的だったという。しかし、念願の中央大学に入学したにもかかわらず、なぜ特攻隊員となる決意をしたのだろうか。ここまで話を聞いて、私はそれを疑問に感じずにはいられなかった。

　彼が学生時代、一番楽しかったと語った討論会。そこでは、戦争について熱く語る夜もあった。

「この戦は負け戦だ」と主張し、「徴兵されるのは仕方なくても、なるべく安全なところに行きたい」と話す学生もいたという。しかし、その中でも神原さんは特攻隊員になる決意をしていた。もちろん、討論会ではそれに反対する意見もあった。だが、その決意が揺るぐことはなかった。

「軍隊に入った時点でいつどんな死に方をするかわからない。自分の死に様をどこに見出すか、いつも考えていた」

そして、彼が最終的に下した結論、それが特攻隊だった。自分がいつ、いかにして死ぬか。誰もがいつかは考えなければならないことかもしれない。しかし、それを二〇歳そこらの青年が真剣に考えるのは、あまりに早すぎはしないだろうか。本来なら将来に希望を持つべき青年たちが、自らの死について考えなければならなかったことを思うと、やりきれない気持ちになった。

中央大学駿河台キャンパス内で。

「学生時代は、心のどこかでいつも自分の死に場所を考えていた」

取材中、何度もこの言葉を耳にした。特攻隊員になる前から、死は神原さんのすぐ身近にあったのだ。常にこんなことを考えていたのだから、彼は自分が特攻隊に入ることを割とすんなりと受け入れることができたのかもしれない。そして私は、その言葉を聞くたびに気持ちが沈んでいくのを感じた。それは、六四年前の大学生と今の大学生があまりにもかけ離れていて、両者の共通点はまったくないように感じられたからだった。

しかし、国のために自らの命を犠牲にすることが、彼にとっての最善の死に方だったのだろうか。それに関しては、どうも腑に落ちなかった。私がそんなことを考えていると、神原さんは私の思いを見透かしたかのように強い調子でこう言った。

「特攻隊に入るのは国のためでも天皇陛下のためでもなかった。それは、両親や兄弟、姉妹、恋人、そして故郷を守るためだった。自分が行かないと誰が行くんだ。僕が逃げたら誰が守るんだ」

まるで、戦争映画のワンシーンのような台詞だった。ただ、その言葉は映画よりはるかに私の心に響いた。それは、その言葉が彼にとって、まぎれもなく本心だったからに違いない。自分のことよりも先に家族のことを考えていたという言葉は、単なる自己美化でも欺瞞でもなく、彼が心の底から思っていたことだった。

彼は両親や兄弟のために特攻隊員となる決意をした。それは、両親や兄弟のために自分の命を犠牲にする決意をしたと言っても過言ではない。格好をつけるでもなく、素直にそう思えることが、すごいと思った。果たして、今の大学生に、心の底からそう思える人々はどのくらいいるのだろうか。

平和な時代を生きる私たちにとって、戦争や特攻隊を批判するのは簡単なことかもしれない。しかし、まず、私たちにそれを言う権利があるのだろうか。頭の中で自問自答したが、答えは出なかった。

特攻隊員となる決意をした彼だが、絶対に反対されるからという理由で、両親にはそれを話さなかったという。そして昭和一九年、陸軍特別操縦見習士官に合格する。それから入隊の前に、初めて両親に特攻隊に志願することを打ち明けた。母親は泣き崩れ、父親は一言もしゃべらなかった。神原さんが、二〇歳の時のことだった。二〇歳といえば、今の私とほぼ同じ歳である。二〇歳で自らの命を犠牲にする決意をした彼は、大学生である前に軍人であったのではないかとさえ思えた。

生きた証

両親に特攻隊に志願することを打ち明けた後、舞鶴の実家に残していったものがある。「自分という人間がこの世にいたという証を残したかった」と彼は語った。ひとつは、紙に包んだ自分の遺髪。そして、もう一つは、中央大学の学生帽だった。それは、彼にとっての憧れであり、誇りであり、彼が生きていたという最大の証だった。

また、彼は、特攻隊に志願して入隊する前に、友達と箱根に旅行に行ったという。それは、わずかながらも学生時代を共にした友との別れの旅であり、見納めであった。

「お金もないのに箱根に行って、友達と女の子のこととかしゃべっとった。特攻隊とかのことについてはまったく話さんで、平凡な話ばかりしてたよ」

まるで昨日のことを思い出すかのように笑いながらそう

語った。この二人は、おそらく永遠の別れになるだろうということを思って、あえて死のことを口にしなかったのかもしれない。しかし私は、この話を聞いて少し安心した。それは、約六〇年前の大学生の中に、自分と共通する部分を垣間見た気がしたからだった。

入　隊

入隊後、神原さんは那須高原の金丸ヶ原でグライダーによる滑空訓練を二カ月行い、その後、宇都宮陸軍飛行学校の壬生《みぶ》飛行場にて、初級複葉練習機「赤とんぼ」で同乗飛行から単独飛行、特殊飛行、そして編隊飛行訓練を約六カ月行った。大学生が軍人となり、飛行機を操縦するということ。一体その時、何を思い操縦桿を握っていたのだろうか。

「早くうまくなりたい一心だった。家族のこととかはあまり考えなかったな。当時の学生は、何に対してもみんな一生懸命やったんよ」

そして、その後こう付け足した。

「家族との面会があった次の日は、訓練中に事故で死ぬ人が多かったな」

私は最初、その言葉の意味がわからなかった。

詳しく話を聞くと、それは、家族と会うと安心して気抜けするから、訓練中の事故が多かったという意味だった。私は言葉を失った。家族の前では国のための兵士も一人の子どもに戻る。しかしそれでは軍隊の一員としてやっていけないのだ。戦争とは、親や兄弟との絆をも、いとも簡単に断ち切ってしまうものなのだ。

神原さんは、部隊の集合写真を見せてくれた。それは、全員大学を繰り上げ卒業、または中退して特攻隊を志願した人たちが集まった部隊だった。写真を見て、違和感を覚えずにはいられなかった。写真の中の、私と同世代の特攻隊員たちは、皆笑顔なのだ。近い将来の死を約束されたともいえる特攻隊で、なぜ笑えたのだろうか。

「みんな死ぬことは覚悟しとったから」

彼はぽつりとそう呟いた。

昭和二〇（一九四五）年二月、神原さんは朝鮮半島に渡り、海州飛行場で一式単葉攻撃機「隼」の訓練を三カ月行い、その後温井里《おんせいり》飛行場へと向かった。学生時代は天国だったと語るほど、軍隊生活は厳しいものだった。起床後五分以内に完全軍装で外に整列しなければならなかった。何をするにも連帯責任で、誰かひとりがミスをすれば自分も殴られた。

部隊の仲間との集合写真（左端が神原さん）。

その中でも、一番辛かったのは仲間が死んだ時だった。彼が所属していた部隊には、出撃命令こそ出なかったが、訓練中に多くの仲間が死亡した。

「訓練中に仲間が死んだ時は、夜そいつの寝床にろうそくを立てて、就寝時間が来てもずっと見とった。ろうそくの火を見てると、もうたまらんかったな」

人が死んでいくのが、ただただ、悲しくて、次は自分かもしれないと思ったという。間近で見る仲間の死。もしかしたら、彼が戦争というものの現実を噛み締めたのは、その時だったのかもしれない。

こうした厳しい軍隊生活を送っていた神原さんだが、夜は同じ特攻隊員の仲間と語り合ったという。話す内容は皆同じで、もし生き残って日本に帰ったら、軍隊には絶対関わらないというものだった。私はまさか特攻隊員たちがそんな話をしていたとは思ってもみなかった。自ら特攻隊員となった彼らの考え方はなぜ変わったのだろうか。厳しい軍隊生活に耐えかねたのだろうか。それとも、仲間の死を通して本当の戦争の恐ろしさを感じたからなのだろうか。

彼はその理由を、次のように語った。

「私のチームは皆学生だったから、皆と過ごすうちに学生としての心が再び芽生えてきた。やっぱり学生やったんやな」

軍国青年だったにもかかわらず、また大学に戻り勉強がしたかったと語り合っていた彼らに思いを馳せると、心の中に熱いものがこみ上げてくる感じを覚えた。もしかしたら、今日一番私が聞きたかったのはこの言葉かもしれないとさえ思った。何もかもを引き裂いてしまう戦争の中でも、彼らの心の中には「学生」という誇りが強く根付いていた。彼らは軍人である前に、大学生だったのだ。

引揚

終戦後の八月二二日、急遽軍刀を持って裏山に集合の命令が出た。自決だと思った。死が頭をよぎったという。しかし、予想に反し、隊長の判断は、「無駄死にはせずに降伏して、国家の再建をする」というものだった。その時三つの道が考えられていた。ひとつは自決であり、ひとつは満州で馬賊になることであり、そして最後のひとつが、降伏することであった。

神原さんは、「日本の未来を背負う学生たちやから、隊長も私たちを無駄死にさせるようなことはせんかったんやないやろか」と語った。私は、敗戦で失望のどん底にあった日本を再建しようとした彼らに思いを馳せた。彼らがいたからこそ、現在の日本がある。そして、これから日本の未来を担うのは、私たち学生だ。最後は国の将来を背負う。これは、戦時下の学生も、今を生きる学生も、同じことだと思った。

昭和二〇（一九四五）年一〇月に、神原さんは引揚船第一船「雲仙丸」で帰国する。運命的にも、その到着場所は、彼が生まれ育った舞鶴の港だった。

「日本に帰ったら北海道の自然の中でのんびりと酪農をしたかった」

笑いながら、当時描いていた夢を話してくれた。また、彼は引揚を、「命再確認の日だった」と言った。それは、学生時代から常に頭のどこかにあった、「自分の死」という哲学的命題が、消え去った瞬間だったのかもしれない。

港に降り立った時、嬉しさのあまり地面をこぶしで叩いて喜んだ。もう二度と帰ることができないと思っていたわが家への道中、やはり一番心配だったのは実家の状況だった。家に着くと、母親は「夢やないやろか」と、泣きながら顔を撫で回してきたという。軍人から、ひとりの子どもへと戻った彼の姿を想像し、私も自然と笑顔になった。

神原さんはその後、中央大学に復学する。入隊前に実家に置いていった学生帽は、変わらず本棚の上に飾ってあった。

六四年前の学生帽

あまりに多くの人々の命を奪った戦争の中で、特攻隊員だった神原さんが生き残ったのは、ある意味奇跡的だったのかもしれない。

「最初は、自分が生き残ったことが本当に申し訳なかった。だけど、次第に自分が生き残ったのは運命なんだと思うようになった。自分はこの戦争を後世に伝えるために生かされたんだ」

彼は現在、ボランティアで戦争の歴史を後世に伝える活動を行っている。

「自分が死ぬ時は、その使命を全うした時だと思う」

笑ってそう言った。辛い戦争を経験しても、今なお彼がこんなに元気な理由がわかった気がした。

約六時間にもわたった話の中、彼は何度「そんな時代や」と呟いただろう。教育、思想、世界情勢、確かに平和な今と六十数年前とでは違うものが多すぎる。今の学生と当時の学生の間に、共通点を見つけようとすること自体、難しいことなのかもしれない。しかし、彼が「やっぱり学生やった」と語るように、彼は軍人である前に、私たちと同じ学生だったのだ。当たり前のことかもしれないが、それを確信できたことは大きい。もし私たちが六十数年前に生まれていたら、「隼」の操縦桿を握っていたのは私かもしれないし、回天で敵艦に突っ込んでいったのは友達だったかもしれない。大学生が戦争に行くということは、そういうことである。

かつて「形見」となるはずだった中央大学の学生帽は、今も彼の手元にある。その学生帽は、彼の誇りであり、青春時代の象徴であった。私にとっての「学生帽」は何だろう。私だけでなく、今を生きるすべての学生にとって、形は違えども、それはどこかにあるはずだ。しかし、それが再び「形見」となるようなことがあってはならない。

六四年の歳月が経ち、くたくたになった学生帽を手にし、強くそう思った。

取材後記

取材を進めていく中で、神原さんは何度も、「今の学生にはわからんと思うけど」と呟いた。それは、半ば私たちに戦争の悲惨さを伝えることを諦めているようにも感じられた。

思想・教育・世界情勢、今と六十数年前では、違うものが多すぎる。おそらく、今回、私が話を聞いて感じた戦時中の悲惨さなど、彼らが実際に経験した、本当の悲惨さに比べれば、微々たるものだろう。しかし、神原さんは、「だからこそ、今の学生が僕らの話を聞いてどう思うか知りたい」とおっしゃった。

神原さんと取材者（右）。

戦争を経験した人々の話を聞いて、今を生きる私たちが、私たちなりの戦争、そして平和に対する思考を残す。そこから、戦争を経験していないからこそ考えられる平和への糸口が見つけられるはずだ。

戦後、そして今を生き続ける

取材者 國吉美香
▼総合政策学部二年

×

証言者 細井　巌
▼昭和一九（一九四四）年中央大学専門部経済学科繰り上げ卒業、元特攻隊員（取材時、八四歳）

証言者の経歴

大正一二（一九二三）年三月一八日生まれ。

日本海洋漁業統制株式会社（現日本水産）人事課で勤務する傍ら、中央大学専門部経済学科に籍を置く。学徒出陣により中央大学に在学中応召し、東部八三部隊（歩兵）に入隊。その後陸軍特別操縦見習士官二期生に採用され、第四〇教育飛行隊で訓練を受け、同隊での第三回目の陸軍特別攻撃隊編成により、「と二一九隊（殉皇隊）」次等隊長を務める。沖縄特攻の終了により本土決戦特攻隊員となり滋賀県八日市飛行場にて出撃命令待ちで待機中、終戦を迎える。

現在東京都在住。

取材日

平成一九（二〇〇七）年七月七日、八月三日

始まり

二〇〇七年六月二三日。猛暑日で、熱気渦巻く東京で、私は一本の電話を頂いた。取材を打診していた、細井巌さんからだった。中央大学の卒業生であり、戦争を体験された細井さんにぜひ取材をさせてくださいと申し出て、返事を待っていたのだ。緊張しながら応対する私に向かって、細井さんは電話口で丁寧な、はっきりとした口調で、今回の企画について快諾してくださった。

細井さんは、命令待機中に終戦を迎えられた待機特攻隊の方だ。一九四五年六月一七日に、沖縄への特攻命令を受け、沖縄へ突入するため岐阜県の各務原《かかみがはら》飛行場から鹿児島県の知覧飛行場へ移動中、滋賀県八日市飛行場へ転進した。細井さんは八日市飛行場で、待機特攻隊として終戦を迎える。

お話を伺う日取りを決め、電話を切った。

後日、細井さんから自宅への地図が同封された手紙を頂いた。手紙には、以下のように記されていた。

「今この手紙を貴女に書いているこの日は、当時多くの私の仲間が沖縄への特攻に飛び立った日であります。お話することで、少しでも母校のお役に立てればと思います。

六月二三日　細井巌」

沖縄出身である私にとっても、地上戦終結の六月二三日は、特別な日であった。

互いに特別な日に電話を頂けたことに、何かの縁を感じた。

訪問

二〇〇七年七月七日。朝から蒸していて、七夕だというのに星空が心配されるようなくもり空だった。細井さんと初めてお会いする日、移動する電車の中で、あと数時間後には、自分が細井さん宅の玄関の前に立っているのかと思うと、緊張してならなかった。土曜の午前、車内は人がまばらで、車窓の中を飛んでいく景色が、いつもより速く感じられる。手元にある切符をいじりながら、ゆっくりと深呼吸した。

恵比寿駅に降り立つと、肌にまとわりつくような湿気と、中途半端な気温がぐっと押し迫る。今朝立ち込めていた厚い雲は、より一層重たげに街を覆っている。初めてお会いする緊張で、私の不安も募るばかりだった。オフィスビルの並ぶ大通りから筋を一つ曲がると、がらりと雰囲気が変わる。緩めの坂を上り、細い路地を進むと、だんだんと民家が顔を覗かせてくる。ねずみ色のコンクリートの路を、少し古びた家々が挟んでいる風景は、暑さを伴いどことなく地元の路地を彷彿とさせた。頂いた手紙に同封されていた地図と照らし合わせながら、それらしい建物を探す。表札を確認すると、青銅色をした石の上に、錆色のはっきりとした行書体で、細井さんのお名前が記されていた。

出迎えてくださったのは、細井さんの奥様だった。

「お待ちしてました」

やんわりと笑われた奥様の笑顔に、私は一気に緊張がほぐれるのを感じた。ソファが並ぶ奥の部屋へ案内されると、そこで細井さんが立って出迎えてくださった。ゆったりとしたシャツを身につけ、ねずみ色の綿パンを履いている。人懐こそうな目が、私たちをみとめると、ますます線を描くように細められた。名刺をお渡しし、ご挨拶した。老眼鏡をちょっと上に上げて、名刺を眺め、微笑みながらそれを丁寧に机の上へ置く細井さんは温和そうに見えた。私の想像とは違い、気さくな方だった。八〇歳を越えた方には思えないほど、つぶらな漆黒の目はきらきらと光り、好奇心が豊かそうでいて、また聡明さを思わせた。

姿勢を正して、今回の企画の趣旨を改めて説明した。戦争について、平和について、自分の頭で考えるために今回お話を伺いたいという旨をお話しした。細井さんは黙って頷《うなず》きながら、聞いてくださった。細井さんの隣にゆったりと座られた奥様和子さんも、たまに頷きながら、懸命に説明する若い私を見守っていた。細井さんと私とでは、孫と祖父くらいの年の差がある。祖父母と膝を突き合わせての会話などしたことのない私は、何となくおかしな気持ちになった。

私が細井さんを知るきっかけとなったのは、滋賀県に設立予定の平和記念館への寄贈の記事だった。

「これがね、平和記念館に寄贈した時の記事ですよ」

細井さんは一枚のコピー用紙を手渡してくださった。それには私が見た滋賀県の報知新聞と、ほぼ同じ内容の記事が載っていた。細井さんは特攻隊員だった頃、八日市飛行場の八紘荘という宿で下宿していた。その当時のおかみさんが、戦後特攻隊員たちに会いたいと、新聞に呼びかけを載せたそうだ。それを細井さんが見つけ、おかみさんとの再会を果たす。その再会が、平和記念館への記念品寄贈へとつながった。この寄贈のことが新聞で取り上げられて、私は細井さんの存在を知ったのだった。そして今回、平和記念館の業務を担当している灰原さんに仲介をお願いし、ご好意で会わせて頂くことになった。

写真・資料

細井さんは多くの写真を保存していた。分厚いアルバムには、一面一面にいっぱいの写真が丁寧に貼り付けられている。これだけ写真が残っているというのは、珍しいそうだ。実際私もこんなにたくさんの戦時中の写真を拝見することができるとは、思ってもみなかった。ほとんどの人は検閲で多くの写真は持ち帰ることができなかったそうだが、細井さんは少尉であったため、多少の融通が利き、持って帰ってきたらしい。

「特攻での写真は、あまり記録で残っていないからね。『と二一九隊編成』の記念写真は日本を紹介するアメリカの教科書にもこの写真が載ったんだよ」

白い枠で囲われたセピア色の写真。私の予想とは違い、意外にも、笑顔の写真も多かった。映画で見たような隊服を着て、飛行帽を被り、微笑む細井さん。学生服に身を包みお父様と並んで撮られたという、出陣祝いの時の写真。航空機の前で、細井さんと隊員が肩を組み、遠くを見つめ笑う姿。保存状態も良く、どれもこれも、当時の様子を鮮明に伝えていた。写真を見ながら、お話を伺うことにした。

当時の搭乗服姿の細井さん。胸には飛行時計をつけている。

中央大学時代

日本海洋漁業統制（現日本水産）の人事課で勤務されていた細井さんは、仕事が五時に終わると、六時から九時までを経済の勉強をするため、中央大学の夜間部に通われていた。大学に通っていたため、徴兵猶予をもらっていたという。実際にその証明書も見せて頂いた。薄茶色に変色した紙には黒々と細井さんの名前が書いてあり、徴兵猶予の旨が記されていた。現実味を持って、戦争の存在を感じる。
太平洋戦争中の昭和一八（一九四三）年二月に、ガダルカナル島が陥落。ついで五月にはアッツ島の守備隊が全滅し、戦局が一気に傾き始めると、同年一〇月には徴兵猶予の廃止が発表されたという。その年満二〇歳だった細井さんも、当然徴兵令の対象となった。昭和一八年一二月一日東部八三部隊歩兵に入隊後、兵舎に入り家族との面会も年末までは一切なかったらしい。特例として、大学は繰り上げ卒業となった。細井さんは、繰り上げ卒業の卒業証書と、中央大学の学生服を着て日の丸をタスキ掛けにして撮った出陣記念の写真を見せてくれた。

「これが大学と私とを結ぶ唯一のものですよ。卒業アルバムなんてものもなくてね、徴兵が決まった後は同級生も準備で忙しくて写真も撮る暇なんてなかったから。これだけなんです」

年月を感じさせるその紙には当時の中央大学の学長の名前のみならず、教授の名前などが幾人も幾人も列記されていた。そして最後には、中央大学の印鑑が大きく押印されている。細井さんが在学していたのは、大学二年生の私とほぼ同じ、一年と半年のみだ。細井さんと大学をつなぐものは、たった一枚の卒業証書、そして記念写真だけだった。それ以外同級生の写真も残っていない。けれどこの二つは、細井さんが中央大学の学生であったことを、何よりも強固に示していた。そうしてその事実が、六〇年以上の歳月を経て私と目の前の細井さん

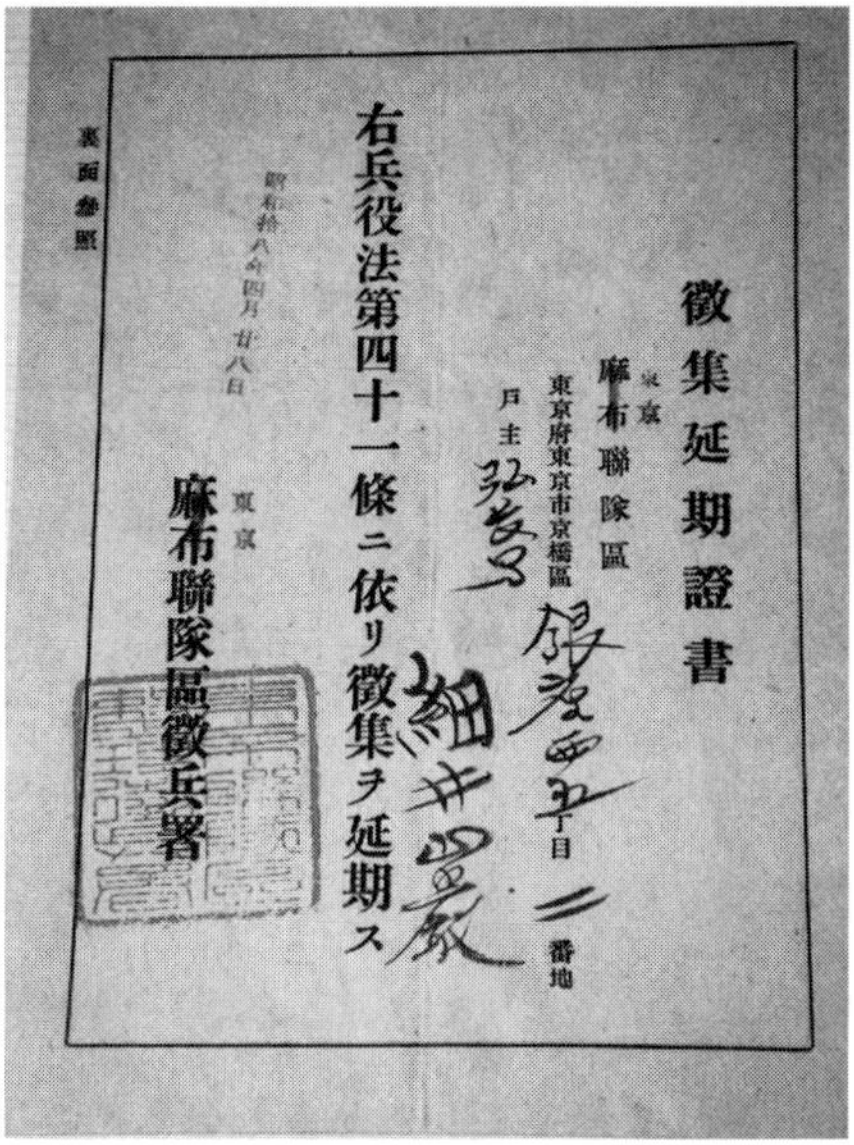

徴集延期證書
東京 麻布聯隊區
東京府東京市京橋區 銀座西五丁目 二 番地
戸主
細井嵓
右兵役法第四十一條ニ依リ徴集ヲ延期ス
昭和拾八年四月廿八日
東京 麻布聯隊區徴兵署
裏面參照

徴集延期証書。

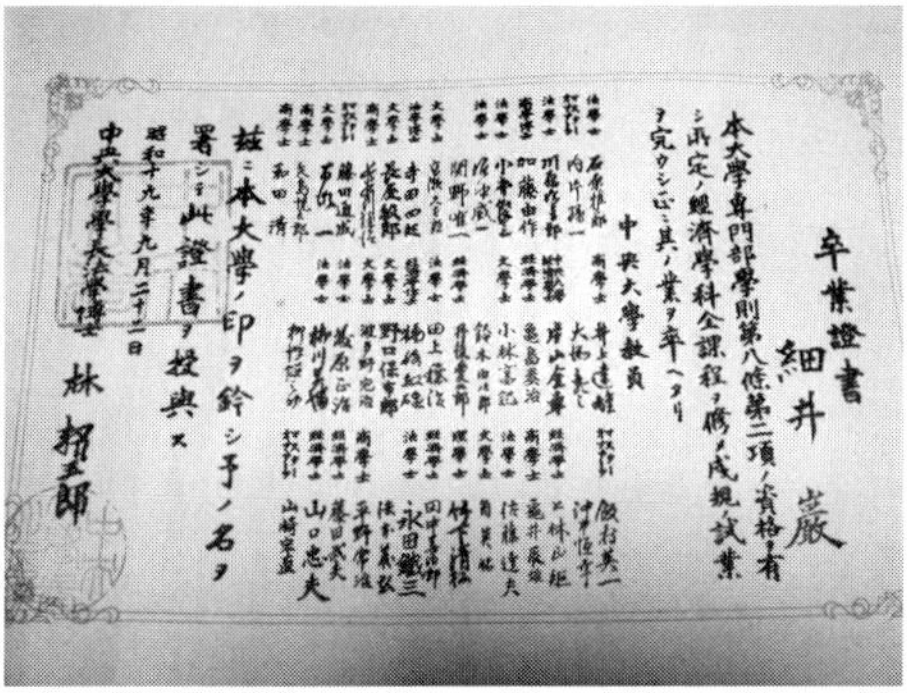

卒業證書
細井嵓
本大學専門部學則第八條第二項ノ資格ヲ有シ所定ノ經濟學科全課程ヲ修メ成規ノ試業ヲ完ウシ正ニ其ノ業ヲ卒ヘタリ
中央大學教員
茲ニ本大學ノ印ヲ鈐シ予ノ名ヲ署シテ此證書ヲ授與ス

卒業証書。

中央大学生時代（右端が細井さん）。入営を間近に友人と伊勢神宮詣で。

1943（昭和18）年12月１日、学生服を着て入営に向かう。中央が細井さん。日の丸のタスキをかけている。

とを結ぶたった一つのつながりとなった。

「おそらく夜間で同級生として学んでいた人とはもう会えないでしょうね。会えたら嬉しいですけど。中央大学は好きですよ、今でも駅伝とかを見ると応援しています」

短い在学期間ではあったけれど、大学には親しみを持たれているようで、細井さんはそう無邪気に笑われた。

細井さんは当時、大学へは会社の業務に役立てようと通学していた。船が関係する仕事柄、日本への重油の締め付けなど、日米が開戦の雰囲気を漂わせていたことは、徴兵猶予をもらいながらも感じていたそうだ。そして五月のアッツ島守備隊の玉砕を受け、戦況悪化を感じ取った細井さんは出征が近いことの覚悟を決める。

戦争が始まる

日本が戦争に入った当時のことを伺った。

「その時は、ラジオで勇ましい音楽がいっぱい流れて、それでハワイがどうだ、戦果がどうだっていうのをばんばん流していて、ああ戦争に入ったんだな、と思っただけでしたよ。町中が日本中が戦争に向かって沸き立っていて、大きな流れへ巻き込まれた感じでした。入隊することにも特に抵抗もなかったです」

細井さんは東部八三部隊歩兵科に入隊。その後特別操縦見習士官の試験を受け、航空隊へと移動する。新兵の頃は、かなりの苦労を経験したそうだ。

「新兵はね、検閲のある前の二カ月間はすごくいびられましたよ。九時に消灯ラッパがなって、それから始まりです。寝かしてなんてくれないで毎晩下士官が、いびるんですよ。規則としては一応意味のない暴力は禁止されているけど、守るやつなんていないですよね。何だかんだとこじつけて、ビンタの連発を受けたこともあります」

そのいびりに特段理由なんてなかったのだという。絶対に自分に逆らうことのない状況があれば、人間はそうも簡単に暴力的になれるのだろうか。

「殴ると手が痛いでしょう？　スリッパで引っぱたいたり、竹棒持ってきて叩いたり、あとはそうですね、よく向かい合ってお互い殴り合いをさせられました。そうしてま

熊谷飛行学校相模原分教場入校当時。

東部八三部隊（歩兵）の記念撮影。上段２段目、左から４番目が細井さん。

当時実際に使用していた細井さんの奉公袋（表・裏）。

特攻隊員になった当時の写真。

た『殴りが足りない！』と怒鳴られまして、また同期で叩き合ったりね。そんなことばかりでしたよ。辛かったけど、耐えるしかない。歯向かったってひどくなるだけだしね。耐えましたよ」

　連帯責任も厳しく、そのため団結心は強かったという。細井さんは、体罰で団結心を作っていくような時代だったとおっしゃっていた。

　細井さんは歩兵入隊後、兵舎に貼り出された陸軍特別操縦見習士官の募集を見て、これに応募する。歩兵であっても、どこにいても、どの道死ぬのならば、危ないと言われる飛行機乗りを受けてみようと思ったそうだ。

細井さんは取材中、何度か「どの道死ぬのだから」という言葉を口にされていた。そのためか、私は細井さんが死を達観されている印象を受けた。聞くと、細井さんは「みんな達観していたのではないか」とおっしゃった。

「生きて帰ろうだなんて、誰も思ってなかったよ。飛行機に乗ったら最後、いかにして敵船にぶつかるか、どこに当たったら一番ダメージが大きいか、エンジンが止まったりしないだろうか、目標までたどりつけるだろうか。そんなことばかり考えていましたよ。みんなそう覚悟していたと思います。歩兵に入った時から戦況の悪化からみて生還はないという気持ちを持っていたと思いますからね」

特攻突入の命令が下れば最後、あとはいかにして効果を上げるかを考えていたそうだ。家族のことや心残りのことを思い出すのは、命令が下るもっと前の時点だった。敵などいない世の中で暮らしている私は、死に方を考えたこともない。あまりにも大きな時代の違いを思い知らされた気がした。

昭和一九（一九四四）年二月一〇日、陸軍特別操縦見習士官第二期生として、細井さんは合格する。熊谷陸軍飛行学校相模原分教場にてグライダーの訓練を受け、昭和一九年四月一日より埼玉県児玉分教場にて練習機である通称「赤とんぼ」で操縦訓練を受け、昭和一九年八月一日より鹿児島県知覧にて第四〇教育飛行隊

第四〇教育飛行隊時代での教官勤務最後の日に（右端が細井さん）。

『と二一九隊』の記念撮影（前列１列目右端が細井さん）。

の二式高練による戦技訓練を受けた。

昭和二〇年二月一〇日には、熊本県菊池飛行場にて陸軍少尉に任官する。昭和二〇年六月一〇日、第四〇教育飛行隊で特別攻撃隊が編成され、その中に細井さんも参加した。第三回目となる陸軍特別攻撃隊は二隊（機種二式高練）あり、細井さんが所属していた「と二一九隊（殉皇隊）」と「と二二〇隊（醇成隊）」がある。

「隊を組んだ時は、ああ順番がきたなと思いました。達観した感じです」

父母との別れ

細井さんのアルバムには数種あり、中でも印象的なものは、白いペンで「鷲」と表紙に書かれているアルバムだった。中身には黒い画用紙が台紙として使われており、同じ隊の仲間の写真や軍服に身を包んだ若かりし頃の細井さんが飾られていた。台紙には細井さんが戦時中に白墨で描いた飛行機の絵や、詩が綴られていた。そのうちの一ページに、一機の航空機を背に、細井さんがもんぺを着た女性と二人で写っている写真が貼られている。どことなく、目の辺りが似ている。

「別レト知レド　微笑ミテ」

飛行機の前で。左側に書かれている文字は細井さんの直筆。

黒地に白い字で、傍にはそう書き込まれていた。

「それは母親ですよ、特攻隊に行くとは一言も家族には伝えなかったけれど。飛行機の前で、写真を撮ったんです」

行けば死が確実の特攻隊員になることを、なぜ両親にも告げなかったのだろうか。この目の前の写真の中の女性は、そうとは知らず微笑んでいたのだろうか。そう考えていると、奥様が細井さんの隣で、「言わなくてもわかっていたのですよ」と答えてくれた。

「航空隊で、飛行機の前で写真を撮るというのだから、両親もわかっていたと思います。触れないけれど、以心伝心で、そこはわかってるんですよ」

わが子が敵へ突っ込んでいく運命と知りながら、それを止めるどころか、そのことに触れることさえもできずに見

細井さんと父。細井さんは家族には特攻隊員であることは告げなかった。

細井さんと母。愛機二式高練の前での写真。

送らなければならない気持ちを思うと、目頭が熱くなった。

奥様も、自身の戦争体験を話してくださった。

「私には兄が二人いてね、一人は特攻隊で、あと一人はシベリアまで行きましたね。特攻隊の兄が突然夜中帰ってきたりすると、何時だって構わず私らは全員布団から抜けて、ご飯の仕度をしましたよ」

次に帰ってくるのかもわからなかった当時、出陣前は家族で食卓を囲み、別れを惜しんだという。誰も出陣のことには触れないが全員が承知のことだったと奥様はおっしゃった。幸いにも彼女の兄は細井さんと同じく待機特別攻撃隊員だったため、命令待ちの間に終戦を迎えることができたそうだ。もう一人の、満州まで行かれた兄の話もしてくださった。

「母が毎年毎年『今回こそは』と言いながら、舞鶴へ行っていましたよ。一〇年くらいしてからですかね、引き揚げの最終船で、やっと兄が戻ってきました。その時は体もあちこち壊していて、即入院しましたよ」

ごく自然に、奥様は「舞鶴」とおっしゃった。この時、私は初めて引き揚げという言葉に現実味を感じ、本当に戦争はあったのだと、当たり前のことを改めて思ってしまった。

友人との別れ

　飛行訓練を繰り返す中、特別攻撃隊編成の命令が下る。昭和二〇（一九四五）年三月当時、細井さんと寝台を並べていた内藤寛次郎少尉も第七八振武隊に参加することになる。その夜細井さんと内藤少尉は熊本市内で外泊し、一夜語り明かしたそうだ。細井さんは、当時の様子をこう語る。

「内藤が特攻の出撃命令をもらったって聞いたから、二人で熊本へ外泊したんです。そうして一緒にご飯食べながら、『まぁ俺はもう特攻に行くわけだけど、お前もすぐ後に続くだろう？　だからまぁ、一緒に頑張っていこうや』と言われてね。私ももちろんそのつもりでしたから、『そうだなぁ頑張っていこうや』って話してね。そうして別れたんですよ。でも、私は終戦を迎えて、生き残ってしまった」

　先ほどまで明るく話してくださった細井さんが、初めて少し表情を曇らせた。細井さんの瞳が、心なしか潤んだ気がした。

特操二期同期の振武隊（左端が内藤少尉）。

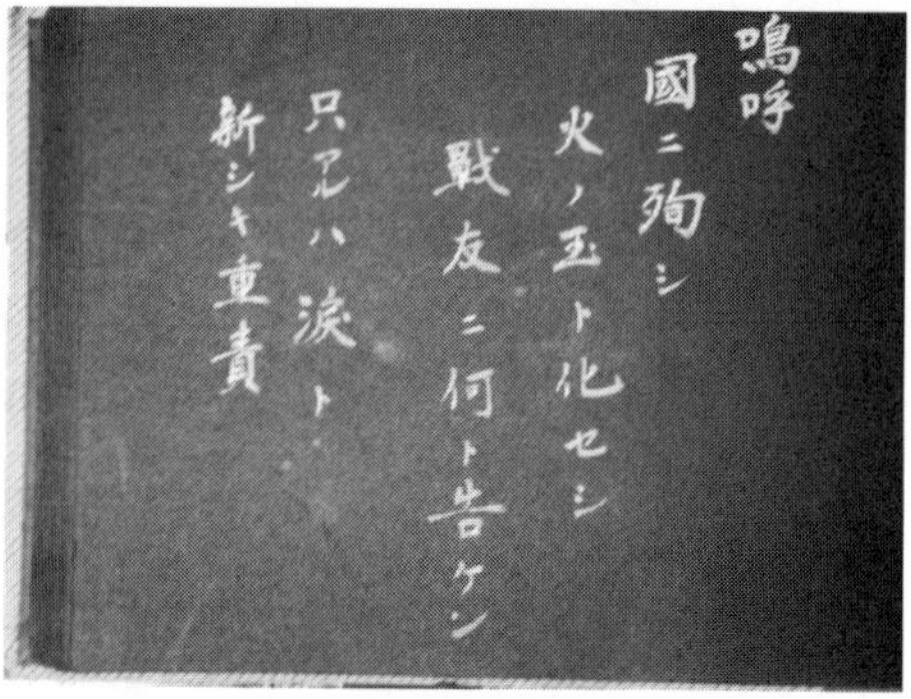

細井さんのアルバムには「嗚呼　國ニ殉シ　火ノ玉ト化セシ戦友ニ　何ト告ゲン　只アルハ涙ト　新シキ重責」という詩が綴られている。

「内藤が沖縄へ突入した昭和二〇年五月二五日の命日には、写経するんです。大空の中でね、あいつがどんな気持ちで行ったんだろうかって。そして、どうか成仏してくれよって思いながら、写経しているんです」

　細井さんは忘れていないのだと思った。今の日本を見ることのできなかった戦友たちのことを、今もこうして一人思い出し、慰めているのだ。

「特に六月にはたくさんの仲間が沖縄へ突入しましたからね。やっぱり、思い出しますよ。内藤のお墓には、一回参りに行ったけどね。それ以降行っていません……遺族に会えば、泣かれてしまいますからね。今でも、気が重くて、やっぱり行けないですね」

今でも遺族の心には、深い傷跡が残っている。

終戦後、細井さんは『もっと早く戦争は終われたはずだ。そうすればこんなに仲間が逝かずにすんだのに』と悔やんだという。何故長びいたのか伺った。

「そうね、指導者が、判断を間違ったんだろうなあ。終戦の二日前には、同期で友人だった者がね、突っ込んでいったよ。最後だったんじゃないかな。ああ、あと少し、あと少し終戦が早かったらって思ったよ」

今まで当たり前のように聞いていたが、細井さんは多くの友人、戦友が行く姿を見てこられたのだ。見送る時、さして悲しくはなかったと、細井さんはおっしゃる。それは次は自分の番だと、ひたむきに信じていたから、自分も後に行くぞと思っていたからだそうだ。

「内藤もみんな、後につづくことを、信じてたんだよな」

細井さんはそうぽつりと呟いた。

静かになった部屋の中で、セミの声に混じり、窓の外から上空を飛行機が通過する音が聞こえた。

沖縄へ出撃命令

先に飛び立っていった仲間と「後に続く」という約束を交わしていた細井さんにも、ついに突入の命が下る。当時のことを、細井さんは「学鷹の記録『積乱雲』」にこう記している。以下引用。

「昭和二〇年六月一〇日、各務原飛行場で空中戦の教官として特操三期生の教育訓練を終わって宿舎に帰ったところ部隊長よりの招集がかかり、私を含め教官

各務原にいた頃。訓練中のピストにて（左端が細井さん）。

一二名による特別攻撃隊編成の命を受け、ついに来るべき時が来たと覚悟を新たにすることになった。（中略）教育に使用中の二式高練を改装して特攻隊としての装備が終わり特攻編成の基地各務原飛行場を離陸して間もなく無線が繰返し呼びかけるではないか。『滋賀県八日市飛行場にて緊急着陸せよ！』（中略）あー何たる事であるか、当時としては実に複雑な感懐でこの軍命を聞いたものであるが、今にして思えばこれが今日まで命ながらえる転機となった訳である。（中略）焦燥と苦悩と本土決戦特攻隊の激しい訓練のうちに七月が過ぎ、そして八月一五日の終戦のご詔勅である」

終戦

一九四五年八月一五日。細井さんは、滋賀県八日市飛行場で出撃命令の待機中に終戦を迎える。玉音放送が流されたが、内容についてはよく聞きとれなかったという。

「最初ラジオが何を言っているのかわからなかったのですが、とりあえず戦争が終わったことを聞き、知りました。ああ終わったのか、これで終わったのかと思いました。もう飛行機には乗れなくなるのかという思いと、先に行った仲間のことを思いました」

特操二期生の手記帳である「積乱雲」と特攻隊員の名簿が載っている『陸軍航空の鎮魂』。大切に保管されていたものを見せてくださった。

複雑であったろう終戦当時の心境を伺うと、細井さんは「学鷲の記録『積乱雲』」をひもといてくれた。細井さんの手記を以下引用する。

「かくして戦争は終わった。しかし血気の多い戦闘機乗りの集りである。自爆しかねないもの、徹底抗戦を唱えるもの、ただ一途に、尽忠死を思う者ばかりである。『後につづく者あるを信じ』先に殉じていった多くの戦友達に何と答えることが出来るか。（中略）一同あふれる涙をこぶしでぬぐって、今後は日本の再建、文化国家の建設のため特攻精神を生かして努力することを誓った」

当時持っていた細井さんの手記帳。知覧の四〇教飛での出来事や思いが綴られている。

当時の任務や立場の違いで、終戦当時の心境はおそらく人それぞれだっただろう。そうした中で、当時細井さんは言葉には表せない感情を抱いていた。『積乱雲』の中にはまた、「私が抱いた思いを変わらず表している。これを読むと私の気持ちも推測できる」と細井さんがおっしゃった、小林吉隆氏（知覧会・第二期特別操縦見習士官）の手記がある。以下引用する。

「突入の下命を受け勇躍出発当日の八月一五日、御詔勅とともに発動中止となり、幸か不幸か生き残る身となってしまったのだった。（中略）残された私達一二名もうち四名が出撃後あるいは移動中の不時着などにより負傷し九死に一生を得たもので、散華した友の心情を想うとき、残された私たちの心の傷手は消そうとも消し去ることはできないのである。『散る桜、残る桜も散る桜。一と足先へ』とノートへ書き残してくれた友。『さようなら突撃だ。後に続くを信ず』と突入寸前絶筆を投函してくれた友。男なら男なら、離陸したならこの世の別れ。どうせ一度は死ぬ身じゃないか、めざす敵艦体当たり、男ならやって散れと目達原、明野の散りかかる桜の花びらを浴び、声高らかに肩を組み感激に涙してうたい、杯をあげて送った友は永遠に還らない。戦後三〇有余年を経た今でも、桜の花が咲き始める頃になると激動の青春の一こまがつい昨日の出来事のように私の脳裏に映し出され、一人一人の友が昔と変わらぬ面影で語りかけてくるのである」

この文章を紹介すると、細井さんは「よく心境を表してくれているよ」とおっしゃった。

仲間の自決

終戦直後の日本では敗戦を受け入れられず各地で自決が相次いだという。細井さんはその時のエピソードを語ってくださった。

「最初はラジオが何を言っているのかわからなかったんですが、戦争が終わったことを聞いて、終戦を知りました。翌八月一六日、隊で飛行機の飛行納めをしようとなったんです。思い思いに飛んで回ってきたら、一緒に訓練を積んできた河西少尉が、琵琶湖に突っ込んで殉職していたんですよ」

当時細井さんは殉皇隊。河西少尉は醇誠隊だった。二つの隊は面識もあり、訓練も一緒に行っていたそうだ。特に細井さんと河西少尉は仲がよかったという。河西少尉は飛行納めの寸前まで、普段と変わらぬ様子であったのに、ただ一人、誰にも告げずに殉死されたそうだ。これ以上殉死者が出ないよう、細井さんたちは次の日に即座に別の基地

河西少尉（左）と細井さん（右）。憧れていた飛燕の前で。

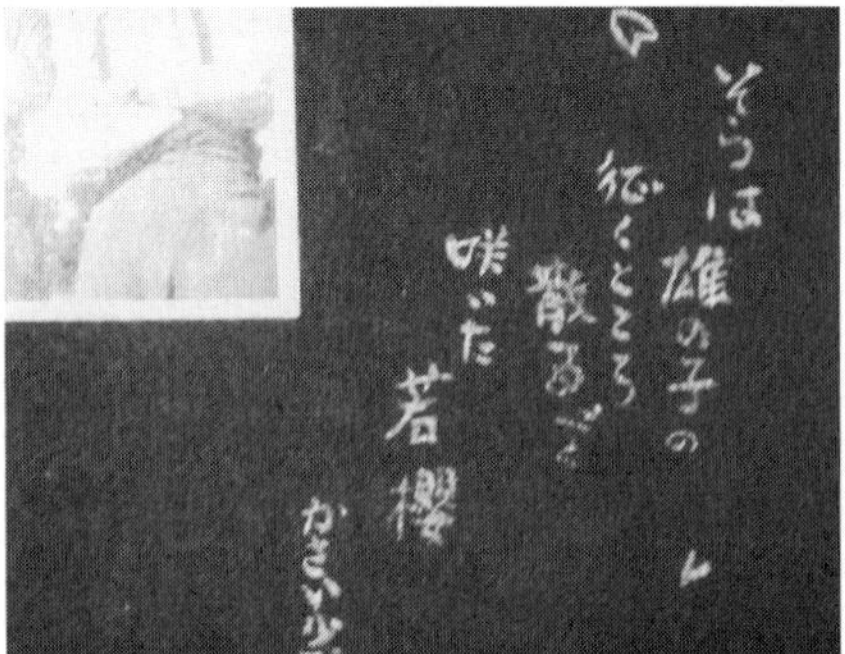

河西少尉の直筆の詩。今も大切にアルバムに保管されている。

へ移送された。

「河西が殉死した時、ああ、あいつ、強い信念に生きたな、とそう思いましたよ。もう戦争は終わったのだ。目標の敵機動部隊もハワイ方面に回避し突っ込む目標もなくなっていました。ただね、河西のことは、ずっと特攻隊の他の隊の中でも語り継がれましたよ。河西のことを犬死にだなんて、誰も決して思っていない」

私はアルバムに納められた数多くの河西少尉の写真を見つめた。その中に、河西少尉と細井さんが肩を組んで笑っている写真がある。写真の中の河西少尉は、遠くを見つめている。この数日後、そんな別れ方をするとは、微塵《みじん》も思わなかっただろうにと、細井さんの笑顔を見ながら思った。写真の傍には、河西少尉自ら白墨で書いたという一編の詩が綴られている。

そらは雄の子の　征くところ　散るべく　咲いた　若櫻

何を思い、琵琶湖へと自ら飛び立っていったのか、この詩が彼の答えのように思えた。

戦後

戦後、会社に籍を置いたままだった細井さんは、すぐに社会復帰をした。けれどこれは当時としては珍しい例だったらしく、戦後の状況はひどいものだったと細井さんはおっしゃる。戦後という時代がどのようなものだったのか、私にはモノクロの写真や、映像でしかわからない。戦後を思うと、私の頭の中にはどうしても色は浮かばない。

戦後の特攻隊の扱いは、一転して差別的なものであったという。特に若い少年飛行兵たちは、その格差にショックを受け、特攻崩れと呼ばれる者も多く出たそうだ。

「彼らは若すぎてまっすぐであったがために、時代の変化についていけなかったのでしょう。私も終戦後はずっと自分が特攻隊員だったなんて、言わなかったし、言えなかったよ。会社でも私は表向き召集兵になっていました。特攻だったなんて言ったら白い目で見られるし……。今になってからですよ、こんな戦争の話ができるようになったのは。戦後六〇年くらいたってから、やっとね。やっと今、語れるようになりました」

戦後という時代は、様々な思いが交錯する波乱な時代というイメージが私にはある。そうした中で、生き残った日本兵に対してこのような扱いが行われたというのは初耳であった。

「シベリアに抑留された人たちへの対応は、本当にひどいものでしたよ。うちらは終戦後間もなく戦争が終わったけど、シベリアに行った人たちはそれから長い人は抑留生活が一〇年でしょう。そして日本に引き揚げたら引き揚げたで、シベリア帰りといえば、当時差別の対象でしたからね。苦しい人生を送ったと思います。戦時中は日本のために戦って苦しい思いをしたのに。やりきれない時代ですよ」

そんな時代の中、細井さん自身も生き残ったことに関しても、複雑な気持ちを抱いていた。

「仲間たちは後に続くことを信じて行ったからね。生き残ったことに関しては、そう単純には喜べなかったですよ。けど同時に、戦争が終わって、これからの日本のために生きようって思ったんです。戦友のためにも、河西の分まで日本を生きようって思いました。私は幸いにも生き残りました。生き残ったからひたむきだった自分をよかったなとも思えたし、幸せだったんですね、私は。生きて帰ってこれて、会社にもそのまま戻れたし、だからそのお膳立てを使って、今後の日本に貢献しようって決意しました」

終戦直後で混乱も収まらない当時。八日市飛行場から大阪の大正飛行場へ自動車移動の隊員の様子。

細井さんのアルバム。日付は昭和20年８月15日。大きく「夢」と書かれている。

その言葉通り、日本水産に勤めていた細井さんは、戦後の日本の食糧事情の改善に貢献する。

細井さんが大切にしているアルバムには、終戦日の詩も綴られていた。日付は八月一五日。傍に『歴史ヲ迎フ』と記された一ページには、「夢」という大きな字が力強く、濃く、刻まれている。

戦争とは

「戦争へ行ったこの一年九カ月間は、どの年よりも人生に一番影響を与えたものになりました」

細井さんは、八四歳。特攻隊員だった頃の自分は、ひたむきだったという。

「青春は戦争に巻き込まれた。でもね、その後日本にずっと尽くしてこられました。私は食品会社だったから、戦後の日本の食を支えてこられた。これは今でも誇りに思っているよ。戦争一年九カ月は私の人生で一番長く感じ、また輝いた時空であった。そして人生のベースになっていますよ。日本が戦争に巻き込まれて、その中に私の青春があって。世の中は運命で、生があり、死があるって痛感した時代でしたね。たくさんの運命の分かれ道だったよね」

戦争を体験されて、これからの日本はどうあるべきと思っているのかを、伺ってみた。細井さんは、戦争は国益がぶつかる限り、なくならないかもしれないという。決して世の中を楽観視はできないが、その中でも、平和に生きることの大切さを忘れないでほしいと強く語られた。

「今の平和を生きていくことが、今できることだと思います。日本はね、こんなにいい国はないと思いますよ。今日本に生まれていいと思うよ。だから、一生懸命生きることですね。私たちは生きていられる。生きて、自分の好きなことができる」

一生懸命生きてほしいという細井さんの言葉は、私の胸にじんと染み渡った。

各務原飛行場の訓練の合間に。

若い世代へ

「あの時代、社会の流れはどうしようもなかった。私の青春は確かに戦争の中にあった。ひたむきだった自分は良かったとは思う。ただ、忘れてほしくないんです。戦争にもみくちゃにされ、日本国に尽くして死んでいった人がいて、生きてきた世代があったんだってことを伝えていきたい。戦時中、戦後そういうことがあったことを正しく後世にも知っておいてもらいたい」

細井さんは強くそう主張された。〝そういう時代〟と細井さんはおっしゃっていた。一度国が戦争へと向かえば、それに巻き込まれるように日本中が沸いた時代。どうせみんな死ぬという時代や、明日のわが身さえわからない毎日は、平和な時代の平凡な生活とは、全くかけ離れている。

仲のいい細井さん夫婦は、もう八〇を超えていらっしゃるが、毎日がとても充実しているように見える。その秘訣を伺うと、真っ白い毛の長い眉毛をハの字にして、細井さんはおっしゃった。

「人生にはいつだって、重要な分かれ道があるんですよ。判断しなきゃいけない時がある。その時に、自分の頭でちゃんと決めて、それに後悔しないことです。そして、人生には絶対、『運』があることも忘れないことです」

笑顔の多い細井さん。

右から奥様の和子さん、細井さん、取材者。

人生には自分ではどうしようもないことがあり、どうなるかは誰もわからない、と細井さんはおっしゃった。

「この人も、危険な特攻隊に行って結局生き残ったけど、歩兵のままでいたら、どこかで戦死していたかもしれないからね。本当、そう考えると運なんですよ」

と和子さんが次ぎ、運は仕方がないから、普段の心構えで良い運がつくようにするしかないとおっしゃった。

「どんな小さなことでも、自分から動くことですよね。だらだらしていたら止まってしまいますから。歯車は自分で回さなくちゃ。よく動き、働くことよ」

最後に、細井さんはおっしゃった。

「人生をね、一生懸命生きてください」

八〇歳を過ぎ、ダイヤモンド婚まで迎えられたお二人に、面と向かって一生懸命生きてくださいと言われ、一九の私は赤子のような気持ちで、ただただ頷くしかなかった。

細井さんは、あの頃の自分はひたむきだったとおっしゃった。それは正直少し、羨ましくもあった。戦時中、細井さんは、どれだけ一途な感情を持っていたのだろう。最初は、戦争を体験していない私がどのように取材をすればよいのか、何を伺えばいいのかと悩んだままお話を伺ったが、時に逆らうことはできないし、逆に、私が戦争を体験することはあってはならないと思う。戦争の話を聞き、知ることにより、改めて、自分が平和の中に生きているのだと気づかされた。細井さんたちが誇りを持って切り開いてくださった時代を、私たちは今歩んでいる。「これからはあなたたちの時代です」と細井さんはおっしゃった。「一生懸命生きて、日本をよくしていってください」という言葉が深く胸に残った。

最後に別れ際、私は細井さんに今でも飛行機の音を聞くと思い出しますか、と質問をした。そう聞き終わらないうちに、細井さんはぱっと口を開いた。

「そりゃね、思い出しますよ、ああいいなぁーって思うんです。飛びたいなぁ、空はいいなぁって。家の屋上からヘリコプターが飛んでいるのを見て、ヘリコプターでもいいから、もう一度空を飛びたいなぁって思いますよ。空を飛んでいる時の気持ちは、忘れられませんよ」

少年のように、目をきらきらさせて話す細井さんに、私は飛行機乗りだった頃の彼を見た気がした。

取材後記

恵比寿駅に降り立ちながら、六二年前、細井さんが軍隊から帰ってから初めてこの地に降り立ち一面焼け野原となった街を見渡した時、どのような心境だったのだろうかと思いを馳せた。地元の土を踏んだ時の安堵と、先に逝った戦友たちへの思い。その間の葛藤を抱えながらも、戦後の日本に貢献することを支えに生きて来られたのだと今では思う。取材当初、お話を伺っても戦争を知らない私に本当に戦争が理解できるのか正直不安だった。今でも、本当にわかりえたのかは、正直わからない。けれど、戦争を理解するということよりも、むしろ、今を一生懸命生きるということと、日本を大切にしていこうという思いを私は手に入れたように思う。

　最後に、お話し頂いた細井巌さん、奥様、本当にありがとうございました。

四年間の戦後
――シベリア抑留の体験を通じて

取材者 川又一馬 ▼文学部二年

×

証言者 名久井一二《かつじ》 ▼昭和一八（一九四三）年中央大学法学部入学、元特攻隊員（取材時、八五歳）

証言者の経歴

昭和一八年…四月、中央大学本科法学部入学。

昭和一八年…一〇月、学徒出陣。

昭和一九年…九月、特別操縦見習士官として満州に配属。

昭和二〇年…八月、終戦と同時にシベリアのケメロボに抑留。

昭和二四年…日本へ引き揚げ。

取材日

平成一九（二〇〇七）年一〇月九日

名久井さんとの出会い

私が、今回取材をする名久井さんのことを知ったのは、一枚の新聞記事からだった。「語り継ぐ記憶　戦後60年」と見出しのついたそれは、今から二年前、平成一九（二〇〇七）年七月にデーリー東北新聞から発行されたものだった。戦争の記憶が風化しつつある中で、戦争体験者の証言をまとめる、といった趣旨の連載ものらしく、その中で名久井さんが取り上げられていた。

その記事によると、名久井さんは中央大学在籍中に学徒出陣で出兵。特攻要員として訓練を受け、終戦後には四年間のシベリア抑留を経験されているという。何やらすごい経歴の持ち主のようだ。

きっと私たちの想像を遥かに絶する体験をたくさんされているに違いない。そう思うと、俄然この人のお話を聞いてみたくなった。そこで私は、名久井さんの連絡先を確かめるため、その新聞の発行元であるデーリー東北新聞社に電話をかけた。平成一九年七月のことだった。

対応してくれたのは、二年前、名久井さんに取材をしたという記者の方だった。今回のプロジェクトの趣旨を話し、名久井さんの連絡先を教えてもらった。電話の最後に記者は一言「まだ生きているかはわからないけどね」と付け加えた。今の私たちと同じくらいの年頃、つまり大学生時代に戦争を経験した方の多くは、もう八〇歳以上の高齢である。二年前にはご健在だったとしても、今はどうなっているのかはわからない。実際に、戦争体験者は日に日に減少し続けている。それは等しく、私たちが戦争体験者から直接話を伺う機会がなくなりつつあるということでもある。電話越しに聞いた記者の一言に、六十数年という歳月の長さを改めて感じ、このプロジェクトの意義を改めて痛感した。

すぐに、電話で聞いた住所に手紙を送った。一週間と経たないうちに名久井さんから手紙の返事が届いた。手紙は出したものの、返事が帰ってくるのかは半信半疑だった私にとって、返信があったというだけで嬉しかった。ここから名久井さんへの取材がスタートすることになる。

取材へ

私たちの世代は「戦争」というものを直に知っているわけではない。確かに、イラク戦争などをテレビの画面で見て、今自分が住んでいる世界でも戦争は起こっているのだと考えることはある。しかし、テレビに映し出される「戦争」は、自分の生活とは関係のない、どこか遠い世界で起こっている出来事に思えてならなかった。「戦争」というものを肌で感じ、考えるにはそれらの映像だけではいささかインパクトに欠けていた。

私がこのプロジェクトに参加した理由のひとつには「戦争」というものを、少しでも自分にとって、実感のあるものとして感じることができれば、と、そんな思いがあった。

特攻隊の訓練を受け、戦後はシベリアに抑留された経験を持っている名久井さんのお話を伺えば、少しは「戦争」に対する実感が湧くかもしれない。そんな思いで平成一九年一〇月、私は名久井さんにお話を伺うために、青森県へと旅立った。

名久井さんの自宅前。きれいな小川が流れていた。

名久井さんの家は八戸市から車で三〇分ほどの五戸町というところにあった。家の前にはきれいな小川が流れていた。

一〇月の東北地方は寒いのだろうなと勝手に考えていたのだが、思いのほか寒くはなく安心する。時折吹き付ける風は確かにひんやりとしていたが、都会のごみごみとした雰囲気に日頃なじんでしまっている私には、むしろその涼しさが心地よく感じられた。

五戸町に着き、名久井さんの家を探していると、「もしかして川又さん？」と声をかけてくる男性がいた。その方がまさに今回お話を伺う名久井一二《かつじ》さんだった。背筋がピンと伸び、矍鑠《かくしゃく》とした様子はとても八〇歳を越えているとは思えない。

早速、名久井さんの家に上がり、お話を伺うことにした。

学徒出陣 —— 歴史の必然

椅子に向かい合って座ると、名久井さんは「俺の人生はものすごい波乱万丈。この綱渡りで生き残りゃあ、すごいことだと思ったね」と、自身の境遇について語り始めた。

名久井さんは一九二二（大正一一）年、北海道で生まれた。父親の仕事の関係で小学校五年生の時に朝鮮に渡り、中学卒業までを朝鮮半島で過ごしたという。中学卒業後は軍隊に入りたくないとの一心から、徴兵免除のある大学進学という道を選択、その後長崎で浪人生活を経験した後、東京の中央大学に入学する。しかし、浪人してまで入った大学だが、当時、授業はほとんど行われず、来る日も来る日も教練ばかりだったそうだ。

「国が残るか滅びるかって境だから、勉強どころじゃないわな。学校の先生もみんな戦争に引っ張られたから、授業も何もなかったね。教練ばかりさ。鉄砲かついで脚絆《きゃはん》まいてさ。兵役免除があるから入った大学だけれども、いずれは軍隊に行くんだろうなあって思った。みんなそういう気持ちだべ。いずれ行くんだろうなと」

そして、その予感は現実のものとなる。昭和一八（一九四三）年一〇月、文系大学生の徴兵猶予が廃止され、一二月に名久井さんも軍隊への入隊を余儀なくされてしまう。軍隊に入りたくないからという理由で大学に進んでおきながら、わずか半年で戦争に駆り出されてしまった。中央大学に半年しか在籍していない名久井さんは、繰り上げ卒業の扱いにすらなっていない。

明治神宮で行われた出陣学徒壮行会にも参加しているが、国や大儀のために死ぬという気にはまるでならなかったという。

「歴史の必然だ」。彼は諦めたような顔で一言呟いた。

輜重隊《しちょうたい》から特攻要員へ ―― 飛行訓練と酒

学徒出陣によって軍隊に入隊した名久井さんが、最初に配属されたのは樺太だった。彼は馬を使って食料や武器弾薬を輸送する輜重隊という部隊に配属された。ここには学徒出陣の学生ばかりおよそ八〇人が集められていた。

「この八〇人の中から航空隊の適性のあるやつを選んだのさ。身体検査で、目つぶって一〇歩進んで、回れ右して、また一〇歩帰ってくる。そして元の場所に戻っていたら合格。すると次は床屋の椅子みたいなものに乗せられて、ぐるんぐるん回されて、目が何秒で落ち着くか。それを八〇人全員にやるわけよ。でも本当は誰も受かりたくないの。飛行隊は消耗品だよと。飛行隊はどんどん戦死するから我々の中からも適性のあるやつを引っ張るんだよって。だから本当は飛行隊に行きたいやつなんか誰もいなかったんだよ。それなのに俺と、もうひとり、八〇人の中から二人だけが指名されちゃったんだよ。そしていつの間にか飛行学校に引っ張られちゃったんだ」

名久井さんはその後、栃木県宇都宮市で飛行訓練を受けた後、特攻要員として満州の飛行隊に配属された。飛行隊に配属された彼は、特攻要員として日夜訓練に励んだ。

特攻隊として出撃する人間は、操縦の上手さ、愛国精神の強さなどを上官が判断して決めていた。

「ある時期になれば、上官に『お前とお前とお前とお前は、次、知覧へ行け』と言われる。そして知覧さ行って、そこでまた訓練して、それで、沖縄でぶつかって死んだのよ」

実際に、満州で名久井さんと一緒に訓練を受けていた仲間のうち、操縦のうまかった五人は特攻隊員として知覧から出撃し、沖縄の海に散っていったそうだ。

訓練を受けながら自分の順番が来るのをただひたすら待ち続ける日が続いた。

「そりゃもう、本当に嫌だったよ。だから、仲間と一緒に毎日酒ばかり飲んだんだよ。毎日一升飲んだんだ。一升

飛行隊時代の名久井さん。

満州の飛行場で特攻隊要員の仲間たちと。

だよ。毎日酔いが醒めるのがおっかないの。はっきり言って死ぬのが怖かった。でも、仲間はみんなそれがわかっていたんだよな。わかっているから、それを思い出したくないから酒を飲んで、酔いにまかせちゃうのよ。その恐怖を忘れようとしてな。だから軍も特攻隊の部隊にはどんどん酒を積んでくれた。『この連中は飛行機さえあればいつだって死ねる。お前らはどうせ死ぬんだから今のうちに飲んでおけ』。そういうことだったんだろうな」

特攻隊と聞くと、お国のためにと一途に信じて死んでいった若者たちが思い浮かぶ。しかし、実際には彼らも人の子である。目の前に迫り来る死を受け入れることは容易なことではなかっただろう。私はそこに、彼らの人間的な一面を垣間見たような気がして少しほっとした。

「だからね、あんまりきれいごとばかりは言えないよ。誰でもね、死ぬのは怖い。死にたくない。誰でもね」

シベリア抑留 ―― 地獄の日々

当時はまさか戦争が終わるとは思っていなかったという名久井さん。いつかは爆弾を抱いて敵艦に突っ込んでいくんだろうなと思いながら、自分の順番が来るのを待っていたのだそうだ。

訓練と酒。ただひたすら自分の順番を待ち続ける。そんな日々を過ごしているうちに、戦局は悪化し、日本は特攻に使える飛行機すらもないという状況に陥っていた。そして、昭和二〇（一九四五）年八月、日本は終戦を迎える。

特攻をするための飛行機もなくなり、特攻隊員であった名久井さんは紙一重で生き残った。しかし、彼の戦争生活は終戦と同時に終わったわけではない。昭和二〇年八月一五日、国としての戦争が終わったこの日から、彼の四年間の悲惨な戦後が始まった。

名久井さんは、終戦の知らせをラジオの玉音放送で聞いた。そして、名久井さんたち満州にいた日本兵は、そのまま貨車に載せられ、ソ連へと運ばれた。世に言うシベリア抑留だ。〔注〕

「要するに、我々は労働者としてただでソ連に売られたんだ。ソ連復興のためにな」

何気なく出た名久井さんの一言がとても印象的で、また、どんな文献よりもシベリア抑留というものの本質を表しているような気がした。

シベリア抑留、と聞くと、シベリア鉄道の建設など極寒のもとでの重労働というイメージがあるが、実際にはどのようなものだったのだろうか。

名久井さんのいた収容所では、建築や、道路工事、発電所、製材工場、牧場での農作業など、実に多くの現場での強制労働が行われていたそうである。

その中でも、特に発電所での作業が辛かったという。二四時間操業を行う発電所。ローテーションによっては昼夜問わずの作業になる。

「貨車が石炭を積んでくるべ。で、線路の上でふたを開けて石炭をバッとおろすんだけれども、これがピーンと凍っちゃってるのさ。それを鉄の棒でつついておろすわけよ。これが辛いんだ。北海道だとか樺太だとか満州だとか行ったけれども、シベリアの寒さはあんなもんじゃないんだ。零下四〇度ぐらいだもの。寒くて小便も凍っちゃうんだ。それでいて重労働するんだから、人間性なんかもう、完全に否定されてるよ」

取材風景。

もともと、シベリアはソ連の流刑地であった。そこに建てられていた刑務所を収容所として転用し、そこに日本人の捕虜が入ったのだという。

収容所は半地下で、光の当たらない暗くさびしい場所だったそうだ。そんな場所での寒さに震えながらの強制労働。私ならそんな地獄のような状況に四年間も耐えられそうにない。発狂するか、自ら命を絶とうと考えるかもしれない。

ではなぜ、名久井さんたちはそんな劣悪な環境での強制労働に、四年間も耐えることができたのだろうか。もちろん、そこには彼らが今の若者たちと違い、強い意志の持ち主であったということも理由として挙げられるかもしれない。しかし、まさかそれだけではないであろう。そのことを確かめるべく、名久井さんからさらにお話を伺うことにした。

シベリアに抑留されていた当時のことを思い出しながら彼は次のように語ってくれた。

「あんな状況に置かれれば、逆に死ねない。戦争は終わった、日本は負けた。でも我々はまだ死なないでここで囚人として収容所で作業している。こうなりゃ死ぬもんかと、生きて帰ってやるぞと、逆にそういうふうな意地が出てくるんだよ。生き残っちゃったということになったら、その時の生存意欲はすごいよ」

なるほど。ある種の意地。「生きて帰る」そのことだけが彼のシベリアでの生活を支えていたのだ。

そんなシベリアでの生活は、先述した寒さと、そして何よりも餓死の恐怖との戦いであったという。食事自体は一日三回出るのだが、この内容がひどく粗末なものだった。毎食の献立はほとんど同じで、黒パン一切れとキャベツを塩で薄めたようなスープが一杯。たったこれだけなのだ。これしか食べずに毎日毎日寒さに耐えながら重労働を行うのだ。

当然、餓死や栄養失調で倒れる捕虜が続出した。名久井さんのいた収容所では終戦時には一千人近くいた日本人捕虜が、四年後の日本引き揚げの時には八割ほどになっていたそうだ。

「一部屋に五〇人ぐらい捕虜がいるんだ。そこで、隣でパン食べながら、スープ飲んでたやつが突然ゴロンと倒れて、そのまま死んじゃう。ついさっきまで一緒に飯を食ってたんだよ。それが何の前触れもなくゴロンと倒れて死んじゃう。これはもう、一種の危篤状態で物言って、目を開けて、飯を食ってるんだよ」

「日本人の兵隊が死ぬと、着てる物をすべて脱がして、今度は我々がそいつの服を着て、遺体を外へ引っ張って行ったんだよ。そしてソリに載せて外の穴に捨てに行ったんだよ。当時はもう、何の感情もなしにね。機械的。『昨日こいつが着ていた服を、今日は俺が着ながら歩いている。明日は俺がそうなるのかもしれない。今日は俺がソリを引くけれども、明日は俺が引かれる番かもしれんなあ』と、そん時ばかりは思ったな。俺は運よく生き残っているから、ね。生き残っているから勝手なことを言えるわけだけど、死んじまったやつは無言だもんな。だから生きて息をしているっちゅうんは、これはすごいことなんだ。この心臓が動いてるちゅうことは、すごいことだと思うぞ」

昭和二四年。名久井さんたちにもついに引き揚げ命令が下る。彼らはケメロボにある収容所から、港に近い収容所に移された。

「ウラジオストクの近くにナホトカというとこがあるんだよ。そこの収容所に入れられて、口頭試問というかな、『お前ら共産党に悪い感情を持っていないか？　スターリンに悪い感情持っていないか？　日本に帰ったら共産党の活動に協力するか？』ということを全部口頭試問するんだ。それに合格したやつは船に乗って帰るわけだ。だからその時に合格するような口頭試問の答えを用意しておくんだよ。

『私はスターリンを崇拝しています。ソ連の共産主義が好きです』とな。でも誰も腹の中ではそんなことを思っていないの。『このやろう』と思っているの。でも通ればいいやって思ってね」

無事口頭試問を通過した名久井さんは船に乗り、日本へ帰ることになる。

舞鶴に着いた時、彼は意外にも「帰ってきた」といったような感動はあまりなく、むしろ「日本もだれてるな。国敗れて山河ありだな」と感じたそうだ。

「内地にいた人も我々と同じように苦労したんだろうなと思ったな。空襲もあったし、食うや食わずで苦労したんだろうなあと思ったね」

その後彼は家族の待つ青森県五戸町へと帰郷する。実に七年ぶりの家族との再会だった。

「家族は俺のこと死んだと思ってるもん。そりゃあ驚いたべなあ。五分間くらいは腰抜かしてたなあ。それから、その後は両方とも喜びが込み上げてきたね。やっぱり親子だからなあ」

シベリアから戻ってきた時に彼はすでに二七歳。大学への復学はせず、就職の道を選んだ。もともと懲役免除のために通った大学。そこに未練はなかったそうだ。

「ただ、今は、財産も何もなくていいから、もう一度二〇歳ぐらいに帰ってみたいって気持ちがあるね。戦争のない時代を生きたいなあ。まだ何をしようというのはないけれども、戦争のない時代を生きたいね」

最後に彼がポツリと呟いた一言に、七年間の戦争経験のすべてと、彼の本音が凝縮されているような気がした。

取材を終えて

気付くと名久井さんのお話を聞き始めてからすでに六時間以上が経っていた。

取材を終えて、名久井さんと一緒に。63年前の中大生と、現役の中大生（取材者、右）。

「長いこと話し込んじゃったな。ちょっと外行こうか。もしかしたら星が見えるかもしれない」

名久井さんの言葉に促され、気分転換にと家の外に出た。その瞬間、冷たい外の空気に思わず身震いをした。暗くなった空を見上げると、そこには無数の星が輝いていた。

夜空にきらめく星を眺めながら、この星空は、シベリアでも見ることができたのだろうか、と、そんなくだらないことを考えた。シベリアの寒空の下、満天の星空を見ながら、彼らは一体何を思ったのだろうか。

取材後記

特攻隊とシベリア抑留。名久井さんから伺った話はどれも、私の想像を遥かに超えるものだった。しかし、よく考えてみれば、戦争がもたらしたそれらの悲劇から、まだたったの六十数年しか経っていないのだ。これを長いと見るか、短いと見るかは人それぞれだと思う。しかし、どちらにしたところで、私たちの生活が再び「死と隣り合わせの生活」に逆戻りしてしまうことだけは避けなければならない。そのためにも、名久井さんをはじめとする戦争体験者の、「今しか聞くことができない貴重な証言」を語り継いでいくことが、戦争体験者の最後の証言を聞くことができる世代である私たちに託された、ひとつの使命なのかもしれないと思った。

〔注〕シベリア抑留▼ソ連の満州侵略によって生じた日本人捕虜をシベリアに抑留し、強制労働に従事させたもの。

生きる勇気

取材者
平澤恵梨
▼総合政策学部三年

×

証言者
飯田　誠
▼昭和二六（一九五一）年中央大学法学部卒業、元特攻隊員・シベリア抑留体験者（取材時、八五歳）

証言者の経歴

昭和一七年…中央大学法学部入学。
昭和一八年…近衛師団歩兵四連隊に入隊。
昭和一九年…特別操縦見習士官として中国に配属される。
昭和二〇年…シベリアに抑留される。
昭和二三年…日本へ引き揚げ。

取材日

平成一九（二〇〇七）年一一月二四日、一二月一八日

プロローグ

「まだこない……」。家のポストを確認し、ため息をつく毎日。私は、ある手紙の返事を待っていた。「戦争を生きた先輩たち」のプロジェクトに参加し、一〇月中旬、戦争を体験した中央大学の先輩に手紙を出した。私はとにかく彼の話を聞きたく、いてもたってもいられなかった。

私たちにとって「戦争」は辛いこと、繰り返してはいけないことなど、大半はニュースを見たり、映画を見て感じている。しかし、戦争について頭ではわかっていても実感が湧かない。だから戦争について心の底から考えたいと思い、今回のプロジェクトに参加した。

手紙を出して一カ月ほど経っても飯田さんからは音沙汰なしだった。「やっぱりだめか」と落胆したが、諦めきれず直接電話をかけることにした。これでダメなら諦めようと思った。電話をすると、「手紙をくれた子だね」と、すぐにわかってくださった。話はすぐに通り、二日後に取材をさせて頂くことになった。「やっと話が聞ける」と、喜びが込み上げると同時に、不安も多かった。

取材開始

飯田さんとは、彼の家の最寄り駅である「小平駅」で待ち合わせをした。西武新宿線にゆられながら、「一体どんな人だろう。電話の声からしてしっかりされた方のようだ。怖い人だったらどうしよう」と、飯田さんをぼんやり想像した。窓の外を見てみると、一五時過ぎだというのに空からオレンジ色の日が差し込んでいた。季節はすっかり冬になっていた。

しばらく駅で待っていると「平澤さんですか」と、声をかけられた。すぐに飯田さんだとわかり挨拶をすませ、近くの喫茶店で話を伺うことにした。移動中、彼は「私も昔、横浜に住んでいたんだよ。お手紙をもらって驚いた」と笑顔で話してくださった。私はこの笑顔を見て不安や緊張がとれた気がした。それより同じ出身地という不思議な縁を感じずにはいられなかった。

案内された喫茶店は、ランプが灯されレトロな感じでおしゃれだった。角の席に座り、まず飯田さん自身の体験を順を追って伺うことにした。彼は悲しそうな顔をしながら、ハッキリとした口調で話し始めた。

「昭和一七（一九四二）年のミッドウェイ海戦、あの時点

飯田誠さん。

軍服姿の飯田さん。

で、すでに日本は負けていた。しかし、この時日本は大打撃を受けたのにもかかわらず、軍は国民にそのことを報告しなかった。マスコミは軍が怖いから『快勝』と嘘の報道をしなければならず、世間では一気に戦争モード。結果、戦争をやって玉砕。死ななくていい人まで死んでしまった。当時は、とにかく無茶苦茶だった」

飯田さんは、しばらく間をおいて話を続けた。

「昭和一八年、大学二年生の時白楽にある栗田谷小学校で徴兵検査を受けた。これは国民の義務だったからね。その後、近衛師団歩兵四連隊に入った。ここでの上からの暴力は本当にひどいものだったよ。殴る以外に教育はないのかと思うくらい。そういう暴力を受けてきた先輩が後輩（私たち）にそれ以上の暴力をふるう。何とか現状から逃げ出したい。だから飛行機の適性検査を受けた。検査を受けると立川に一泊できるし、それを楽しみに行ったよね。

健康だったためか立川航空飛行適性検査に合格し、宇都宮陸軍飛行学校に行った。ここでは、『赤とんぼ』（練習機）の基本操縦を勉強した。当時、飛行機乗りになれば特攻隊員になることは暗黙の了解だった。身内からは、飛行機乗りを志願した時に『そんなバカいたか』と言われた。

百パーセント死ぬものだったからね。でも僕は、同じ死ぬならあっさりと男らしく死にたいと思ったから志願したんだ。志願してから、第四一教育飛行隊に入り中国（大同駅／市街地の北東側）に行った。ここでは『双発』と呼ばれる爆撃機の訓練をしていた。そして、第二五錬成飛行隊に入り、中国へ行った。毎日毎日、訓練ばかりしていたよ。いわば、死ぬ訓練。しょうがないと、諦めで毎日を過ごしたものだ」

飯田さんは寂しそうな目をしながら淡々と語った。私は、彼と向きあっているのに彼がどこか遠くにいるような気がしてならなかった。「何か言葉を返さなければ」と思っていたが、どうしても言葉が見つからなかった。「しょうがない」で、人は死ねるのだろうか。現在では考えられない。しかし、当時の彼らにしてみれば死ぬことは「しょうがない」ことだった。薄暗い店内が、前より一層暗く感じた。

「訓練自体は、そんなに辛くなかったよ。ただ飛行機に乗っていればいいだけだったからね。歩兵の方がよっぽど辛かったと思う。僕らは表向きでは、『お国のため、天皇のため』と強調していた。だけど実際は、天皇の名を借りた権力に何も抵抗できなかった。自分が確実に死ぬことが決められ、そのことの意味を考える時間を与えられた上で、死に直面するというような体験は、正常な人間の耐えうる限界を超えていたよ。僕は、死ぬのが怖くて枕をグッショリぬらし、朝を迎えていたんだ。人前で泣くのは女々しいことだったから、寝る前に独りで泣くしかなかった」

飯田さんは、途中で何度か言葉を詰らせた。私はしばしうつむき、目線を上げると、彼は小さな目に涙をいっぱい溜めていた。初めは気が付かなかったが、彼の目には徐々に涙が溢れてきていた。しかし、彼は涙を拭わずまっすぐ私の目を見ながら話した。私は、「何か、やりきれません。飯田さんたちは何も悪いことをしていないのに。やりきれません」と、同じような台詞を何度も言った。気が付けば、私の目にも涙が溢れていた。彼は優しく頷《うなず》くだけだった。「でも、しょうがなかったんだよ」と、目で語っているようだった。

「昭和二〇年三月の終わり、日本が負けてばっかりで絶体絶命の頃、突然飛行機乗りが全員集合をかけられた。隊員に紙が配られた後、隊長は『今とれる作戦はただ一つしかない。志願する者、そうでない者はその意志を書け』と言った。項目は、熱望する、希望する、名前のみ（志願しない）の三つだった。中には、熱望すると書いて血印を押すくらい気持ちが強い人もいたんだよ。僕はこの時、『もう逃げられないな』と思ったよ。

その帰り道、『何て書こうかな。書きたくないな』と考えていた。部屋に帰ると友人が血書のため小指を切ろうとした。それを見て驚き『わかった！　一緒に熱望で出そう！　だから手は切るな！』と必死で止め、僕は熱望で出した。終戦後、人から聞いた話だけど特攻隊四六名中、一人だけ志願しない人がいたそうだ。その人は今、八戸で坊主をやっている。僕は、これが本当の勇気だったんじゃないかなと思うよ」

私は今まで、自分が生きていることに心の底から感謝したことはないし、生きることについて深く考えたことがない。飯田さんを前にすると、そんな自分がとてもちっぽけな人間だと感じ、恥ずかしくなった。

「当時、僕らは官舎というアパートのようなところに住んでいた。出撃の知らせが来る時は夜一二時頃、部隊長の部下が次に出撃する人を伝えに来るんだ。だから夜一二時にはその足音が自分の部屋の前で止まらないことを必死に祈ったものだよ。

志願して数日経って、仲間たちと出撃を選ぶ基準について話すことが多くなった。僕らは、長男や一人っ子はさすがに優遇されるだろうと思っていた。しかし、そんなことは関係なかった。最初の出撃には、長男で一人っ子の仲間が選ばれた。軍は本当に残酷だと思ったよ」

飯田さんの目には再び涙が溜まっていた。六〇年以上経った今でも、当時の記憶や感情は鮮明に残っているようだ。それほど辛い経験だったと、その涙は物語っていた。私は目頭が熱くなるのを感じ、彼の話に静かに頷いた。そして涙がこぼれないよう、必死に我慢した。

そして飯田さんは、訓練ばかりの毎日を過ごしウラジオ艦隊に突っ込む寸前で、終戦を迎えることとなった。

「あの晴れた、焼け付くように暑い日の八月一五日の終戦は忘れない。正直複雑な気持ちだったが内心ほっとしたよ。自分は助かったんだ、死ななくてすんだんだ、今日から死ぬ心配をしなくていいんだ、なんてことを思ったよ。その時、決心した。もうどんなことがあっても死なないぞと。でも、仲間の中には滑走路で暴走して死んだり、琵琶湖に突っ込んで死ぬ人もいた。戦争に関して、一人一人いろんなことを思っていたみたいだ」

さらに、飯田さんは続けた。

「玉音放送を聞いた時、僕の部隊の部隊長は『腹を切ろう』なんて言い出すと思ってた。しかし、それは全くの見当違いだった。部隊長は『恥を忍んで、国の再建のために尽くそう』と言ったんだ。その時僕は、この人はよくできた人だなって思ったんだよ」

私は、部隊長の話を聞いて鳥肌が立った。飯田さんの言う通り、部隊長はよくできた人だと思った。しかし、一つ疑問が残った。なぜこんなにできた人が特攻作戦を行ったのだろうか。上からの命令に逆らえないからだろうか。飯田さんと同じように「しょうがない」と思ったからだろうか。私は、同じ人間なのに自分の意志で物事が決められないという不自由さを恐ろしく感じた。当時、人間として与えられた行動の自由さえも無視され行われていた戦争は、一体何だったのだろうか。改めて、戦争というものの悲惨さや無意味さを感じた。

シベリアへ

戦争終了後の武装解除、一カ月ほどの部隊官舎での収容、そして帰還待機ということで、飯田さんは九月半ば、興南港近くの本宮収容所へ行った。ここでは戦時中、イギリスやオーストラリアの捕虜が働かされていたが、終戦後解放された。将校全部（同地区にあった航空隊、飛行場大隊、五十九師団、など約三百名）、そこに収容された。日本は敗戦国だったからしょうがなかった。ここでは特別な労役もなく、ひたすら帰国の日を待ったそうだ。一カ月間収容所にいた後、船に乗せられた。

「やっと日本に帰れると喜んだんだけど、船に乗って三日目の朝、ソ連のポシェットに着いた。『日本軍将校を日本に輸送するはずであったが、船が故障して外航できなくなった。港に入って船を修理完了するまで、いったん上陸して待機する』と通告があり、船から降りることになった。今思えば、あれは嘘だったんだね。原っぱを五kmほど歩き、収容所に連れて行かれた。一一月三日（明治節）には帰れると思っていたが、一二月初旬になっても帰れる気配がなかった。

一一月下旬、出発命令が出て、貨車に乗せられた。それから二六日後、ウラル山脈を越え、カザンから二百km東に着いた。そこから収容所まで四日間歩かされた。凍傷者続出だった。初めは倒れた人を蹴って起こしたが、次第に自分のことで精一杯になり多くの人が凍傷者になったよね。外は真っ暗だったけど、降るような星空だった。しかし、風は冷たく強い。時々竜巻のようなうなりを上げながら粉雪が舞うくらい寒かった。やっと着いたのは、エラブカ市という町だった。目的地が見えてきたこと、素晴らしい町の光景と、快晴、そして元旦、とたんに歓声が起こり元気になった。死なずにすんだ……。この時の喜びは忘れられないよ」

ここの収容所には三年弱いたそうだ。森林伐採や材木運搬など肉体労働中心だった。

「ここでは食べ物には本当に苦労したよね。特攻隊の時の方が恵まれていたよ。ひどい時は、黒パン一つくらいしかもらえず、葉っぱを食べたり、キノコを食べて腹を壊した人は大勢いたよ。病気で死ぬ人がとても多かった。その後、パン工場へ行ったんだ。ここは、労働は厳しいが食べるものは不足しなかったし寒さにも苦労しなかった」

尾山さん（左）と飯田さん（右）。

それから、昭和二三（一九四八）年八月末に日本に帰れることになった。舞鶴港に降りた時、切り立った島々、緑の松、何年振りかで、自らの目で見る日本の美しい姿は、今も忘れられないそうだ。そして、帰国した時思いもしない出来事が起こった。

「舞鶴から品川に着いた時、どうしてわかったのか、尾山という友人が僕の両親を連れて駅のホームに出迎えてくれた。これには本当に感動したよ」

尾山さんは、軍隊に入った時からずっと一緒でとても仲がよい友達だったという。二人の友情の深さが象徴される出来事を飯田さんは話してくれた。

「昭和二三年一〇月のある日、突然、復員の発表があった。数日後、作業をしていると収容所から本部員が馳《は》せつけ、名前を読み上げた。尾山は呼ばれたが、僕は呼ばれなかった。残念と思いながらもしょうがないなと思い、よかった！と喜んだ。作業が終わり、収容所に戻ると僕は呼び出しを受けた。すると誰かが隊長に訴えていた。それは、復員が決まった尾山だった。『飯田を残して先に帰れません。飯田が残るなら俺、残ります！』僕は本当にびっくりしたよね。『帰れるものからはやく帰るのが当然だ。お前は日本に帰れ！』と説得の末、尾山は日本へ帰った。こんな環境の中で、人を押しのけても、脱走しても帰りたいという時に、何ということだろうね。僕は友情のありがたさに一晩眠れなかった。涙がとめどもなく流れたよね。彼は公平で正義を愛する稀に見る人格者。飾ることなく、優しさがあり、思いやりがあった。戦争中に失ったものは多かったけど、唯一得られたものは友達かもしれないね」

飯田さんは、優しく穏やかな表情で話してくれた。私は二人の友情に心をうたれ、我慢してきた涙がこぼれてきた。自分自身のことで精一杯だった時に、お互いを思いやる友情があったことに感銘を受けた。こんな強い友情が今の時代あるのだろうか。私が尾山さんだったら、同じことが言えただろうか。正直自信がない。戦争の記憶が薄れると同時に、人に対する思いも時代と共に薄れてきているのかと感じた。

当時を振り返って

「戦時中、一番辛かった時期は抑留時代かな。体力と飢えが一番ひどかった。でも、精神的にはそこまできつくはなかったよ。『頑張れば、日本に帰れる』と希望を持てたから。それを糧に毎日辛いことを乗り切ったよ。

精神的には、特攻時代が一番ひどかった。死ぬまであと何日という日々だったから、本当に辛かった。だから（現在の）若い人は自由に考えられてハッキリしていて羨ましいよ」

飯田さんは満面の笑みで言ったが、私は彼が言っていることをすぐには理解できなかった。当時は、希望を持てること、未来を描けること、それ自体が生きる糧となった。これらは、今の時代では当たり前のことだ。むしろ現在ではそれが嫌で、今がよければそれでいいと過ごしている若者は大勢いる。自由に考えられるということは、幸せなことなのだろうか。彼の温かい目を見ていると、その幸せに私たちが気づいていないだけというそんな気がしてならなかった。

様々な経験をしている飯田さんだが、彼が戦争で得たものは一体何だったのだろうか。

「得たものは友人だね。今や全国各地に友人がいるよ。今でも当時の友人たちとゴルフをしているよ。ただ寂しいのは、年々友人が亡くなってゆくことだね。

あと、金も名誉ない人間の生き様はすごい。抑留時代、人間でない面も見てきたからね。生きることは幸せなんだって思うよね」

飯田さんは一言一言、言い切った。戦争という辛い時代を生きながらも得たものはあった。生きることに無駄なんてない。そんなことを言われているような気がした。ただ平凡に生きている私にとってこの一言は心に響いた。彼にとって戦争とは、平和とは何だろうか。

「戦争とは、絶対にしてはいけないこと。人間の命は本当に大切だよ。今は人一人殺したら大問題だよね。それって素晴らしいことだと思う。一人一人の命は、かけがえのないものだよ。戦争はただ犠牲を払い、文化を破壊するだけで何も生まない。

平和とは、ありがたいものだよ。これは言い過ぎかもしれないけど、僕は、自由に暮らせれば国家なんていらないと思う。当時は間違った時代だった。戦争を始めた戦争責任者は怖いよね」

飯田さんは、強く優しく、迷いなく話した。

私は最後に、私たち学生に一言、とお願いした。

「うーん、何だろう。身内に迷惑をかけないで生きる、悪いことをしないってことかな。私は自分の子どもや孫たちに『人を傷つけるな』と教育しているよ。私は亡くなった妻をもっと大切にしたかったし、親のためにもっと何かできたんじゃないかなって思う。今のうちにいっぱい親孝行しとかないとね」

澄み切った笑顔がまぶしかった。

出身地が私と同じ横浜ということで、この後地元に関する話で盛り上がった。当初のぎこちない緊張はもはや消え、いつの間にか近所のおじいちゃんと話しているような気分になった。

外に出ると真っ暗だった。飯田さんは、「遠いところからわざわざありがとう。気を付けて帰ってね」とおっしゃった。お礼を言われたことに驚いた私は、こちらこそ、という思いで何度もお礼を言って別れた。

私は帰りの電車の中で、取材を思い返した。心に穴が空いたような、ズキズキ心が痛むような心情をどう言葉で表現していいかわからず、終始うつむいて考えていた。電車は、来る時よりも速く走っているように感じた。

山手線に乗り換える。駅を過ぎるたびに人が増えてくる。ふと、今日の取材で私は、ショックを受けたということに気が付いた。過ごした時代が違うだけで、同じ年の学生が死ぬことを受け入れなければいけなかったこと、自分の本心を言えなかったこと、そして、そうさせた時代に腹が立った。しかし「しょうがなかった」と何度も言った飯田さんのことを考えると、悔しい気持ちを通り越し悲しい気持ちになった。

電車から降りると、寒さが一層厳しく感じられた。

手紙

取材をしてから九日後、飯田さんから手紙が届いた。封筒には写真三枚とシベリア抑留から帰国後、飯田さん自らが書いた原稿と手紙が入っていた。私はまず、原稿に目を通した。シベリア抑留時代のことが一〇ページにわたり細かく記してあった。読み続けていると、最後の方にいくつか赤線が引いてあった。

「学徒兵として入隊してから約五年、全く予期しない、全く意外な死と隣り合ったような時を過ごしてきた。無駄な様な生活であったが、貴重な体験もした。それは今も生きているし、私のその後の人生観の形成の柱ともなっている」

「天皇の名を借りた軍隊に於ける権力の実態、そして虜囚になった収容所での人々の生きざま、富も地位も、そして食もなくなった時の人間の浅ましさは想像を絶する。しかし、その様な環境の中でも立派な人も沢山いた」

「ソ連の極めて悪い一面、特に権力のある層、支配的地位にある層の人達に共通している秘密主義と欺瞞、冷酷と残虐、詭弁と空論、不義と非情……」

この下線部分は一体何を意味しているのだろう。飯田さんの感情が強くこもっていることに間違いはなさそうだ。悲惨な時代だったが強く生きた人もいた。そんなことを訴えている気がした。彼は、取材をした時も、二〇年前に書いた原稿でも「戦争は絶対にしてはいけない」と述べている。この意味を私たちは深く胸に刻まなければならない。

続いて、飯田さん直筆の手紙を読んだ。

「寒くなりましたがお元気のことと存じます。先日は遠いところ大変ご苦労様でした。その時お約束した私の拙文と写真をお送りします。参考になるかどうかわかりませんが、この拙文は今から二〇数年前の昔、飛行訓練を受けた金丸原教育隊の同期の戦友で文章を出しました。

在学中の軍隊入隊、死ぬ覚悟で入った航空隊そして確実に死ぬことを要求された特攻隊、偶然生き残ったがシベリアに三年余の抑留。酷寒の中での強制労働、粗末な食料、何とか生きて日本に帰ろうと必死になって頑張った。それが私の青春時代だったのです。多くの友人も恋人も失った。横浜の家も焼失した。昭和二三年八月一九日、それでも私は帰ってきました。体重四八kg、栄養失調気味だったが、よくも今日まで生きのびたものだと、不思議です。八五歳を過ぎました。もうそろそろ一一年前に逝った妻の所に行こうと思っています。そんな時に中大生のあなたにお目にかかり取材を受けました。これもまた何かの縁かと思います。これからはあなた方の時代です。いつまでもお幸せでありますように祈っております。寒くなりますがお体を大事にしてお励み下さい」

手紙を一気に読み終えた。気が付けば手が震えていた。この手紙には、飯田さん自身の思いが凝縮されているように感じた。こんな貴重な手紙を頂いていいものだろうかと、私は恐縮した。「それが私の青春時代だったのです」。この言葉が一番印象的だった。自分自身と重ね合わせて考えると、いかに自分が平和で幸せかを思い知らされる。その反面、当時の学生を思うとやりきれない気持ちになり、胸が締め付けられた。

今でも私の脳裏には、飯田さんの屈託のない笑顔と涙が焼きついている。今の時代では当たり前となっている、自由に考え、表現できる幸せを忘れずにいたい。飯田さんからの手紙を握り締め、私は強くそう思った。

追加取材（捕虜生活）

飯田さんから頂いた原稿を何度も読み返し、いくつか不明な点ができたため再度取材に伺った。一二月一八日、寒さが一層厳しく感じるようになった。今回は、飯田さんのお宅で取材することになっていた。住宅街にあったのでわかりにくかったが、家の前で待っていてくださったので迷わず着くことができた。心から優しい方だと実感した。

「最近、めっきり寒くなりましたね」と、私が言うと、「みんな口をそろえてそう言うね。でも、僕は零下で過ごしてきたから暑いくらいだよ」と、笑顔で返してくださった。他愛のない会話の一部分だったが、私は一瞬ハッとした。身体で記憶したことは、何年経っても忘れないものだと。談笑を終え、話をすすめることにした。彼は、帰還命令が出て、呼ばれたが、一度帰国せずに返されている。なぜだろうか。

「昭和二二（一九四七）年、第四次帰還者で集められ、四日間歩いて駅まで行った。乗る前に名前を呼ばれるんだ。

そしたら僕の名前がなくて収容所に返された。後でわかったんだけど、ソ連側から取り調べを受けた人は名簿に載った。それだけで、返された。飛行機乗りというだけで取り調べを受けた。取り調べを受けたのは、昭和二一年シベリアに行って半年経たない頃くらいかな。政治部員という権力を持っている人たちがいる。そいつが日本人のスパイを使って調べさせる。実は、同期の中にもスパイがいたんだ。ある日、僕が原木を引っ張って作業していたら、仲間が『ワグナー（政治部員）が航空隊出身を探している』と言った。（取り調べで）僕は戦争に参加してないってのはすぐわかったけど、取り調べを受けたから帰国が遅れることになった。戦後、その人に『お前、僕を呼びにきただろ』と聞いたところ、『申し訳なかった』と言っていたよね。今さら彼を追及しようとは思わない。責めるより許す方が僕は好きだからね。同じように生きて帰ってきたし、責めてもしょうがない。でも、彼は僕に気を遣っているよね。僕の前ではシベリアの話をしないしね」

私が「四日間も歩かせて帰らせるなんてひどすぎますね」と言うと、「しょうがない、そういう国だから」と、彼は間髪入れずに答えた。意外な反応だったので驚いた。それと似たような出来事がもう一つある。

飯田さんたちがシベリアの収容所に到着してから約一カ月間、日本人はほとんど作業もなしに過ごした。そのうちソ連の持ちかけで、「日本軍将校は自己の健康管理と生活維持のため、自活作業に従事する」ことになった。いろいろ意見があったが、ほとんどの人が署名をした。もし、署名しないと、日本帰還に際して不利な取り扱いをされるというデマが流れた。数カ月後には、「ソ連五カ年計画に積極的に参加する」という署名に発展した。その後、ソ連側はこの署名を盾にとって、堂々と過酷で理不尽な労働を最後まで強いるようになったという。

「署名しないと帰れないとか、署名した方が早く帰れるんじゃないかとか噂は飛び交ったよね。今思えば、だましだよね。結局、日本人は全員署名した。でも、ドイツ人の方が利巧だったよね。ドイツ人は誰も署名しなかったらしい」

飯田さんは、同じ捕虜だったドイツ人と、仲良くやっていたようだ。当時のことをドイツ語の賛美歌を歌ったりしながら、楽しそうに話した。

「自由なんてなかった」

彼は、当たり前のことのように話した。

「当時の日本では、憲兵が幅を利かせていたため、本なんてまともには、読めなかった。思想的な本や資本論は絶対読めなかった。見つかったらしょっぴかれる。当時は、今の北朝鮮よりずっとひどい。弱い人間はだめだよね。それに従うしかしょうがないし」

少し強まった口調に、いかに当時が苦しかったのかがうかがえる。

「僕らに青春なんてなかった。でも、楽観的に考えるようにしているから、後悔したってしょうがないと思っているよ」

取材後、飯田さんと取材者（右）。

飯田さんは笑顔で語った。私は、何でそう思えるのだろうと不思議でならなかった。自由や青春がない学生は、幸せなのだろうか。表面上は、今に比べれば辛かったかもしれない。当時は、「生きたい」と思うことそのものが、彼らの頑張れる源になったのだと思う。反対に、ただ生きているような現在の学生よりも、本質的には幸せだったのかもしれないとふと思った。

取材を終え、外に出るとすっかり夜になっていた。初めての取材で涙を見せ、二回目では満面の笑みだった飯田さん。本音を話してくださって嬉しいと、素直に思う。

駅を出て、ふと空を見上げるといつもより星がたくさん見えた。「もう、飯田さんの笑顔が失われることがないように」。私は光る夜空に向かって、小さく祈った。

一年越しの戦後

取材者 伊藤恵梨 ▼総合政策学部二年

×

証言者 大塚利兵衛 ▼昭和二四（一九四九）年中央大学法学部卒業、学徒出陣でマレーへ。元ＮＨＫアナウンサー（取材時、八四歳）

証言者の経歴

大正一一（一九二二）年一〇月三一日生まれ。
昭和一七年…中央大学法学部入学。
昭和一八年…学徒出陣により出兵、中部第三部隊入隊。
昭和一九年…豊橋第一予備士官学校入学。南方軍教育隊入隊。
昭和二〇年…クアラルンプール憲兵隊学校入学。マレータイピン第二九軍憲兵隊入隊。
昭和二二年…マレーより帰国。同年、中央大学法学部へ復学。
昭和二四年…中央大学法学部卒業。日本放送協会入局。

取材日

平成一九（二〇〇七）年九月一二日、一一月二八日

大塚さんとの出会い

半袖ではまだ肌寒い平成一九（二〇〇七）年五月のはじめ、プロジェクトに参加する面々が集まった。私は何の情報もなく話を聞いていることしかできなかった。

私が戦争ときちんと向き合ったのは、きっと中学生の時で止まっている。高校生の時には、戦争についてじっくり考える機会はなかった。それに、今となっては、向き合ったというか向き合った「つもり」になっていただけにしか思えない。なぜなら、私が戦争に関して知っているのは表面的なことばかりで、しかもその表面的な事柄さえもしっかりと理解できていなかったからだ。自分の無知さに憤りを感じながらも、この機会を通してきちんと向き合いたいと心に決め、私は活動を開始させた。

プロジェクトの大筋は、中央大学出身で戦争に出征している人に取材を行うということであったが、私はそれよりも、戦争責任という観点から取材ができないかと考えた。どうしてあんな悲惨なことが起こらなくてはならなかったのか、六十数年経ったから言えることをほんの一部でも聞き出して伝えられれば、それが明日への平和につながることもあるかもしれない。中でも、権力に服従する形となってしまった新聞を書いていた人たちの気持ちを知りたかった。厳しい言論統制の中、どんな想いで記者活動をしていたのか。権力に服従せざるを得なかったジャーナリズムの失敗をどう考えているのか。私はダメもとで動いてみることにした。

146名の先輩方への手紙。

ひとまず、中央大学学員名簿を借り、昭和一一（一九三六）年から二〇年の間に中央大学を卒業され、職業が新聞記者・テレビ局関連の人をピックアップし、一覧にした。その数、一四六名。抜けや漏れがないか二度ほど確認はしたが、もし抜けや漏れがあったとしてもそれは運命かもしれない、と一覧に並んだ一四六名に手紙を送ることにした。しかし、手紙を送るまでには一つの大きな壁があった。二〇年前に編纂された学員名簿に刻まれた郵便番号は五桁。そのまま送ってもよかったのかもしれないが、少しでも確実に届けてほしいと思い、一四六個の住所を一つ一つ郵便番号検索サイトに打ち込み、七桁に変換させた。その中には現在存在しない地名もいくつかあり、長い長い時間の移ろいを感じた。何人かのゼミ生に助けてもらって、ようやく全員分の住所がそろった。あとは、手紙を送るだけ。

二日間くらいかけて、マジックで住所を書き込み、手紙を入れるという作業を繰り返した。最後の一通を完成させた時には、まだ送ってもいないのに達成感でいっぱいになる私がいた。

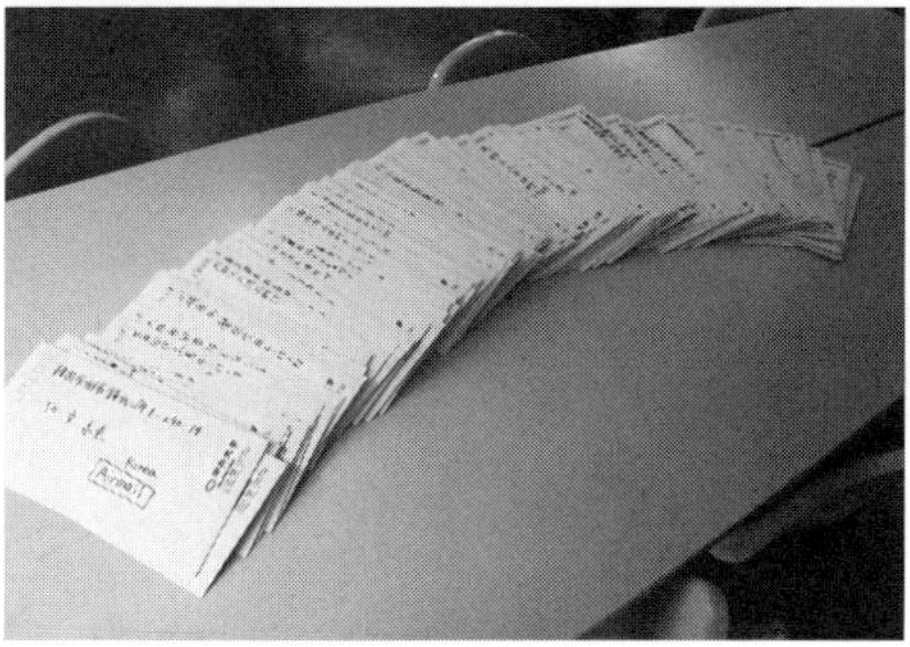

海外にお住まいの方にも手紙をお送りした。

「一通でも返ってきますように」と、心の中でそう何度か祈りながら束になった手紙を投函した。平成一九（二〇〇七）年七月九日のこと。

手紙を出してから、毎日自宅のポストを覗くようになった。二日目、三日目、四日目……ポストは空っぽの日が続いた。やっぱり返事は来ないのかと、五日目の挑戦。今日は空じゃない。少しだけ期待してポストのダイアルを回す。中には葉書と、大きくて分厚い封筒が一枚ずつ。伊藤恵梨様と直筆で宛名が書き込まれていた。差出人には見覚えがある。恐る恐る葉書の文面を一文字ずつたどった。そこには、「戦争体験者は年々少なくなってきているので時間との戦いであるがぜひとも頑張ってほしい、応援している」とご遺族からの励ましが書き込まれていた。

自分の出した手紙がちゃんと届き、読んでもらえたという事実、そして活動を応援する返事までもらえたことが嬉しくて、葉書を握り締めながらしばらくその場にたたずんでいた。

そして、私の手にもう一つ自分宛の封筒があったことを思い出し、急いで部屋に入って封を切った。まず、中から出てきたものはビニールで丁寧に包まれた一冊の本であった。題名は『生も死も』で、帯には「南方戦線従軍体験……」というような言葉が並んでいたため、手記を送ってくださったのかなと思った。それとももう一つ、伊藤恵梨様と書かれた小さな封筒が出てきた。その中には、びっしりと書き込まれた便箋三枚が入っていた。私ははじめその字の美しさに、ご遺族の奥様が書かれたものだと思って読み進めた。すると、それはご本人、大塚利兵衛さんからのもので、「この企画にぜひ協力したい」という心強いメッセージと、「現在療養中につき、治るまで同封の戦友が書いた手記を読んで待っていてほしい」ということであった。

「ありがとうございます、早くよくなってください」と手紙に向けて心の中でお辞儀をした。中央大学という細いつながりしか持たない名もなき学生が送った手紙に、療養中でありながら本まで同封して返信を頂けるなんて奇跡に等しいのではないか。こんなに温かい先輩との間にできたつながりを、絶対に絶やしてはいけないし、先輩にも自分にも意味のある活動をしていかなければと、一人モチベーションだけは上げていた。

大塚さんとの初対面

平成一九（二〇〇七）年九月一二日、待ちに待った大塚さんとの初対面の日。九月というのにお世辞にも涼しいとはいえない、どんよりした空気に包まれた日だった。

大塚さんとは、中央大学・明星大学駅で待ち合わせをしていた。私は、約束の時間よりも一五分も早く行って、電車が来るたびに改札から出てくる人を最後の一人までジロジロと見るという作業を何度か繰り返した。約束の時間が近づくにつれ、夏休み後半のがらりとした大学の駅で一人そわそわし始めた。改札前のざわめきが消え、次の電車が到着するまでの静の時間は本当に長く感じた。

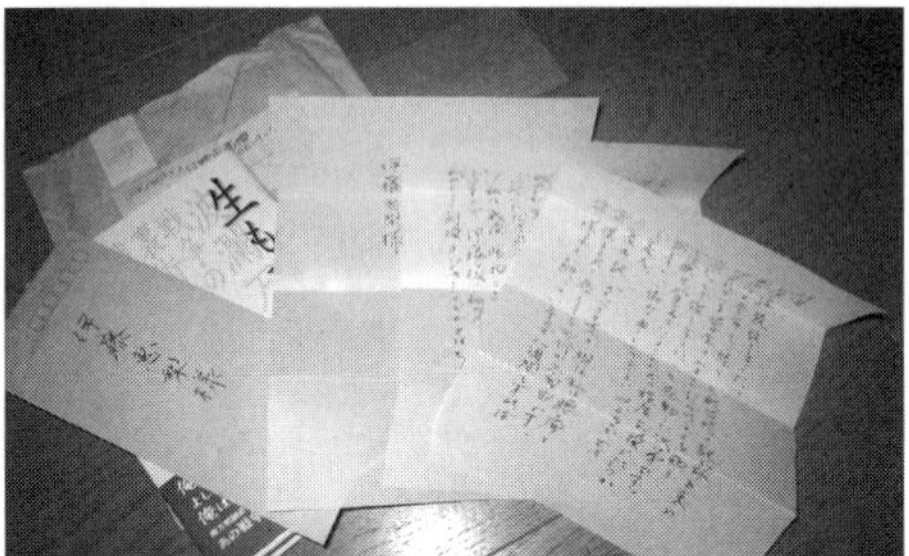

大塚さんからの返事。

ふと、一人のお年を召した男性が足を止めてあたりを見渡している。もしやと思い、傍に駆け寄り声をかけた。

「大塚さんですか」

「はい、そうですよ。あなたが伊藤さんね」

それから簡単な挨拶をして、大学構内に進んだ。近くに住んでいるとはいえ、ほとんど来たことがないとか、中央大学一〇〇周年記念イベントで司会を務めたという、彼の話に夢中になりかけたところで、無理やり取材部屋に見立てた場所に着いた。

大塚さんは入るなり窓際まで進み、眺めがいいとおっしゃって、しばらく前に広がる景色を眺めていた。それからゆっくりと、お世辞にも綺麗とはいえないソファーに腰を掛けた。

「何から話していいかわからないけれど……」

そうつぶやいて、彼は淡々と話し始めた。

大塚さんが戦争と直面したのは、昭和一八（一九四三）年一二月一日。法学部二年の時だった。戦局が悪化したため、学業は短縮され、文科系の学生は全て軍隊に入る学徒出陣が決定したのだ。

この知らせに大塚さんは、

「諦めというか、物心ついた時から戦争が身の回りにあったから、自分もいつかは行くんだろうなとは思ってた。国民は天皇の赤子、言い換えれば国のために死ななければならないということを小さい時から教育されて、それが当たり前だと思わざるを得ない状況だった。もちろん、予科くらいになってくると、批判の精神は持つようになるけれども、それを表立って言うことはしなかったし、できなかったね」

と語った。

大塚さんも自分なりに覚悟をしていたのだろう。どうせ死ぬんだったらやりたいことをやろうと、自分が夢中になれるサッカーと登山に明け暮れた。大塚さんは、中央大学のサッカー部の先輩だったのだ。

「当時、ボールに使う皮がなくてボロボロのサッカーボールを大切に使って仲間と一日中ボールを追いかけていました。大学には通っていましたがね、教室にはテスト以外ほとんど向かっていませんでしたね。あの時代、男子学生には死の覚悟というのは不可欠で、どうせ死ぬならと追い立てられるように何かに夢中になっていたんです。私のようにスポーツに励む学生もいれば、自分の研究に少しでも成果を残そうとひたすら勉学に励む若者もいました。でもね、戦争に翻弄されて生活は苦しかったですが、みんな楽しく学生生活を送っていたと思いますよ」

大学時代は自分の好きなことに打ち込もうという考えは、今も昔もあまり変わらないと思うが、六十数年前の学生たちはいつも死と隣り合わせの覚悟を強いられていたことが、現代と大きく違っているように感じる。

大塚さんと戦争

大塚さんの出兵時、戦線は大きな転換期を迎えようとしていた。新聞は大敗を圧勝と偽り紙面を賑わせたが、国民もそろそろ気づき始めていたという。

「人間というのは、賢いというか本能的な鋭さがあって、真実は耳から耳へと瞬く間に伝播するんですね。あの極秘計画で建造された戦艦大和の存在も発表前からみんな知っていたんですよ。そして、軍部が敗北を勝利にすればするほど、国民の不信感は増大していったと思います。これは、『人間の英知』とでも言うんですかね。もちろん表立って、『日本はもう負ける』とは誰も声に出して言わなかったですが、どうしようもないところまできてしまったという雰囲気はじわりじわりと漂ってきていたね」

しかし、戦に行く身としては、どうしようもないからこそ自分が思い切り立派な働きをして日本を救うしかないと思っていたし、士気を奮い立たせていたそうだ。

「もう両親も覚悟は決めていたと思います。これは私の家だけでなく日本全国どこの家庭でも。戦地に向かう前は本当に他愛もない話しかしなかったというか、できなかった。もし戦争の話をすれば死ぬという結論に至ってしまうから、お互い暗黙の了解で避けていたんですね」

大塚さんは、学徒出陣が決まると中部第三部隊に配属され、その後豊橋第一予備士官学校に入校した。

「軍隊というのは、日本だけじゃなく世界どこへ行っても縦社会ということはわかっていたから、大変厳しい世界ではあったがそれほど苦痛に思わなかった。それに、私は、幹部候補生というある程度身分が保障された位置にいたから、普通の兵隊さんほどの苦労はしていなかったと思います」

それから、しばらくして大塚さんはマレーへの出兵が決まった。

「マレーに出向く直前に、最後の両親との面会で、将校用の日本刀を父に渡しました。私の家に引き継がれた日本刀でね、自分のために軍隊用に作り直してくれたものだったんですが……。持っていてもどうせ死ぬならもったいないし、刀で戦うほど柔《ヤワ》な戦争ではないんだと言い張って渡しました」

そんな大塚さんの後ろ姿を、ご両親はどのように見送られたのだろうか。

マレーへの出兵

船に乗り、マレー半島に向かった。ここからが生死を分ける分岐点になる。

「たどり着くまでに死ぬかもしれないと思っていましたね」

なるほど、大塚さんの落ち着いて物事を考えられる姿勢は、もうこの頃から備わっていたのだなと気づいた。

「私はマレーに配属されたんですがね、同じ南方戦線でもビルマに向かった仲間は全く悲惨の極みでした。補給を無視した作戦の無策が全部出たのがビルマ戦線です。戦いではなく飢えで死ぬ仲間が数多く出ました。ビルマの戦線がどれだけ悲惨だったかを現すエピソードなんだけれども、当時、ビルマから来た将校が、マレーの食事を見て、お前らこんな贅沢をしているのかと大泣きしたこともありました」

大塚さんはマレーに着くなり、ポートディクソルにあった南方軍教育隊に入隊し、五カ月ほど訓練を受け、南方教育隊を卒業したのは昭和二〇（一九四五）年三月。もう、終戦に近づいている時だった。その後、クアラルンプール憲兵隊学校への入学を志願した。憲兵隊への志願という言葉に、私が怪訝そうな顔をしているのを汲み取ってくださったのか、

「憲兵隊と聞くと、日本では悪いイメージですが、戦地での憲兵隊の最大の仕事は情報戦です。戦争には情報が重要なんです。敵の情報をしっかり持って戦わなければ負けてしまいます。だから、大事な情報戦の分野で働きたいと思ったし、もう一つ重要な治安維持の仕事もしたいと考えて憲兵を志願したのです」

その後、マレータイピン第二九軍憲兵隊に入隊した大塚さんだったが、マレーではそんなに激しい戦いに巻き込まれることもなかったという。

「私が行った頃はもう終戦間近でしょ。ほとんど戦という戦はなかったですね。マレーが一番ひどかったのは中国共産党軍と戦ってた時だと思います。共産軍というのはほとんどゲリラですから、いつ襲われるかわからない、来るなら来てみろ。そんな強気でなければ何もできないのです」

マレーで迎えた終戦

まもなく、終戦の時が来た。もう先はないと思いながらも、どこかで勝利を信じ続け戦ってきたこの戦争に負けてしまったという知らせは、大塚さんたちを愕然とさせた。しかし同時に、これでやっと終わったという一種の安堵感も覚えたのは事実だった。ただし、ここからが大塚さんにとって長い長い戦いの始まりとなる。

「敗戦後四〇日ほどたったお昼ごろだったかな、日本兵が集められ名前が呼び出されたんですよ。何かなと思っていたら、私も名前が呼ばれました」

気をつけ・右向け右・駆け足……気づいたら名前を呼ばれた人が走り出していた。

「周りの仲間を見ると、憲兵隊員ばかり。ははあ、やられたなと思いました」

どれくらい歩いたのだろうか。隊列は前後左右をイギリス兵に囲まれながらタイピン刑務所に吸い込まれた。

ここで彼の一年二カ月に及ぶ刑務所生活が始まる。何も罪はないのに、刑務所生活を強いられた大塚さんの青春の一年二カ月は誰が返すのか。

刑務所での生活は全く人間性を無視した苛烈なものであり、イギリスの報復以外の何物でもなかったという。ただ、そんな状況の中でも人間は何とか生きる術を考え出すのである。

「監視体制は巣鴨の刑務所なんかと比べれば柔なものでしたね。昼間はイギリス人の厳重警備でじっとしているしかなかったですが、夜間になればマレーシア人の警備に変わるので禁止されたタバコもひそかに吸えました。マレーシア人には『日本のおかげでイギリスの圧制から逃れられた』という気持ちを持ってくれている人が多かったようで、寛大に対処してくれたのではないかな、と思います」

「刑務所の中ではね、大工や鉄工の技術を持った人はそういう仕事をして、何もできない人はヤシから繊維を剥ぎ取る仕事をしていました。図書館の整理をする人もいましたね。入所後しばらくして、囚人の記録写真を撮るカメラマンの募集があり、早速飛びついて、採用されました」

大塚さんがこの仕事についたおかげで、同僚の捕虜たちは少し飢えをしのぐことができた。

「囚人の顔写真を撮ると現像し、焼き付けをします。現像液の薬品やフィルム・印画紙が要るんですが、他の人にはわからないから、私が市中に出かける許可が出ました。もちろん後ろからの監視はつき物でしたがね。でもね、これも縁というか、たまたま戦時中に隊に出入りしていた地元住民の中に、カメラ屋をしていた中国人の方がいてね。その店に買い出しに行くのです。すると、おいしい食べ物やお菓子やタバコを用意してくれて、部品と一緒に持たせてくれたんです。中国人にはね、深く付き合うと非常に恩義に厚い人たちが多いんですよ」

それで見つからなかったのかと心配になって聞いてみると、

「部品ですと言えば監視員はわからないので、一度も痛い目にあったことはなかったですね」

と誇らしげな答えが返ってきた。

そしてここからがまた彼の仲間思いの人柄なのか、もらった食料をみんなに分けて配った。このおかげで、数えるほどのご飯粒にお湯をぶっ掛けただけの食事でも、救われる命があったのである。

しかし、食事に関するエピソードは耳を疑うものばかりだ。

「ある時、アメリカ軍の使っている携帯食料が配給になりました。ただし、一食分が三食分（一日分）でした。中にオートミールの缶詰があり、これを食べると胃の中でふくらみます。獄中のひどい食事で胃が小さくなっていたため、オートミールを一度に食べた兵隊の胃が破裂するという事件もありました。戦時中であってもきちんと食事が出されるアメリカ軍の食料政策だけ見ても、日本は劣っていて、負けるのは当たり前と思わざるを得ませんでしたね」

このエピソードに目を大きく見開いて驚いていた私に、大塚さんは、

「そんなことで驚いていてはだめですよ。日本には、大型兵器を運ぶ車がなかったんです。例えば、私が扱っていた聯大砲や山砲などは馬で運ぶんです。馬がなければ、分解して人間がかつぐ。馬は兵隊より大切なものでした」

私は、思わず「えー!?」と声を出してしまった。馬を戦に使うのは、もう江戸時代くらいで終わっていると思い込んでいた。今までに、太平洋戦争で馬が出てくる戦闘シーンなど見たこともなかったし、私はしばらく唖然としてしまった。

理不尽な別れ

ところで、この生活の一方では一緒に戦った仲間が次々と死刑にされていくという現実もあったことを忘れてはならない。

「この裁判はイギリスの報復裁判だったからね。裁判にかけられた時、特に調査もしないで、住民が『この人だ』と言えばそれで死刑になってしまった。全く違う人なのに、苗字が同じだけで死刑になる人もいましたよ。死刑はね、前日にわかるんです。だから翌日はみんな朝五時に起きて刑務所の入り口にある死刑台に向かって手を合わせました。するとそのうち、『バタン』とものすごい大きな音がして、またみんなで手を合わせるんです。というのは、この『バタン』という音は首吊式の死刑台の台が外れる音だったんですよ……」

そんな悲しい朝を何度も乗り越え、一年二カ月が経過した。この間、大塚さんが裁判を受けることは一度もなかっ

たが、マレーだけでおよそ六〇人の仲間が裁判を受け死刑になった。仲がよかった友人もたくさん命を絶たれた。けれども、大塚さんはどこから監視されることもなく自由に外に出て日本に戻れる身になっていた。この時の彼の複雑な心境は計り知れない。とりあえず日本に帰ることは決めたものの、帰ってどうするかなどと考える余裕はなかったという。

「私は部下を預かる将校だったからね、一緒に帰る兵隊さんを無傷で日本に返さなければならないとそれだけを懸命に思っていただけです」

帰　国

まもなくして、帰国のための船に乗った。たくさんの日本兵が乗っていた。

「ふっと隣を見ると、英語で書かれた日本の新憲法を翻訳し勉強している人がいてね。何をしているのか聞いてみると、憲法が変わったから早く理解して復学したいと言って、日本に着くまでの間その手を休めることはなかったね。本当に切り替えが早い人だな、と感心していました。私は、何も考えることなどできなかったのでね」

数日後、船が止まった。

「何と汚い所だろうと思いました。そこは日本の長崎の南風崎だったんですが。季節はまだ寒い二月半ばだったかな。ずっと熱帯で緑に囲まれた生活に慣れていたのでね、真冬で緑がない日本の風景は寂れて見えて、負けるとこんなふうになるのかと思ったね。でも、たくさんの看護婦さんが船が着くのを待ち構えてくれていたんですよ。その時は、やっぱり日本の女性は美しい、と思いましたね」

そこから家族の待つ静岡へ向けて、列車に乗りこんだ。四人掛けに一六人が乗るという想像し難い状況が何時間も続いた。

「途中で、原爆が落ちたと聞いていた広島の焼け野原を目の当たりにしたんですがね、それを見て、また、やっぱり日本は負けたんだ、としみじみ思いました」

二年ぶりに踏みしめることができた日本の大地も、戦争で姿を変えてしまっていたのだ。国を思って戦に出向いたのに、帰って来たらそこは焼け野原だなんて皮肉な話だと思った。

「帰る時にね、軍人手当てとして八〇〇円もらっていたんです。途中でタバコや羊羹を買っては仲間と分けていましたが、インフレだったのでほとんどお金は残らなかったですね。ちょうど、タバコが三〇円、羊羹は一〇〇円くらいだったと思います。だからほとんどお金は残りませんでしたが、自宅のある最寄り駅に着いた時は、その残りから自宅までかかる運賃だけを持って、あとは同僚や部下に渡しました。戦争をしてもらったお金でどうこうしようという気にはならなかったのでね」

無事自宅に到着すると、当たり前であるが家族は大変喜んでくれたという。敗戦から大塚さんが日本に戻るまでの間には、刑務所から手紙を送る機会があったし、友人が無事を知らせてくれていたが、一年二カ月の空白は本人はもちろん、家族にとっても長い長い戦いだったに違いない。

大塚さんの戦後

それからというもの、大塚さんはしばらく物思いにふけるような毎日を過ごした。

「学校に戻るか、北海道に行って牧場を経営するかなどいろいろと悩んでいました。けれども、友人が学校に戻ろうと誘ってくれたり周りからの声があって、復学を決意しました。でもやっぱり、在学中も何をやっても手がつかないという虚脱状態は続いてね、特に授業は受けることなく気づいたら卒業を目の前にしていました」

そして、彼は、戦時ジャーナリズムへの批判から、真の民の声を届けるべく新聞記者を志望していた。

「ある日、学内を歩いていると求人掲示板にＮＨＫアナウンサーの募集の張り紙が目に入ったんです。放送もジャーナリズムの一つだよなと考えて、すぐに応募しました」

卒業と同時にＮＨＫ入社が決まっていた。昭和二四（一九一九四九）年の春のことだった。

大塚さんのジャーナリスト人生

何事もきちんと判断して、中立の立場を失わないことを胸に、大塚さんのアナウンサー人生が開幕した。昭和二六（一九五一）年までＧＨＱの検閲が続き、翌年の昭和二七年からＮＨＫも自身の本格取材にもとづく放送が始まった。そしてその翌年には日本初のテレビ放送が開始された。彼もラジオからテレビへと、仕事の場は増えていった。そんなテレビの創刊期から現在に至るまでテレビの裏側に身を置く彼は、その間の変化をどう受け止めているのだろうか。

「テレビは新聞よりも何よりも影響力が強い。だから制作者は心して制作しなければならない。けれども、テレビ業界の現状を見ると、大きな会社ですら下請けの制作会社に仕事を任せ放しで、制作に責任を持っているとはいえない。だからこそ、テレビを見る一人ひとりがテレビの裏側にあるものを感じ取り、もっと物事をしっかり考えてほしい。そうしなければ、集団性の強い日本人はテレビの操るままに、また悲惨な状況を繰り返しかねない。そのためにも、家庭でのしっかりとした教育を欠かさないことが重要です。一人ひとりがじっくりと考えることで、自己を確立し、相手も尊重することができる。国の方針を決めるのはあくまでも国民で、ジャーナリズムはその選択肢を考えさせる機関にすぎないんです。情報提供をして、問いかける、これが仕事なんです。だからこそ国民がしっかりと個を築いていなければジャーナリズムは本来の役割を果たせないのです」

ただただ頷《うなず》くほかなかった。見たこと聞いたことを、自分なりに考えること。こぼれるほどたくさんの情報に身を置く私たちが、今絶対に欠かしてはならないことなのかもしれない。

大塚さんは続ける。

「戦争は、crazy。凶器。思いもよらぬことの連続でしかない。これを防ぐには未然の措置が必要で、狂気に走る人間を止められる政治をし、ジャーナリズムや評論活動がこれを支えなければならない。一人ひとりが声を上げて、おかしな方向に向かう前に芽をつむことが大事。平和の定義は一人ひとり違うし、平和を保つことは本当に難しい。私は多くを望まないけれど、それなりの生活ができて、一日が問題なく終わることが、ささやかな平和と思っています。個人の平和を大切にする、言い換えれば個人の平和を侵さないということをみんなができれば平和は保たれる。それから、日本が自分の立場を明確にすること。日本というアイデンティティを持ち、外交を大切にした政治をすること。そして、〝他国の侵略に対してのみ断固としてこれを排斥する〟という言葉を追加すれば、自衛隊派遣の問題も解決できるし自衛隊の存在も認められる。さらに、軍事面においてもアメリカ頼りにならずにすむのではないかな」

戦争にも平和にもたくさんの考え方がある。それぞれが自分なりに考え、声を上げることが、今私たちができる最も簡単な平和活動なのかもしれない。

ただ、今のジャーナリズムに少し不満の色を見せる大塚さんに、一つだけ伺いたかった。大塚さんのジャーナリスト人生は成功していたかということ。

「自分が思った通りのジャーナリストになれたと思っています。それは、いい仕事を選んだと思えたからです。いい仕事っていうのは思い切った仕事なんですけどね、私は

大塚さんと取材者（左）。

政治や災害を中心にやっていましたが、事件があればすぐに現地へ飛んで行っていました。人に言われる前にね。私は待たずに行ってしまうんですよ。仕事場のロッカーにはいつもリュックが置いてあって、何かあるとすぐそれだけを背負ってどこへでも行きました。伊勢湾台風の時なんか一カ月くらい現地にいたんですよ」

そう笑顔で語る大塚さんは、本当に格好良かった。今、キャスターやアナウンサーと聞くと華やかなイメージを持ってしまうが、大塚利兵衛というキャスターは真のジャーナリストだと思った。

「危ないとか怖いという前に、人々に伝えたいという気持ちが前に出ていたんですよね」

この言葉が彼のジャーナリスト人生の全てを現している、と私は思う。

「じゃあこんなもんでいいかな。また、何かあったら連絡してください」

と彼は立ち上がった。私は、感謝の気持ちを伝え、

「駅まで送ります」

と言ったが、

「タバコが吸いたくてね。あそこで吸えるみたいだから、ここでいいですよ。お構いなく」

とおっしゃって、ガラス越しに見える喫煙所に向けて歩き出した。喫煙所では、平凡そうな顔をしたいかにも今時の学生がタバコをふかしていた。しばらくして、そこに大塚さんも混じり、煙が少し増えたのを私は少し複雑な気持ちで眺めていた。

「中央大学の学生」という事実は同じだが、時が変われば考えていることは全く違って、それは当たり前なのだけれども……。学徒兵にはあまりにも試練が多すぎたのではないか。死の覚悟、国のために生きる覚悟、家族や愛しい人を守る覚悟、別れる覚悟、夢を諦める覚悟。それも、自分が生きていく中で築かれたものではなくて、戦争によって築かざるを得なかった覚悟ばかりだ。どれも、とてもとても耐え難いが、六〇年前に生きていたら私もそんなふうに生きるしかなかったのかもしれないと、悲しい気持ちになった。

ふと見ると、大塚さんが立ち上がり、こちらに向かって歩き始めていた。私に気付くと、片手を挙げて笑顔を見せ、遠ざかっていった。その日一番の飛び切りの笑顔だった。そしてその後ろからは、インターナショナルサークルらしき集団が和気藹々《あいあい》と彼に続いていた。彼のすごした学生時代ではあり得なかった光景だろう。今、日本は本当に平和なんだなと心から感じた瞬間だった。

取材後記

私が送った一四六通の手紙は、七〇通が「宛所に尋ねありません」と私のもとに戻された。考えれば、住所は二〇年前のもので、半分がご本人ないしご遺族に届いたというだけでも結構すごいことである。そこから、九名の方が私に返事を下さった。そしてその文面は、「あなたがやっている活動は大変意味のあることなので頑張ってほしい」というものがほとんどであった。特に、それはご遺族の方からの返事に多く見られた。中には、「本人からはもう話はできないが、手記を書いていたのでそれを使ってください」と送ってくださったご遺族も何人かいた。そういった中で、今回私は大塚さんに取材させて頂くことになったのだ。彼の話も、送られた手記の話も、昔祖父母に聞いた話も、「戦争があった」という事実は変わらないのだが、どれも違う形をした壮絶なストーリーであった。それぞれの人生に戦争が交わるのだから、全く同じものなどないのだろうけれど。

六十数年前に生きた人々の数だけある想いの中から、こうして一つの話を伺うことができたことは、私が歩んだ二〇年という歴史の一大事となった。

最後になりましたが、わざわざ大学まで足を運び貴重な話をしてくださり、手紙を送るたび電話をするたびにいつも本当に心のこもった返事をしてくださった大塚さんには、感謝の気持ちでいっぱいです。誠にありがとうございました。

三日間の学徒兵出陣の記憶

取材者 **前田麻希**
▼総合政策学部二年

×

証言者 **熊木平治**
▼昭和一六（一九四一）年中央大学専門部経済学科卒業、三日間の学徒兵出陣（取材時、八六歳）

証言者の経歴
昭和一六年…中央大学専門部経済学科卒業。
昭和一七年…安田銀行本店営業部退職。
昭和一八年…前橋予備士官学校。
昭和二四年…新潟日報社編集局。
昭和二七年…朝日新聞社東京本社編集局。

取材日
平成一九（二〇〇七）年八月二二日

活動開始

平成一九（二〇〇七）年四月一八日、戦争を経験した中央大学の先輩方にお話を伺うという活動が始動した。誰にお話を伺うのか当てもない中、先の見えない活動の始まりだった。

先輩の情報を得るためインターネットで検索したり、中央大学の卒業生の名簿を探したりした。検索の仕方が悪いのか、インターネットからは有力な情報を得ることができず、得ることができたのは中央大学の卒業生の名簿のみだった。そこには、卒業生の名前、住所、職業が記載されていた。昭和一〇（一九三五）年から二〇年までに繰り上げ卒業をされた先輩方の名簿を収集した。中央大学は何十万人もの人々が卒業しているため卒業生の情報が集約されている本は、想像を絶するほど分厚かった。それだけ、中央大学に歴史があるという証なのだろう。一ページ一ページの紙は非常に薄く、破れないかを気に留めながら探索した。

重要と思われる箇所の複写作業が終わり、友人の伊藤恵梨さんと話していると、彼女は戦時ジャーナリズムの観点から当時の政治などの実態を聞こうとしていた。それに私も興味を持ち、一緒にやることにした。そして、中央大学の卒業生の名簿に記載されているジャーナリスト、政治家や官僚の職業に就いていた、一四六名の方々に手紙を投函した。一枚一枚、封筒に宛先を書き、返信用の住所を記したシールを貼る作業は、一苦労だった。

中央大学学員名簿。

住所と職業を知るために使用した卒業生名簿は約二〇年前に発行されたもの。返信が何通くるのかはわからない。不安と期待を胸に抱きながら、ひたすら返信を待っていた。

一通の手紙

ある日、一通の手紙が届いた。その手紙にはこう記してあった。

中央大学からの書簡が朝日新聞名古屋本社から転送

されてきて、ちょっと意外な感じがしました。朝日での私の本籍は東京本社編集局。名古屋整理部勤務は昭和三五年から五年間ほどで、その前もその後もずーっと東京在勤でしたから。学徒生の記録を残そうという活動は尊いことに思いますし、最後の機会かもしれませんね。(以下中略) しかし、私の戦時中の軌跡は、あなたの期待に応えられそうもありません。尋ねてきて下さっても、失望するだろうと思います。と言うのは、私は商業学校を卒業して安田銀行本店に勤めながら中大専門部夜間部に通った苦学生。学徒兵の経験も胸の病気で三日間だけ。新聞記者になったのは、戦後の昭和二四年でしたから。でも、せっかくですから学徒兵三日間の体験と、それまでのいきさつを別記してみましょう。

手紙には、一枚の挨拶状の他に、三日間の学徒兵出陣の体験を綴った便箋四枚が同封されていた。

私が二〇歳のときだ。昭和一六年の秋。大学・専門学校の卒業を三ヶ月繰り上げる勅令が発表され、一一月に卒業試験が行われ、さらに数日後、臨時徴兵検査が各校ごとに実施された。

私はレントゲン検査で左肺に結核浸潤のあることが分かり「第三乙種」〔注〕とされた。直ぐ帰郷して新潟医大病院で精密検査を受けた。それまで、歯茎からの出血か、と軽く考えていたのだが、実は肺からの出血による血痰であることが確かめられ、安静中心の療養生活に移った。

一年ほど経て、患部は固まってきたとの医大病院の診断で、歩行中心の運動療法を始めた。さらに一年近く。体力は大分回復したので、改めて就職を考えるようになった一八年秋、「前橋予備士官学校に入隊せよ」との召集令状―いわゆる「赤紙」が届いた。同校は戦時中、榛名山南側の中腹に設置された学徒を対象とする将校養成所だった。一八年一〇月六ヶ月繰り上げ卒業の出陣学徒と一緒になっての入隊だった。

食事は、紫色のコウリャンメシが主食で、たちまち下痢をする者が続出した。渡された寝具のマットの縫い目には、ナンキンムシがびっしり。それを手の爪でぴゅーっと引きつぶして横になっても、血を吸われた五体のあちこちが赤変、かゆくて仕方なく、引きつぶしては横になる有様で、眠れる者はほとんどいなかった。

たしか三日目の夕食のとき、私は軍医のところへ行くように指示された。軍医は「あした除隊の手続きをして帰郷するように。十分体力を回復して銃後でがんばれ」と告げた。

やはり、という思いと、帰郷したくないなぁという思いが重なって気が重くなった。三日前に郷里を出発する際には、偉そうな表現であいさつし、小学生や婦人会員たちの旗の列に送り出されて入隊したのだったから。いまさら帰郷とは、と気が滅入った。

班に戻って横になると、まくらを並べる三人が顔を寄せてきて「どうだった」と尋ねた。私はただ一言、「あした帰れと言い渡された」と。すると一人が声を殺して「そうか、おまえ助かったなあ」と述懐、他の二人は深くうなずいたのだった。

私は、その後の三人の消息をつかんではいない。また、戦後も数年を経るまでは、三人とのことはわが胸の中にのみ秘めて、口外することは全くなかった。戦後七、八年経った頃、前橋の士官学校生はフィリピンに投入された者が多かったそうだが、現地に向かう途中で輸送船が沈められて犠牲になった者がかなりいたようだ、ということを耳にした。

私は今でも、戦争のことになると、あの夜の数分間の体験—「おまえは助かったなあ」とつぶやいてうなずき合った三人のことを思い浮かべる。

熊木平治さんからの手紙。

今まで私は、戦争に行く若者たちは「戦争に行きたくない」というのが彼らの本音だと思っていた。もちろんそういう人々も大勢いると思うのだが、この手紙を読み、逆に戦争に行けなくなった人が負い目を感じなければならないということに驚いた。「助かりたい……」。きっと誰もが心の片隅で願っていたことだろう。赤紙が届くと、自分たちの感情などは関係なしに必死の覚悟で戦うのみである。「おまえは助かったなあ」と、除隊する人に対してもらした彼らの本音を想像しただけでも、怖くなる。一体、どれほどの恐怖があったのだろうか。

私は戦争とかけ離れた生活を送っており、戦争は遠い過去の出来事のように感じている。しかし、私にとって身近な祖母や祖父の世代は戦争を経験しており、戦争は遠い過去のようであって意外と近い過去でもある。私は、まだ二〇年しか生きておらず、戦争も経験していないため、死と隣り合わせになるという戦争の恐ろしさを決して理解することができるとは思わない。一つ言えることは、今の私と同年代の人々が、戦地へ赴くような時代に私は生まれたくないということだけである。

取材

熊木さんは、三日間しか学徒兵を経験していない。六〇年以上経った今でも、彼の記憶は鮮明である。やはり、戦争の記憶は忘れ去ることができないほど悲惨なものだということが、ひしひしと伝わってきた。初めは、ジャーナリズムの観点から当時の政治などの実態を聞こうとしていたが、病気で除隊した人の観点から当時の実態を知りたくなった。療養生活の立場から、戦争についてどのようなことを思っていたのか。熊木さんは戦争についてどのように思っているのか。なぜ、病気で除隊したにもかかわらず、負い目を感じていたのか。様々な疑問が頭に浮かんだ。鉛筆で達筆に書かれた彼の書簡を何度も黙読し、私のためにわざわざ書いてくださった戦争体験の記録なのだと思うと少し嬉しくなった。熊木さんの手紙には「尋ねてきて下さっても、失望するだろうと思います」と書いてあったが、私はもっともっと話を聞きたいという気持ちが強くなった。そして、熊木さんに連絡を取った。

平成一九（二〇〇七）年八月二二日。

熊木さんにお話を伺う日。私と友人の伊藤さんは、九時一〇分に航空公園駅で待ち合わせた。私の家から航空公園駅まで電車を三回乗り換えなければならない。距離的に近くはないが、航空公園駅は私が高校時代に通っていた大泉学園駅に近く、高校時代の頃をいろいろと懐かしみながら待ち合わせ場所へと向かった。

バスが出発する時間まで余裕があり、木陰に座ってコンビニで買ったおにぎりを食べた。「腹が減っては取材ができぬ……」と私は意気込んでいた。バスに乗ってからは熊木さんからの手紙を読み返し、取材についての最終確認をしていた。一五分ほどで目的地に到着し、バスを降りた瞬間、強い日差しが私を照りつけた。見上げると、真っ白な雲と真っ青な空。天気予報では徐々に天気が崩れると言っていたのが信じられないほどだった。

バス停から熊木さんの家まで徒歩で五分。周辺地図で近くに日本大学芸術学部があることを知っていたので、それを目印に進んだ。大学が見え始めると、辺りには住宅街があり、一戸建ての家が何軒もあった。しかし、人通りも少なければ車もあまり走っていない、閑散とした場所だった。

太陽が燦々《さんさん》と照る中、地図をもとに一五分ほど歩き回ったが、「熊木」という表札は見つからなかった。私は大学付近のバス停まで迎えに来て頂くことにした。一体どんな人だろう、快く私を受け入れてくださるのか。私に彼の体験を語ってくださるのか。様々な不安を抱きつつ、待つこと三、四分。一人の背の高い白髪の男性が団扇を左右に振りながら私たちの方へ歩み寄ってきた。「熊木さんだ」と、すぐにわかった。彼は「暑い中、よく来たね」と、にこやかにおっしゃって、とても優しそうな笑顔を私に向けてくださった。私は内心ホッとしながら挨拶を交わし、一緒に彼の家へと向かった。始め、私はうまく会話に入ることができなかった。初対面の人と何を話そうか迷っていたからだ。しかし、熊木さんの陽気な性格が私の緊張をほぐしてくれ、すぐに会話に入ることができた。

卒業試験

熊木さんの家に着いてすぐ、彼の奥様が「よくいらっしゃったね」と快く迎え、座敷の部屋へと案内してくださった。そして、私が椅子に座り、少しくつろいだ後、「僕が書いたんだけど……」と、ある文章を見せてくださった。

卒業試験のある科目のとき、試験場監視の職員が私の席のわきに立ち止った。彼は私の答案をのぞき込むようにして「うん、ずいぶん書けているな。もう十分だ。帰ったらいい」という。「まだ時間が残っている

熊木平治さん。

が……」と私。「それだけ書けているんだから。もういいよ……」と彼。変なことを言うんだな、と思いながら席を立つと、彼は「借りるよ」と言って私の答案用紙を取り上げ、三人ほど前の生徒の席に無言でそれを置いたまま離れて行った。私の答案を写せというわけなのだろう。私は、より多くの生徒を軍隊に送り出さなければならない学校の立場を察し、追試なんかは無いんだな、と思いながら教室を出た。ばかばかしいとか、腹立たしいといったような特別な感情は湧いてこなかった。

これを読んだ時、私は意外と冷静だった。現在自分が通っている大学でこのような事実があったことに少し衝撃を受けたが、心のどこかで、何十年以上も昔のことだから……と割り切っていたのかもしれない。ただ、なぜ試験監督の職員がカンニングを学生に強いたのか、当時の情勢が一体どんなものだったのかを知りたくなった。

私の気持ちを察したかのように、熊木さんはすぐに当時の大学について説明してくださった。当時の大学・高等・中等学校では、軍の現役将校が各学校に一人配属され、軍事訓練が週に三回ほどあった（夜間部はなし）。つまり、いざとなった時の命令権は陸軍にあるため、配属将校は校長の指揮下には入らない。そのような中で、「男は戦地へ赴くべきである」という考えが無意識に国民の間に浸透していた。カンニングを強いる職員と強いられる学生たち。決して許される行為ではないが、大学側も学生たちを留年させまいと必死だったのだろう。

国内情勢

そのような状況が作り出されていた当時、昭和一六（一九四一）―二〇年頃の軍国主義下では、人々は権力者の意見を割合素直に受け入れていた。批判精神もなかったため、自分から何かを求めたり、批判をしたりするようなこともなかったという。それは、当時流行していた大日本雄弁会講談社（現・講談社）の『少年倶楽部』という少年雑誌にも影響を及ぼしていた。そこには東条英機も寄稿しており、軍国主義や戦争を美談としていた。教育の一環として軍事教練が義務付けられていた時代。人々は、風になびいていた。「しょうがないよ。そういう教育だったんだ……」とつぶやいた熊木さんは、少し遠くを見ているようだった。

私は、「そういう教育だったんだ……」と聞いて、少し疑問に思った。教育やメディアによって人々の意見は左右されていたのはわかっていたけれど、非人道的行為が継続している戦争で、人々は政府に逆らってもよかったのではないかと熊木さんに会う前からずっと思っていたからだ。しかし、彼に直接お話を伺うことにより、今と昔の時代のギャップを感じたと同時に、私には当時の風潮を知ることはできても理解することはできないと痛感した。

「当時の日本は負けるとも思わないが、勝てそうもなかった」というのが熊木さんの本音。国際情勢について海軍は一応理解していたが、陸軍はひどかったようだ。燃料や食糧が一年分しか用意されておらず、どこを占領するか緻密な計画もなく、二、三年後を見据えていなかった。また、日本の農民は体が頑丈だということもあって軍隊として戦地へ赴いたため、米などの穀物が生産不足となっていた。そのため、中国人や朝鮮人に、過酷な労働が強いられていたという。日本の国力ではこれ以上持たないのが明らかだった。

そして、国民の不安や不満が募り、それが顕著になったのは昭和一八年。学徒出陣の時期だった。戦時中の報道機関は主に新聞やラジオ。日本にとって不利益なことは報道されていなかったが、出陣学徒は先頭に立って進まなければならず、「弾除けに立つのさ」と、自嘲して言う者もいた。この頃から、戦争は間違いだったのだと気づき始めたのだという。

当時の国内情勢について理解した後、熊木さんはお茶を飲みながら、「今日はゆっくり話しましょう」と言ってくださった。彼が話すたびに頷《うなず》きながらも必死にメモを取る私たちを見て、気を遣ってくださったのかもしれない。お言葉に甘えて、私たちもお茶を飲んで一息ついた。すると、「あなたたちに手紙を送った時点でもう私のところには来ないと思ったのに、今こうして直接会って話すとは思わなかったよ」と、冗談っぽく笑いながらおっしゃった。私自身、「尋ねてきて下さっても、失望するだろうと思います」との彼の手紙を読んだ時、断られたのだと思った。それにもかかわらず、私たちは尋ねて行こうと試みたため、快くお話をしてくださるのか不安で仕方がなかった。しかし、今こうして私たちを快く受け入れて、お話をしてくださっている。そう思うと、思わず笑みがこぼれた。

大学時代の思い出

しばらくしてから、今までの話を整理し、熊木さん自身の大学時代の思い出について語って頂いた。彼は、安田銀行本店に勤めながら中央大学専門部夜間部に通っていたので、自由時間もあまりなく、いつも電車の中で勉強していた。昔のことを思い出し、「いつも適当に勉強していたなぁ……」と、はにかんで笑う姿を見て、私も思わず笑った。昔の人は勤勉だというイメージがあったため、私自身の勉強量は熊木さんとは比較できないほどだろうと予測していたのだが、その言葉を聞いて、少しだけ親近感が湧いた。

熊木さんが二〇歳の時に徴兵検査が実施された。左肺に結核浸潤のあることが発覚し、治療に長期間を要すると思い、安田銀行を退職して療養生活に入った。当時、結核は死病として恐れられており、治療法といえば、安静にすることと栄養を摂取することぐらいだったという。療養生活は特にすることもなく、本を読みあさっていたそうだ。

一年半ほどの療養生活を終えた頃、「前橋予備士官学校に入隊せよ」との召集令状が届いた。「やっぱり来たか」と思ったという。駅に向かって出発した道には小学生や婦人会の人たちが旗を振って軍歌を歌っていた。彼の母は駅まで無言で同行して見送ってくれた。

熊木さんに初めに頂いた書簡に述べられていた三人とはここで知り合ったそうだ。たまたま藁《わら》を包んだマットと枕を並べて寝ただけの関係で、「拓大生がいたかなぁ……」という位でしか覚えていないという。そこでは、早朝、点呼が行われる前に雄健神社の祠に参拝をした。それから、号令の練習をし、朝食を食べた。彼の学徒兵の思い出は、経験が少ない上、何十年以上も前のものである。熊木さんが今でも覚えている内容は、書簡にほとんど述べられていたため、それ以上は話されなかった。

三日目に病気で帰郷する時、助かりたいというよりも嫌だという気持ちが先行したという。郷里を出る際には周りがものすごく騒ぎ立て、晴れがましいことだと送り出されたからである。また、療養は遊んでいるイメージがあったからである。熊木さんにとっては辛かったかもしれないが、彼の母親は喜んだに違いないと思い、その時のお母さんの様子を聞いてみた。「やっぱり病気だってことが周りにもわかってホッとした」と言ったそうだ。彼が仮病かもしれないとの噂もあったのだろう。彼の母親までもが後ろめたさを感じていたのである。「あの頃は死ぬと思われていた病気のおかげで、こうして、今も元気に生きているけどね……」という熊木さんの言葉は印象的だった。

嬉しいはずの母との再会も周りの目を気にすると喜ぶことができず、逆に後ろめたさを感じるというのは実に皮肉だと思う。何十年という月日が流れた現代、私が熊木さんの立場だったら「除隊できてよかった」と思っていたはずである。しかし、意外なことに、彼はそのような言葉を発することはなかった。何十年経った今でも、その時の経験を引きずっているのだろう。

戦　後

戦後、熊木さんは職業安定所で記者の募集要項を目にした。戦後は民主主義の影響でアナウンサーや記者が花形となっていたため、記者に憧れを抱き、新潟日報の編集局長に履歴書と作文を直接渡した。その時の作文が良かったらしく、半月後に採用試験を突破して整理部（編集部）記者として修行をすることになった。その後、「どうせ記者をやるなら朝日新聞社で働きたい」という思いから、自分が編集した新聞を小包で朝日新聞社へ郵送したそうだ。そこで、人事部から臨時採用試験があるとの通知が届き、難関試験を見事突破して朝日新聞社へと転職した。新潟日報での経験が生かされ、朝日では大部分を編集者として活躍したそうである。特ネタを派手に扱ってくれるということから、「熊さんの紙面はダイナミックだ」と評する人もいたらしい。

朝日新聞社での様子。

戦争を振り返って

現在、戦争を振り返ると様々なことを考えるだろうと思い、熊木さんに聞いてみた。すると、「ひどい戦争だったな……。バカなことをしたもんだと思うよ。満州での関東軍の将校たちは、終戦の直前に自分たちの家族を帰国させていたんだよ。彼らは非常に無責任だった。そういう人々が戦争を広げたんだよ。部下は上官に無理難題を強いられていた。そんな軍隊は一体何なのか」。

国民が戦争や政府に対して批判的になったのは戦後だった。日本の敗戦により、当時の軍事政権が間違っていたことを皆が確信したからである。しかし、時すでに遅し。国内の秩序は乱れており、どれほど無謀な戦争だったかを思い知らされたという。

取材中の様子。

「戦争犯罪人とされた当時の日本の指導者たちは、大勢の人々が死ぬきっかけを与えた。本来ならば、日本にも世界にも土下座して謝罪するべきであるにもかかわらず、彼らも靖国神社に祀られている。六〇年以上前のことは、現国民にとっての直接的問題ではないのは確かである。しかし、これが未だに日本の負い目となっており、それが解決しないままに時間が過ぎてしまっている」

「戦争の行為はね、結局は殺して、奪って、壊すことなんだよ」

と少し寂しげに話された彼の言葉は、私の胸に響いた。

今だからこそ戦争に関して客観的に述べることができたと思うのだが、私よりも四倍も人生経験が豊富で戦争を体験した方の言葉には真実味が感じられ、私自身も戦争とは一体何だったのかを改めて考えさせられた。現在でも戦争が勃発するたびに、一般市民が犠牲になっている。戦争の結果として世界が平和になるならまだしも、最終的には弱者に皺寄せが行ってしまう。そして世界平和のために、弱者のために様々な支援がされたり……と悪循環に陥っているように思える。人々は歴史から学ぶべきであるのに、いつの時代でも人々は欲望のままに権力を行使しているように思えてならない。

私たちへのメッセージ

最後に、「戦争を知らない人へのメッセージはありますか」と聞いてみた。急に質問され、一瞬困ったような顔をされたが、「自分らしく生きることが大事。打ち込めるこ

熊木平治さんと取材者（左）。

とを一つ持ちなさい。成功するか否かは関係なく、やることに意義があるんだよ。自分が自分の主人になりなさい」。自分の好きなことをやることにより、ストレスもなくなるため健康にいい。この社会で生き抜く中で、耐えないといけないことも多いが、自分の好きなことをやることにより、耐えることができるそうだ。

「戦争を知らない人へのメッセージ」というようなフレーズを用いたため、平和に関する答えが返ってくるのかもしれないと期待していた。しかし、期待に反して、当たり前のような答えだが、私自身、忘れがちになっていた答えが返ってきた。私は今まで自分らしく生きるというよりも、周りの人に影響されながら生きてきた部分が多かった。姉の真似をしてピアノやそろばんを始めた。双方とも、ある程度のレベルに達するまで習い続けた。しかし、結局は真似をして始めただけで、自分の趣味とまで言えるほど打ち込むことができなかった。他にも、バイオリンやバティック（ロウ染め）、陸上、テニスなど様々なことをしてみたが、それほど長くは続かなかった。何かに打ち込みながら自分らしく生きることは、簡単そうで案外難しい。戦時中と違って個性を生かせる時代に生きていることを改めて気づかされ、自分らしく生きるためにも、自分が本当に打ち込めることを試行錯誤しながらも探していこうと思った。

私の聞きたかったことを全て話して頂き、感謝の気持ちを伝え、そして熊木さん宅を後にした。バス停まで熊木さんが見送りに来てくださったのだが、空を見上げると何だかパッとしない曇り空。一滴も雨が降っていないのに、ゴロゴロと雷が激しく鳴っている。いつ雨が降り出すかわからない。バス停に着き、熊木さんと別れた二、三分後、小雨が降ってきたと思ったらすぐに土砂降りへと変わった。私は、除隊することに負い目を感じていた熊木さんのもどかしい気持ちまで、雨が洗い流してくれたらいいのになぁ……と、ふと思った。

「あの頃は死ぬと思われていた病気のおかげで、こうして今も元気に生きているけどね……」。彼のこの言葉が私の心に残った。

取材後記

熊木さんは、「避けているわけではないけど、なぜか戦争の話はあまりしない」とおっしゃっていた。それを聞き、私自身も「避けているわけではないけど、戦争を体験した方から戦争の話を聞いたことがない」ということに気づいた。歴史が繰り返されないためにも、過去の過ちを直接体験した人たちから聞くことは大事だと思う。それにもかかわらず、私は「戦争」と聞いても漠然としたイメージしか持たず、戦争の実態について熟考したことがなかった。そのため、今回のこの企画は私にとって非常に貴重な体験だったと思う。

はじめは、中央大学というほんの些細《ささい》なつながりから取材を引き受けてもらえるのか、不安で仕方がなかった。しかし、今振り返ると、中央大学というほんの些細なつながりではなく、中央大学だったからこそ引き受けてくださったのではないかと思った。この貴重な経験を忘れずに、他の人たちにも戦争とは何か、平和とは何かを考えるきっかけを、私なりに広めていきたい。

〔注〕 甲種合格、第一、第二、第三乙種合格の順に徴兵された。

中央大学の先輩が見た戦争
証言　K・Tさんの場合

取材者　**中島　聡**
▼総合政策学部三年

×

証言者　**K・T**
▼昭和二一（一九四六）年中央大学法学部卒業、元陸軍特別操縦見習士官

証言者の経歴

昭和一五年…中央大学予科入学。
昭和一七年…中央大学法学部入学。
昭和一八年…学徒出陣で徴兵される。
昭和一九年…陸軍特別操縦見習士官採用試験を受け合格。
昭和二〇年…兵庫県の三木で終戦。
昭和二一年…九月、中央大学法学部を卒業。

取材日

平成一九（二〇〇七）年一〇月二七日、一二月一日

※ご本人の希望により、氏名はイニシャルとさせて頂きます。

はじめに

戦争を体験した中央大学の先輩から話を伺った。申し訳ないという気持ちでいっぱいだった。私は先輩の話に本気で向き合えていなかったからだ。

街中では就職活動が始まっていた。中央大学でも、同学年のスーツ姿が目立つようになってきていた。正直に言えば、戦争の話を聞いている場合ではなかった。確かに、戦争を体験した先輩方から話を聞くというプロジェクトに興味はあった。しかし、自分の将来と天秤にかければ、自らの将来へと天秤は傾く。過去の戦争より、自分の将来だった。それぐらい私にとって、戦争はかけ離れた存在だったのだと思う。そう考える自分が嫌になり、これから話を伺う先輩にも申し訳ないという気持ちもあった。でも、これが本音だった。そして、心が中途半端なままお話を聞くことになってしまった。電話で先輩とお話を聞く日時の話をした直後、パソコンで企業説明会のメールをチェックしていた。この時点で、戦争の話を伺う資格さえも失っていたのだろうと思う。

しかし、先輩が涙を流しながら戦争を語る姿を見た時、どうにもならない気持ちになった。そして、もう一度先輩の話をきちんと聞かなければならない、先輩が学生だった頃の戦争と向き合いたいと思った。許されるかどうかわからない。もう話してくださらないかもしれない。でも、正直に話してもう一度会って頂こう、そう思った。電話のTさんは穏やかだった。

「そうですか。じゃあ、もう一度会いましょう」

先輩の懐の深さに感謝した。何度も何度も感謝の気持ちを伝えた。こうして、私の本当の意味での「戦争を体験した先輩からお話を聞く」というプロジェクトは始まった。

Tさんとの再会

JR南武線で武蔵小杉駅から東横線に乗り継いで、日吉駅に着いた。ここ二、三日は寒い日が続いていたが、この日は比較的過ごしやすい暖かさだった。改札を出たすぐのところにある銀色の丸いモニュメントの前で待ち合わせをしていた。虚空自像というらしい。待ち合わせ場所として、銀球という名の愛称で親しまれている。Tさんを待つ間、多くの大学生が綱島街道を挟んで向こう側の銀杏並木の方へと歩いていく。銀杏並木の先には、K大学がある。K大学に向かう人混みの中には、スーツ姿の人もいた。私と同じ就職活動中なのかと勝手に思い込み、少し焦る自分がいる。私の通う中央大学の学生に比べて、少し大きく感じた。単なる劣等感か。Tさんも中央大学と他の大学を比べるようなことがあったのだろうか、銀杏並木を歩く学生を見てそんなことを思った。

すると、ショルダーバッグを肩にかけた男性が見えた。体は細いが背筋が真っ直ぐとしていて、白髪もきれいに整えられている。バス停から歩いてくるTさんだった。日吉駅のすぐ前にはショッピングモールがある。そこの七階にある喫茶店でお話を伺うこととなった。何でも、Tさんの行きつけらしい。

二つのお願い

Tさんからお話を伺う前に、二つのことをお願いされていた。一つは、個人名を出さないこと。もう一つは、写真を載せないことだった。私は最初、Tさんのこの二つの要望に抵抗があった。周りのゼミ生に取材対象の名前を伏せている学生はいなかったし、写真を嫌がる先輩がいたという話も聞いていなかったからだ。私自身も、Tさんの名前を載せようと考えていた。写真に関しても、戦争当時や現在の様子を原稿と一緒に添えた方が、伝えたいことがしっかり伝わると思っていた。

「周りの先輩で拒否された先輩がいらっしゃらなかったので、少し驚きました」

他の先輩の話を出す自分がずるいとも思ったが、それでもTさんの意見は変わらなかった。

「個人的な情報を出すことには抵抗があるんです。戦争の話だといろいろな意見を持っている人もいますから」

これも戦後の現実なのかもしれない。写真も名前も出してくれる先輩がいれば、抵抗がある先輩もいる。戦争を体験した多くの人たちには、人の数だけ人生がある。抵抗がある人の話もしっかりと聞いておく必要があると思った。戦争の話を掘り起こそうとする場合、結論をはっきり白と黒に分けることはできないのだと思う。どちらかに身を置けば、一方から批判を受けることもある。戦争はそれぐらい繊細なテーマなのだ。お話を聞かせて頂く以上、Tさんの意思を尊重し、実名は避け、写真を掲載せずに書き記していくことにした。

中央大学へ入学

昭和一七（一九四二）年、Tさんは中央大学予科から中央大学法学部へ入学した。まず、中央大学予科という名称は、今ではあまり聞かない。大学予科とは、日本において第二次世界大戦後に学制改革が実施されるまで存在した制度で、特定の連携された旧制大学へ進学を前提にした教育機関であり、専門教育である大学本科に進学するために旧制中学校後に入学する。現在の高等学校三年と大学一、二年次に相当する。官立大学と公立大学は三年制で統一されていたが、私立は認可基準の問題で二年制が多く、三年制を取ることができたのは数少ない大学のみだった。中央大学予科は二年制、三年制の両設だった。

現在の中央大学は八王子に構えているが、当時は駿河台にあった。そして、駿河台の中央大学は、学生たちの憧れの的だったという。Tさんが中央大学予科に入学した理由も、その先に中央大学法学部という目標が見えていたからだったという。「法科の中央」という名声は、若者たちにとって今以上に大きな憧れを抱かせていたようだ。

「中央大学の学生になったんだから、恥ずかしい行動はできないと思ったね」

中央大学の学生だから恥ずかしい行動はできない、現在の学生でこのように考えている人はいるのだろうか。私にしてみても、中央大学という名前を意識したことはない。もっと正直に言えば、就職活動では有名私大や国公立の学生を前に、中央大学という名前を伏せたくなることも度々である。そう考えると、Tさんに申し訳なくなった。そして、日吉駅にいたK大学の学生を思い出した。Tさんは中央大学以外の大学は考えてはいなかったのだろうか。

「えー他も受けましたけど。残念ながら……」

白髪に手を当てて、笑っておっしゃった。でも、他にどんな大学を受けたかは教えてくださらなかった。個人的な情報を出すことを拒んでいるわけではなさそうだ。私には、当時を思い出して悔しがっておられるように見えた。もしかしたら、K大学も受けていたのかもしれない。大学受験が思う通りにならないのは、いつの時代も同じのようだ。

教室内は二極化

Tさんは入学した時、将来についてはっきりと決めているわけではなかったそうだ。それでも、中央大学に入ったからには弁護士を目指そうと考えていたため、授業も法律が中心だった。中央大学法学部に入学した多くの学生は、高文試験を目指していた。高文試験とは、高等文官試験の略称で、明治時代に始まり戦後の昭和二三(一九四八)年に廃止された高級官僚候補生の資格試験のことである。つまり、司法試験法施行以前に実施されていた国家試験ということになる。Tさんの話によれば、高文試験を目指す学生は多いが、とても合格できるような試験ではないと途中で諦める人が大半だったそうだ。Tさんご自身も合格は難しいと思いながら勉強していたという。中央大学で行われた講義の内容はほとんど覚えていないが、教室の様子は印象に残っているそうだ。

教室内の学生の態度は、二極化されていた。必死に勉強している生徒は教室の前で、真面目に聞かずにおしゃべりをしている生徒は後ろに固まっていた。大学の教室という枠内だけを言えば、今も昔も変わらないのかもしれない。時代は違っても、同じ中央大学の学生だったのだと思う。ちなみに、Tさんは中間だったそうだ。

しかし、大学の授業で現在とは決定的に違うことがあった。それは、教練という教科があったことだ。大学には教授とは別に、軍隊から配属将校が派遣されていた。徴兵が猶予されているといっても、戦争中である。大学でも学生を兵隊として養成する訓練が行われていたのだ。Tさんは何度もやらされる匍匐《ほふく》前進に逃げ出したいと思っていた。しかし、教練を欠席すれば、卒業できない、軍隊で徹底的にしごかれる、軍隊に入った時に出世できないなど、様々な噂が学生の間で広まっていたため、毎日出るほかなかったそうだ。大学には銃まで常備されていて、実弾射撃も行われていた。Tさんはこの教練の授業を受けるたびに、自分が徴兵されてやっていくことができるのか、不安になったという。こうした教練という授業があったことが、学生たちに勉強する落ち着きも失わせていた。

Tさんの楽しみは、授業の終わった後だった。授業が終われば、大学の近くにあるニコライ堂前の洋菓子屋さんへ駆け込む。お店に砂糖が入荷する日をチェックし、そこで甘い洋菓子を食べるのが楽しみだったという。私はニコライ堂と聞き、当時の中央大学が駿河台にあったのだと改めて実感した。

「甘い物なんて滅多に食べられなかったからね。授業より砂糖の入荷する日が気になっちゃってね」

喫茶店に入ることもあったが、特別高等警察に補導されることもあるため、滅多に入らなかった。大学生は徴兵が猶予されていたが、大学に行っていない同年代は赤紙が届いて徴兵された人が大勢いる。そうした中で、遊んでいる学生は目をつけられてしまうのだ。

徴兵猶予の廃止 ―― 戦地へ

昭和一八（一九四三）年、ケ号作戦によって日本軍がガナルカナル島から撤退した年である。日本軍はガナルカナル以降、太平洋の無数の島々でアメリカ軍と戦い、ことごとく敗北することになる。マキン・タラワ、サイパン、フィリピン、硫黄島、沖縄、それらの島々では降伏することもできず、玉砕の道をたどった。Tさんにとっても昭和一八年は、大きな意味を持つ年となる。それは、戦況悪化によって学生の徴兵猶予が廃止されたからである。それまでは、高等教育機関に在籍する学生は二六歳まで徴兵猶予されていた。しかし、戦況悪化によって兵力不足を補うため、高等教育機関に在籍する二〇歳以上の文科系学生を入隊、出征させることになる。

Tさんのもとにもすぐに赤紙が届いた。Tさんは中央大学に籍を置いたまま休学とされ、徴兵検査を受け入隊したという。昭和一七年に中央大学法学部に入学したTさんの大学生活は、一年足らずで打ち切られることとなった。

「徴兵猶予が廃止された時点で戦争に出されるのは時間の問題だと思ったよ。だから、赤紙が届けられた時も、それほど驚きはなかったね」

すでに戦況が悪化していることは、中央大学の学生の間でも広まっていたという。Tさんの自宅の周りでは、喪服を着ている人たちをよく目にするようになってきた。大学の帰り道に楽しみにしていた洋菓子屋にも、砂糖がほとんど入荷されなくなった。戦況が悪化している状況が国民に説明されることはなくても、日常の風景が戦況の悪化を明らかにしていた。

昭和一八年一〇月二一日、雨の強い日だった。Tさんを含め学徒兵は東京都四谷区にある明治神宮外苑競技場に集められ、「出陣学徒壮行会」が行われた。学徒二万五千人、見送る女子学生ほか約五万人が集まった。文部省から出された壮行会の目的は、学生たちを戦場に赴く決意を促し、意識を昂揚することだった。軍装姿の学生が学校別に校旗を持ち、当時の首相である東条英機の前を行進する。周りには女学生が健闘を祈って、白いハンカチを振っている。ハンカチを目に当てて泣く者もいた。Tさんはこの時、これから自分はとんでもないことに巻き込まれるんだ、そう思ったという。陸海軍に入隊することになった学生たちは、陸軍甲種・乙種幹部候補生や、海軍予備学生・海軍予備生徒として、不足していた下士官や下級将校の充足に当てられることになる。Tさんを含め、多くの学生がペンを捨て、銃を持つこととなった。

一兵卒として ―― 軍隊の厳しさ

Tさんは徴兵が決まって一番心配だったことは、軍人の生活で自分がやっていけるかどうかだったという。

「大学の教練の授業で、自分が軍人として使いものにならないことはわかっていたからね。どこの配属がいいとかはないけど、ただ、不安だったよ」

配属は三重県伊勢の通信部隊に決まった。この前まで学生だったTさんにとって、一兵卒としての生活は過酷だった。一度入隊すれば、人間は野生の動物として扱われる。何度も上官からの往復ビンタが繰り返された。動物だから叩かないと覚えない、強くならないという理屈だ。Tさんも靴が汚れていることを注意され、編み上げの靴を首から提げて、各班を回るように指示されたこともあったという。班を周る度に、上官に殴られる。一兵卒では竹刀で殴られることもよくあることで、耳を殴られて鼓膜が破れた者もいた。ここまでする必要があるのか、あんな些細なことで……。Tさんは何度も心の中でつぶやいた。しかし、口に出すことはない。言えるような空気ではないし、言えば二倍、三倍で吊るし上げられる。Tさんが一兵卒の生活に慣れることはなかった。軍隊という厳しい環境から何度も抜け出したいと思った。夜になれば寝床に入って毛布を被り、家族のことを思って枕を濡らしたそうだ。

「恐怖という感情がないと言えば嘘になる。みんな怖かったんじゃないかな。私は逃げ出したいとも思った。でも、そんなことは言えない」

私はTさんの恐怖という言葉を聞いて、少し安心した。どんなに虚勢を張って軍隊にいたとしても、学徒兵一人ひとりは恐怖を感じていた。おそらく学徒兵だけでなく、軍隊にいた全員が恐怖を感じていたのだと思う。それを裏付けることがある。Tさんによれば、就寝する時には毎回、ラッパの音楽が流れていたそうだ。消灯ラッパといわれ、歌詞もある。Tさんは当時を思い出しながら、歌ってくださった。

「初年兵は　かわいいやな　また寝て泣くのやな」

Tさんの記憶の中なので、歌詞が正確に合っているかどうかはわからない。しかし、多くの初年兵が枕を濡らしていたのは、間違いなかったようだ。Tさんは徴兵された時から、恐怖とは別の感情もあった。

「恐怖はありましたが、もう自分たちが戦う他になかった。徴兵猶予制度が廃止されたわけだから。自分が戦わないで、誰が国や家族を守るんだって思っていた」

恐怖と一緒にあった感情は、国や家族を守るという気持ちだった。Tさんはそういった気持ちは幼い頃から植え付けられたものだという。

「そういう教育を家庭や学校でされてきたからね。マインドコントロールされていたんだよ」

戦時中、子どもたちは教科書を最も大切な書物だと教えられていた。空襲の時でも、教科書だけは防空壕に持って入っていたという。戦争に強い国を作る上で、教育を重要視していたのがうかがえる。教育によって、国民を洗脳していたのかもしれない。Tさんは、自分のことをマインドコントロールされていたと語った。私は当時を振り返ってそう言えるTさんは、強い人間なのだと思う。多くの人は、自分は自分の意思で行動していたと思いたいはずだ。過去は変えられないのだから、格好がつく。それでも、Tさんは六十数年前を冷静に振り返っている。お国のために戦う、家族のために戦う、そういった感情は、国民を高揚させるには十分な意味づけだったのかもしれない。しかし、国が与えた大義名分は、一人の学生の恐怖を紛らわすこともできていなかったのだ。

陸軍特別操縦見習士官を志願——合格

Tさんは陸軍特別操縦見習士官の試験を受けることを決意する。陸軍特別操縦見習士官制度とは、パイロットをはじめとする航空要員の養成が急務となった昭和一八(一九四三)年に、陸軍が創設した制度である。師範学校、専門学校、高校、大学に在学した者が対象で、入隊の最初から曹長の階級が与えられる。生き残った特別操縦見習士一期生がまとめた「特操一期生史」によると、四期にわたる特操入隊者は約八千人。一期生任官者二、三八六人のうち、六八八人が空中戦や特攻で亡くなったという。Tさんは陸軍特別操縦見習士官二期生募集の時に当たる。なぜ、パイロットを志すようになったのか。決意させた一番の理由は、飛行機に乗ってお国のために尽くそうなんていう、格好良い気持ちではなかったそうだ。

「早く一兵卒の苦しい生活から脱したい、あの場から抜け出したいという思いだけだったね」

受験生は立川の航空研究所に集められた。試験は、椅子に座って回されて真っ直ぐに歩くことができるか、一〇桁近くの数字を少ない時間で覚えられるか、などが行われた。Tさんは、試験に合格する。

訓練事故——日に日に増してくる恐怖感

Tさんは特別操縦見習士官として相模原に転属した。一兵卒の時より扱いは良くなったが、恐怖が消えることはなかった。最初はグライダーに乗った訓練で、失速体験を覚える。どんな飛行機に乗ることになっても、ここでの失速体験が重要なのだという。失速する前に操縦桿を倒すタイミングを学んだ。何十メートルも上がるわけではなかったが、初めての飛行訓練だ。やはり、怖かったという。

Tさんは二カ月のグライダー訓練を終え、群馬県の館林に転属する。二枚羽の「赤とんぼ（練習機）」に乗っての本格的な飛行訓練が始まった。「赤とんぼ」は二人乗りで、前にはTさんが乗り、後ろには助教（教官）が乗って指導する。Tさんが戦争で死を意識するようになったのは、この頃からだったという。訓練中に亡くなる人が出てきたからだ。

「墜落で亡くなった人はいなかったんだけどね。プロペラに体を巻き込まれて亡くなった人がいてね。操縦士が歩いている人を確認できなかったんだろうね。思い出すのも辛いよ」

亡くなった兵隊は徹夜で処理され、翌日には遺骨は家族へ運ばれた。Tさんも飛行機に乗ることになった以上、死ぬことが頭になかったわけではない。危険だということもわかっていた。しかし、実際に亡くなった人が周りに出てきたことで、日に日に恐怖は増していったという。

友人の死

Tさんは「赤とんぼ」の訓練を終えると、偵察機に乗ることが決まった。偵察機の任務は主に、敵軍の基地を撮影してくることだった。Tさんの乗ることになった「新司令部偵察機」は双発で、世界中のどの戦闘機よりも速く、一万メートぐらいの高さを飛行する。一号機には機関銃を載せ、二号機には自決用の拳銃だけ用意して飛び立つ。

「どの飛行機に乗りたいか希望を聞かれてね。私は意気地がなかったからね。偵察機を希望したら、そのまま希望通りになったよ」

意気地がなかったというTさんの言葉には違和感があった。飛行機に乗ることを決意した時点で、意気地がないという言葉が当てはまるとは思えなかったからだ。偵察機とはいえ、敵地に向かう以上、撃墜される可能性は十分にある。私が理解に苦しんでいると、Tさんの目には涙が浮かんでいた。Tさんの涙に驚き、意味が理解できずにいる私に向かって、こう続けた。

「知覧に行ってごらんなさい」

Tさんの両目からは涙が溢れていた。そして自分の友人が特攻隊として飛び立ち、亡くなった話をしてくださった。

「Hは中学時代の友人でね。僕の家に来てよく遊んでいたんだ」

Hさんは口数が少なく、真面目な人だったという。

「二人でよく電車の模型を走らせて遊んでね。一日があっという間に過ぎていったな」

Tさんは涙をハンカチで拭った。

「私は偵察機だったからね。命拾いしたんだね。何か申し訳なくてね」

ハンカチを目に当てたまま、うつむいたTさん。偵察機だったTさんにも、特攻を志願するように要請はあった。特攻隊が死だということを承知した上で、Tさんも当然のように志願した。しかし、上官が決めた特攻隊の中にTさんは入っていなかったのだ。それでもTさんは自分だけが生き延びて、友人が特攻隊として出撃して亡くなったことを悔やんでいた。

「彼はどんな思いで死んでいったのか。もっと早く終戦していれば死なずに済んだんだ。負けるとわかっていたはずなのに……」

ほとんどの特攻隊員は下士官兵と学徒動員の士官だった。海軍を例にすると下士官は予科練出身であり、部隊編成上、特攻の主軸となっている。そして、学徒動員の士官とは飛行予備学生出身で、全航空特攻作戦において士官階級の戦死は七六九名。そのうち、飛行予備学生が六四八名と全体の八五パーセントを占めている。これは当時の搭乗員における予備士官の割合をそのまま反映したものといえる。

終戦の直前に飛び立った特攻隊は、多くが目的を果たせずに撃墜されている。最初は戦闘機の護衛もあったが、Hさんが特攻隊として飛び立った頃には護衛もなく、丸裸で飛び立っていた。TさんはHさんの死を戦後に人伝てに知ったが、最初は信じられなかったという。しかし、知覧にある特攻平和会館でHさんの写真を見て、彼の死が間違いないと受け入れた。第五六振武隊だったHさんは、昭和二〇（一九四五）年五月二八日、沖縄周辺にて特攻隊として戦死している。

私はTさんの涙を見て、「戦後はいつまでも終わることはない」、と言われているような気がした。Tさんが戦争で亡くなったHさんのことを忘れることはない。Tさんは偵察機として戦地に向かうことはなく、兵庫県の三木で終戦を迎え、昭和二一年九月に中央大学法学部を卒業された。

戦争で得たもの

私はどうしても伺っておきたいことがあった。それはT

さんにとって戦争で得たものはあるかということだ。多くの人の命を奪った戦争を知っている人にする質問としては、失礼なのかもしれない。戦争を肯定しているようにも捉えられかねない。しかし、人間はどんな状況にあっても、何かを得ようとするのではないかという思いがあった。それに、Tさんの学生時代と戦争は切っても切り離せるものではない。私と同年代だった頃に何を得たのか伺ってみたいと思ったのだ。

「戦争は絶対にしてはいけないものだと思います。その点を前提にした上でお話するのであれば、軍隊生活によって鍛えられたことじゃないかな。私は軍隊に入っていなければ、もっと弱い人間だったと思いますよ」

Tさんは戦争を絶対にしてはいけないと前置きした。私も戦争を否定したい思いを持った上での問いかけだった。ただ、Tさんの言う弱い人間という言葉が漠然としていて、うまく頭の中に入ってこなかった。Tさんは私の思いを察したかのように、次のように続けられた。

「軍隊生活で苦しい思いをしました。戦争によって友人を亡くし、辛い思いもしました。だから、あの苦しみや辛さに比べたら……、そう思うと戦後の苦しいことも乗り越えてこられたんです」

Tさんは、戦時中を上回る辛さや苦しみは戦後味わっていないと話された。私はTさんに戦争で得たものを聞いていたはずが、戦争の悲惨さを語られているように感じた。それは決して、Tさんが私の問いに答えていないからではない。現在の中央大学の学生が味わっていない辛苦をTさんは知っている、そう思ったからだ。戦時中よりも、戦後を生きた時間の方がずっと長いにもかかわらず、Tさんの人生で辛い過去は戦争であり、それに勝るものはなかった。それだけ戦争がもたらす辛苦は甚大なものだったのではないだろうか。Tさんは軍隊に入ることで強い人間になったと話された。しかし、強い人間を育てるために負った代償はあまりに大きかったのだと思う。

平和とは —— 現在の中央大学の学生へ

戦争を体験した人たちの考える平和とは何だろうか。中央大学の先輩は平和についてどのように考えているのだろうか。私は戦争を体験した中央大学の先輩にお話を伺うと決めた時、過去の話をするだけではいけないと考えていた。戦争を体験した先輩は、平和についてどのように考え、中央大学の学生である私はどう生きるべきなのか。漠然としているが、Tさんの考える平和や生き方について伺ってみた。

「難しいですね……。みんなが毎日を当たり前に暮らしていける世の中ではないでしょうか」

戦争が一度始まってしまえば、明日を生きることができるかもわからない。戦争は家庭の日常生活を破壊する。戦争が始まった時の日常を知っているからこそ、毎日を生きられることが、Tさんの考える平和だった。Tさんは現在の中央大学の学生に伝えたいことを次のように話した。

「若い時は二度とない。目標を持って一生懸命生きて欲しい」

中央大学の学生だけでなく、現在を生きる若者へのメッセージでもあった。

終わりに（取材後記）

中央大学の先輩という小さな縁ではあるが、私にとってTさんとの出会いはとても大きなものだった。中央大学のほとんどの学生は、中央大学の先輩が戦争を体験しているという事実を意識していない。戦争を知らない世代という言葉に、安住しているかのようにも見える。私もその一人だったのだと思う。私たちの知らない戦争とは、今回の取材でTさんが話してくださったようなことだったのだと思う。

戦争のため大学生活を打ち切られて徴兵される悔しさを知らない。厳しい軍隊生活の中で、上官から繰り返し行われる暴力の痛みを知らない。二度と会えないかもしれない家族や好きな人を思って流す涙を知らない。共に学び、遊んだ友人を戦争によって亡くした苦しみが、六十数年経った今でも涙となって溢れ出ることを知らない。

戦争とは、教科書や史料に載っているような事実ではない。何万という数で処理された戦死者「群」ではなく、戦争を体験した人たち一人ひとりの人生が崩壊し、苦しみや悲しみに変えられてしまうことなのだ。実際にTさんのもとへ足を運んだからこそ実感できるものだった。Tさんの流した涙を見て、戦争を一度始めれば死ぬまで終わることのない苦しみがある、そう教えられているような気がした。

私は戦争を知らない世代という言葉を誇りにできるよう、Tさんの言葉と涙に、真摯に向かい合っていきたいと思う。

負ける戦争を生き抜いた新聞記者

——新劇運動の影響と新聞の戦争責任

取材者　**大久保　謙**

▼総合政策学部四年

×

証言者　**山根康治郎**

▼昭和一六（一九四一）年中央大学経済学部卒業、新聞社から海軍へ、元中日新聞記者（取材時、九三歳）

証言者の経歴

大正三（一九一四）年大阪市生まれ。

昭和一六年…中央大学経済学部卒業後、朝日新聞社に入社。翌年退社し、中部日本新聞社に入社。

昭和一八年…応召され海軍に入隊。転属を繰り返し、宮崎県油津の震洋特攻基地で終戦を迎える。

戦後、ロンドン特派員、経済部長、編集局次長。

昭和三八年…東京新聞に出向、編集総務。

昭和四二年…中日新聞に復帰、秘書役。

平成一三年…中日新聞を退社。

取材日

平成一九年八月二九日、一〇月一四日、一二月二日、一二月九日

事の始まり

戦時中の記者は何を考えていたのか。当時、厳しい言論統制下とはいえ、新聞が戦争を扇動した責任については反論の余地のない定説となっている。その時、新聞記者は何を考えていたのか。あるゼミ生がこれに興味を持ち、該当する人を探していた。私はそれが実現すれば、とても貴重なものになるだろうと思ったが、該当する先輩に連絡がとれるだろうかという不安があった。その後、ゼミ生は名簿を見て、手紙を百通以上送って取材依頼をしたという。

戦時中にすでに働いていたとすれば、ご存命だとしても相当なご高齢のはず。正直、取材は難しいだろうなと思った。しかし、その数カ月後。ゼミ生は数通の手紙を手にゼミに現れた。何と、連絡がついた方が数名いらっしゃったというのだ。その方々のリストを見せてもらうと、多くは戦後、記者などとしてジャーナリズム業界に入った方々だったが、一人だけ戦時中にすでに記者として働いていた人がいた。その方が山根康治郎さんだ。年齢は今年で九三歳。私は連絡のついた数名の中から、その山根康治郎さんを紹介してもらった。

その時、山根さんの経歴で判明していることはわずかだった。大正三（一九一四）年生まれの現在九三歳で、中央大学卒業後に朝日新聞社に入社、後に中日新聞に移り、九州の特攻基地にいたこともあるという。終戦時、三〇歳である。

電話で話したゼミ生の情報によると、山根さんは話し出したら止まらず、それでいて自身の経験は公にしたくないという。なかなか手強そうな人である。しかし、取材は引き受けて頂けた。まずは一度お会いして山根さんの経歴など、詳しいお話を伺うことになった。

交詢社にて

取材を行ったのは八月二九日。暑いお盆は避けようという山根さんの希望による。そして山根さんが指定した取材場所は銀座の交詢社という社交クラブ。私は交詢社というものを知らなかったので、少し調べてみて驚いた。交詢社とは、明治時代に福沢諭吉によって作られた日本最古の会員制社交クラブ。「知識を交換し、世務を諮詢する」ことがスローガンだ。とてつもない気品に溢れ、私には到底縁のない場所であった。当時の中央大学の先輩は社会で相当出世している人が多いが、山根さんも例外ではないことを知った。

平成一九（二〇〇七）年の夏は全国的に猛暑に見舞われ、それは八月下旬でも衰えることはなかったが、取材当日は小雨交じりの曇り空で幾分涼しい朝だった。交詢社へ向かう道は「交詢社通り」という名がつけられていて、改めてその存在の大きさを知った。二年ほど前に建て替えられたという交詢社ビルは壁面がガラス張りで近未来的なデザインだった。一二〇年以上にわたり、社会で活躍する人物たちの「知識の交換」がこの場所で行われていると思うと、まだ入館していないのに日本の中心に立っているような気にさえなった。約束の一〇分前、私たちは大きな自動ドアを抜け、格調高いエレベーターで九階の交詢社に到着した。そして扉が開くと同時に、私は右手に持った場違いなビニール傘を呪った。日本の知識の中心とは、やはり私にとっては場違いな所だったのだ。

緊張しながら受付をすると、係の方が山根さんを呼びに行ってくれた。すでに山根さんは到着していたのだ。初めてお会いする山根さんはとても九三歳には見えなかった。背筋も伸びているし、眼鏡越しに見える目はまだギラギラしていた。一時をも惜しむように、いくつものソファーが並ぶ談話室に移動すると、山根さんは早速話を始めた。

交詢社が発行する『交詢雑誌』に四年前、山根さんが自身の人生を随想した文章が掲載されていて、山根さんは取材の冒頭でそのコピーを下さった。「私のことは全部そこに書いてある」ということだった。ざっと読んでみると、戦後、経済記者として国内外で辣腕をふるい、スクープを飛ばした輝かしい経歴が並んでいた。しかし、戦時中の記述は少なく、自身の戦争体験に関するものはほぼ皆無であった。私が読み終えた頃、山根さんは「私よりも他の人に取材したらどうか？」と話し出した。何でも、中央大学の同級生で山根さんと同じく新聞社に入社した方がまだご存命らしい。私たちは、その方にはまた別の機会に伺いたいということを告げ、今日は山根さんの、特に戦争に関するお話を伺いたいとお願いした。すると、自身の経歴を語ってくれた。

略歴を伺う

山根さんは、大正三（一九一四）年大阪市生まれ。昭和一六（一九四一）年に中央大学経済学部を卒業。つまり、普通より四年遅れて大学に入学している。大学入学までの四年間、彼は新劇運動に夢中だったという。新劇とは、歌舞伎に代表される日本の伝統的な演劇（旧劇）に対する言葉で、欧州の新しい演劇のことを指す。

山根康治郎さんの中央大学時代の写真。

当時の有名女優、岡田嘉子が演出家と樺太へ愛の逃避行をした話などを楽しそうに話してくれた。その後、中央大学に入学したのは同校の卒業生であるアナキスト、石川三四郎、そしてジャーナリストの長谷川如是閑、杉村楚人冠、茅原華山らに憧れたのが理由だという。山根さんの口から出る人物の名は取材時、ほとんど知らなかったが、後で調べると、どの方もさすが偉大な人たちである。

卒業後、新聞社に入社した動機を伺うと、これまた新劇運動と繋がっていた。当時、朝日新聞は大阪に朝日会館という劇場を持っていて、新劇をやっていた時に良くしてもらったそうだ。そして、演劇関係の仕事をやりたかったから朝日新聞社を受けたという。当時の朝日新聞は大阪朝日と東京朝日の二つが合併して一社になっていた。山根さんは東京本社で試験を受けて合格。しかし、東京にはそういう演劇の会館がなかったため、大阪支社勤務を希望したがダメだった。もともと、ジャーナリスト志望でなかったというが、これが運命というものか、山根さんはこの後六〇年にわたって新聞社で記者の仕事をすることになる。

しかし、山根さんが記者になることを暗示しているかのようなエピソードがある。彼がまだ新劇運動に夢中だった頃、警察に「なぜロシアの演劇ばかりやるんだ！　菊池寛をやれ！」と注意された。すると、山根さんは菊池寛の作品を調べ上げ、その中で近代的な作品を見つけては上演していたという。この痛快な話をしている時の山根さんは実に楽しそうで、聞いているこちらもなぜか気分が良くなった。このエピソードに見られるように、モノを斜から見るような彼の視点は新聞記者に向いていたのだと思う。脚本も書いていたということで、文才もかなりあったのだろう。彼が新聞記者になったのは、当然の成り行きのようにも思えてきた。

山根さんが朝日新聞に入社した翌年の昭和一七年。言論統制と紙の不足から、新聞社の統合が行われた。この時発足した中部日本新聞（中日新聞）に山根さんは中央取材強化ということで朝日新聞を退社して入社する。そして、平成一三年に退社するまで、一時、系列の東京新聞に出向するが、約六〇年を中日新聞で新聞人生活を送ることになる。

山根さんが『交詢雑誌』に書いた自身の経歴には、戦時下の記者生活の様子として「発表ものを記事にするだけであとは麻雀ポーカーだった」とあった。また、靖国神社で地方からの遺族の談話を聞いたり、議会取材を手伝ったりしたという。

しかし、間もなく応召兵として海軍に入隊。その後、終戦までに一二回もの転属を繰り返す。山根さんがこの異例の経歴を辿ることになったのは、入隊前に記者クラブなどで得た情報から、彼が「日本はこの戦争に負ける」と実感していたことが大きい。戦時中、時の首相、東條英機に反抗して「この戦争は負ける」と発言した逓信省工務局長の松前重義という人物がいた。記者として技術院と逓信省を回っていた山根さんは松前氏と交流があったという。山根さんに召集令状が届いた時、松前氏に挨拶に行くと「こんな戦争で死んではだめだ。何とか生きて帰ってこい」と言われたという。その後、東條に睨まれた松前氏は懲罰招集を受け、四二歳の高齢にもかかわらず陸軍二等兵となり、中国大陸の戦地に送られた。ちなみに、彼は無装化ケーブルの発明で通信技術の進歩に大きく貢献した人物で、東海大学の創立者でもある。これほどの人物が、実力とは関係なく思想で召集されるような時代である。結局、松前氏も山根さんも無事生きて帰ってきた。戦後に再会した時は二人で無事を喜び合ったという。

山根さんは負けるとわかっている戦争に最前線で戦って死ぬことはないと思い、いろんな手を使っては経理などの事務仕事に当たったという。記者として稼いだお金を多少持っていたため、上官が呉の遊郭の馴染みに会いに行く金に困っていたので支えたりした。彼曰く、「二等兵の辛さを体験してない」。こういった経緯が、他の者に申し訳ないという思いを生んでいるようだ。

山根さんは自身の経験を「裏の裏の手」を使って戦争を生き延びたという表現をした。その言葉には他の人に対して申し訳ないという気持ちが溢れているようだった。果たして「裏の裏の手」は「表」に出してはいけないのだろうか。私は山根さんの経験は非常に貴重なものだと思ったが、本人にとってはそんな簡単な問題ではないのかもしれない。

しかし、それにしても特異な経験をなさっている。他の人と明らかに違うのは「負けるとわかっていた」ということを実感していたということだ。学徒兵たちの多くは、「必ず勝つと信じて」いた。中にはその見通しに疑問を持つ者もいただろうが、山根さんほどの実感を得ていた者はなかなかいないだろう。ただ、当時の新聞記者が皆、山根さんと同じ思いを持っていたということではない。山根さんと同期で朝日新聞に入社した方は、軍隊を志願して自ら戦場に向かっていった。山根さんは彼と議論し、説得をしたというが、彼の決意は変わらなかったという。

私は当時の独特な状況を想像しようと試みるが、事はそう単純ではない。なぜ、山根さんは「こんな戦争で死ねるわけない」という思いに至ったのか。単に情報を得ていたからというだけでは説明がつかないような気もする。やはり、彼の思想の根底にある新劇というものが作用しているのだろうか。改めて聞いてみたい。

転属を繰り返した結果、宮崎の震洋特攻基地で終戦を迎えた山根さんは軍服を捨て、民間人に姿を変えて東京へ帰る途中、列車が広島止まりだったので、広島駅のホームに立った。終戦から一週間後の広島は「何にもなかった」というのが彼の感想だ。原爆の凄まじさを実感したというよりは、あっけにとられたという表現が的確だったそうだ。一面焼け野原の大地に立つというのはどんな気持ちだったのだろう。やはり生き延びてしまった申し訳なさがまず頭に浮かんだのだろうか。

しかし、広島の景色も含め、一連の戦争体験を語る山根さんは当時を深刻に思い詰めるような表情は見せなかった。実に雄弁で、語りながら当時を思い出しては懐かしんでいるような印象も受けた。おそらく戦後六二年間、何度も当時のことを振り返ったのだろう。考えて、考えて、たどり着いた一つの境地というふうに私からは見えた。

「私たち、今の学生に何か言いたいことなどありますか？」という質問に、山根さんは「何もないよ」と、一言答えた。それは今の若者を嘆いた発言ではないように感じた。私はその言葉から「若者は自由に生きろ」というメッセージを感じ取った。

『交詢雑誌』の山根さんの文章冒頭はシェイクスピアの言葉で始まっている。「世界は劇場、人はみな役者」。取材中、「私の人生など大したものではない」と、少し卑下した山根さんに私が「とんでもないです。すごい人生ですよ」と言うと、山根さんはそのシェイクスピアの言葉をなぞり、口に出した。

「まぁ、シェイクスピアも言ってるもんなぁ。世界は劇場、人はみな役者って」

全ての人の人生にはドラマがある。自分はそのうちの一人だという認識と、それでも優れた「役者」であるという自負が重なっているのか、山根さんの文章はこう続く。「新聞生活六十年、評論家研究者でもない一新聞人の『長丁場』一炊の夢。調子を下して読んでいただきたい」。しかし、その後に書かれた半生は夢ではなく、現実に彼の身に起きた出来事であるのだ。

取材中、山根さんは急な用事を伝えるメモを交詢社の職員から受け取り、私たちの一回目の取材は二時間半ほどで終了した。今回の取材では山根さんの体験のほんの一部しか知ることができなかった。再取材を約束し、この日は別れた。私には語らなかったが、未だ多忙の日々を過ごしているようだ。戦前の新劇運動時代、引け目を感じているという戦時中の出来事、戦後の活躍や交詢社での交流。彼の身に起きた全ての出来事が彼の人生劇を演出している。

そして今、交詢社を後にして銀座の雑踏に溶けていく老役者の背中を見る限り、まだまだ劇場を後にする様子はないように感じた。

二度目の取材

二度目の取材に行く頃には季節は変わって秋。山根さんのご自宅へ伺い、お話を聞けることになった。この取材では、前回の取材時にできた一つの仮定、新劇運動がもたらす戦争観を中心に伺おうと思っていた。当初、記者としてのお話を中心に伺うつもりだったが、一度目の取材ではそれよりも山根さん自身の戦争体験が興味深かったため、そちらからお聞きすることにした。

山根さんのご自宅は杉並区の閑静な住宅街の一角にあった。二〇〇七年一〇月一四日、日曜日の昼過ぎ。地図を見ながらさやさやと流れる神田川沿いの道を進み、目的のご自宅へ着いた。ちょうど娘さんと庭の手入れをしていた山根さんは作業着姿だった。

家の中に上げてもらい、山根さんの書斎で話を伺った。ちょうど前日、中日新聞のOB会があったそうだが、そこでも山根さんは最高齢だったという。外を出歩けるOBとしても最高齢だということで、未だに日本舞踊を嗜み、今年の正月もお江戸日本橋亭で初踊りをしたという。日本舞踊をしているというのは初耳だったが、そういえばこの書斎にも舞台で日本舞踊を踊っている山根さんの大きな写真が飾ってあった。東横劇場に出た時のものらしい。他に書斎内にはピアノもあり、本棚を見ると演劇や芸術関連の本が並んでいた。やはり文化に造詣の深い人なのだと感じた。机の上にはその日の東京新聞朝刊が広げられていて、前回の取材時に「東京新聞も読んだ方がいいよ」と言われたことを思い出した。

そこまで元気な秘訣を聞いたところ、意外な少年時代の話をしてくれた。大阪の小学校に通っていた五、六年生頃、小児麻痺か何かで足を悪くし、感覚がなくなって立つこともできなかったという。手を使って這うように移動し、トイレもお手伝いのお世話になっていた。当然、学校には行けなかったので、離れの二階で本を読む日々だったという。車椅子などない時代、乳母車に乗せてもらい医者などに通ったが治らなかった。結局、温泉に行くことによって治ったのだが、その後もゴルフをやった後などはたまに痛みが出たという。

日本舞踊は、普段から運動をするために、戦後だいぶ経ってから始めたそうだ。中日新聞の編集を離れて、社長秘書役となり、時間ができたのがその理由の一つ。また、社長秘書役となり宴会が多くなったのだが、酒があまり飲めない山根さんはその代わりに日本舞踊を踊ったという。各新聞社には「踊りの会」というのがあるそうだが、東京新聞の踊りの会が一番だったと語った。

そうこう話していると、山根さんの奥様がわざわざ書斎まで挨拶にいらっしゃった。山根さんより三つ年下で九〇歳だそうだ。とても上品な方で、山根さん同様、まだまだお元気なようだ。前回の取材で戦時中の結婚の話を少しして頂いたが、今回、私は奥様との出会いの話なども詳しく伺ってみた。

結婚秘話

「これが山根真治郎といって、家内の親父だよ」。指差す先には大きな肖像画が掲げてあった。そして私は驚いて声を上げた。「養子に入られたんですか?」。山根真治郎氏の経歴を紹介しつつ、詳しく説明しようと思う。

康治郎さんにとって義父に当たる山根真治郎氏(一八八四―一九五二)は新聞記者であり、新聞紙法の権威である。そして何とこの方もまた中央大学出身だという。学校の名前が「中央大学」と変わって最初の卒業生らしい。中央大学の創立者の一人である奥田義人にかわいがられたそうだ。中央大学の創立者まで話に出てくると、この企画が中央大学の歴史を全て網羅しているような感覚に陥った。

その後、奥田氏の紹介で明治四〇年に時事新報に入社。その後二、三回新聞社を移り、徳富蘇峰が論陣を張る国民新聞へ。当時は時事新報、国民新聞、報知新聞が日本の三大新聞で、朝日、毎日はまだまだだったという。やがて、蘇峰が毎日新聞に移ると真治郎氏は国民新聞の社長代行（副社長）に就任した。その後、東京新聞の編集局長となるのだが、戦前には新聞協会において新聞学院を設立。学院長に就任した。

新聞学院とは記者を新人教育する学校で、各社とも、多くの記者が兵隊に行ってしまい新人教育ができない戦時中はこの新聞学院でそれを補った。学院の講師には時事新報の伊藤正徳氏など、各社の部長クラスが並んだ。各社から新人記者が来ていたが、朝日からは康治郎さん一人。薦められたわけではないが、上司が新人教育をやってくれないため、「いろんな話も聞けるだろう」ということで行ったという。ここから真治郎氏との交流が始まる。また、最後の学院生だという康治郎さんは、ここで人生で初めて男女共学を体験する。

毎日新聞の女性記者と、協調会という団体に所属していた女性の計二名がいたという。山根さんが出征する時、その二人も東京駅まで見送りに来てくれた。そして改札口で別れる時、毎日の女性が「死んじゃだめよ！」と叫んだ。当時、そんなことを言ったら非国民と呼ばれた時代。会社には社の部長なども来ていたというが、捕まったりするようなことはなかったという。しかし、その言葉は山根さんの頭にずっと残っていて、「この戦争で死ぬわけにはいかない」という思いを強くしたという。

全体で四百名ほど新聞学院の卒業生がいるそうだが、そのうちの何人かと真治郎氏の家に遊びに行ったことがあった。その時、後に奥様となる真治郎氏の一人娘を何度か見かけたそうだが、あまり話をしたことはなかったという。しかし、山根さんが兵隊に行っている間、親同士が勝手に結婚を決めて養子に入れたという。大竹海兵団にいた頃、大阪の母親から手紙が来た。「東京から使いが来た。いろいろ聞いた。この上ない良縁だから了承してくれ」。山根真治郎夫妻側からのアプローチだったという。康治郎さんは「こうなったらいずれ死ぬかもしれないから、他に話もあったと思うが全部断って決めた」と語り、「向こうもそういう感情があったのでは」と想像した。その後、二人の結婚式のエピソードがひときわ興味深い。

それは彼が江田島の海軍兵学校の主計部にいた時のことだ。急遽、東京への出張が決まった。康治郎さんは指揮官として一八、九歳の練習生を六十何名かを引き連れて横須賀の砲術学校に連れて入学させるのが任務だった。その出張命令を聞いた上司はびっくりしたという。なぜなら、その時は昭和一九（一九四四）年一二月。この時期に東京へ出張ということがあり得ないと思ったからだ。異動ということはあってもおかしくなかったが、それを率いるのが康治郎さんでなくても良かったということだ。この時期等を考えると、真治郎氏が手を回した可能性もあるのではということだった。なぜなら、その出張命令では、彼らを入学させたら、一週間後に江田島に帰ってきてくれればそれまで自由にしていて良いという内容で、その間に康治郎さんの結婚式が予定されていたからだ。

途中、最後になるかもしれないからということで、その若者たちに家族らとの面会を汽車の窓越しに限って許した。大阪では多くの家族が面会に来たという。その後、一行を乗せた汽車が静岡の磐田に差し掛かった昭和一九年一二月七日の昼頃、東海地方で大地震が発生した。この地震は戦時中の出来事であるため、あまり知られていないが、一二〇〇名強の市民が亡くなっている。山根さんは東京に着いた後、記者としての使命感からその地震の様子を中日の東京総局と朝日新聞に行って伝えたが、翌日の紙面にその内容が一行も載ることはなかったという。書いてもどうせ検閲で削られるだろうという判断があったようだ。

地震で困っているということが敵に知られたら困るからということだ。当時は天気予報も載らなかった。しかし、この時の山根さんの気持ちとしては、「仕方ない」というよりも、「何で何もしてやらないんだ、助けてやらないんだ」ということだった。現地はひどい惨事だったという。がっちりとした家の柱がくにゃっと曲がって倒れ、茅葺きの屋根は落ちて、そこから火が出ていた。本来は軍隊が出動して救出活動をするような状況である。

この地震による山根さんの部隊への損害はなかったが、列車が停まってしまい、その日のうちに東京には行けなくなってしまった。しかし、彼はこの時、どうしても東京に行かなければならない理由があった。そう、彼の結婚式があったからだ。

鉄道指令とかいう陸軍の将校に「今はこんな格好をしているが、実は中日の記者で……」ということを伝えると、電話が不通の中、陸軍の通信機で連絡をとってくれた。そして、大井川まで行けば引き返しの列車があり、何とか横須賀へ行けることがわかった。さらに、行ける所まで陸軍がトラックを二台出してくれることになった。距離にして二駅ほど乗せてもらい、そこからは線路沿いを大井川まで歩いた。

そしてこの時、初めて米軍の艦載機から銃撃を受けたという。おそらく線路沿いを大きな荷物を背負った集団が歩いているのは相当目立ったのだろう。今でもこの時の経験は忘れられないという。二度にわたって銃撃を受けたが、奇跡的に誰にも当たることはなかった。一人でも当たっていれば、それ以上先には行けなかったという。山根さんたちはついていた。そして、さらについていたことに、大井川に着くと、そこにはガラガラの列車があったという。それに乗って横須賀へと向かう。大井川の鉄橋は地震の影響もあるかもしれないからゆっくりと進み、それを越えると全速力で横須賀まで行った。

横須賀に到着したのは二一時ごろ。若者たちを整列させて砲術学校に引き渡した別れの時、「こいつらとこれで別れるんだなと思ってジーンときた」という。わずかな期間だったが、生死を共にしたことが強い絆を生んでいたのだろう。「ジーンときた」という言葉には感情が乗り、しわがれた声に深みがあった。

この時の横須賀の当直官、どこかで見たことあるなと思ったら、それは何と昭和天皇の弟の高松宮殿下だった。大変な皇族とはいえ、お互いに軍服を着ていたからそういう感覚はなかったという。殿下は「よく来た。東海道線が復旧するまでしばらくここに泊まっていけ」とおっしゃった。山根さんは「私は東京をよく知っていますし、まだ時間もあるので東京へ出て、中央線を経由して江田島に戻ります」と答えた。すると殿下は「そうか」と一言おっしゃって、白米の大きな握り飯を三食分持たせてくださったという。また、横須賀では初めて空襲警報を体験した。

三軒茶屋の自宅では新聞社からの電話で地震があったことを知っていたため、もう来ないと思っていたらしく、深夜一時過ぎに山根さんが帰宅すると皆が驚いた。結婚式ということで、精一杯の料理が用意されていたのだが、軍からの支給品の方がおいしかったというのは実に皮肉な話である。高松宮から頂いた白米の握り飯に牛肉を煮たような軍の料理。当時では考えられなかったごちそうだったのだろう。

その日は空襲がなかったが、それから三日間の東京滞在中は毎日空襲があって結婚式どころではなかったという。その後、大阪の実家に二泊して、江田島に戻った。もし陸軍だったら、このような経験は無理だっただろうと山根さんは回想した。そして、自分だけこのような経験をして、

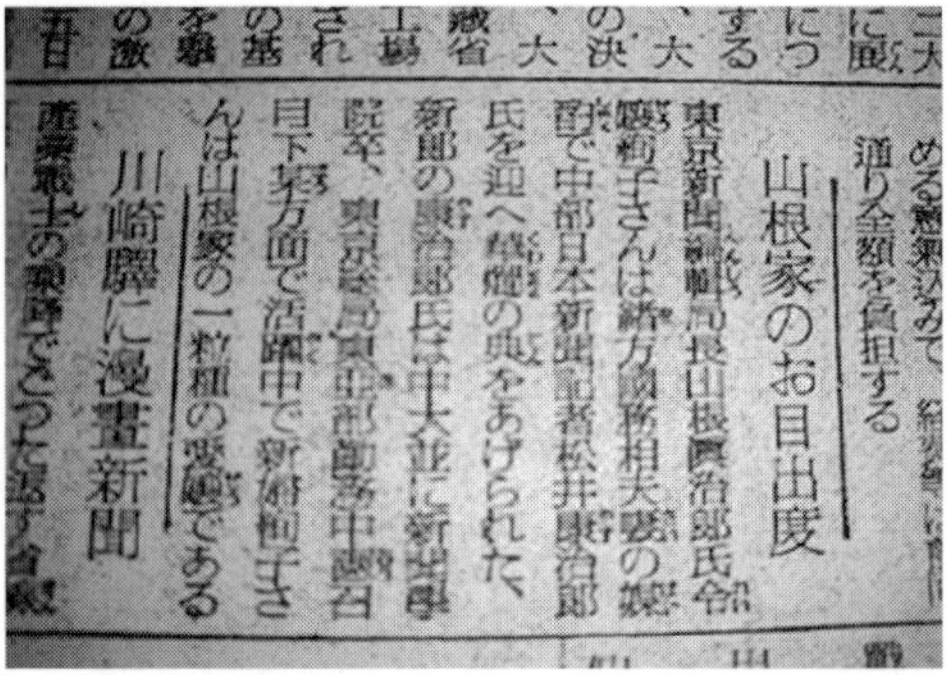
通り全額を負担する

山根家のお目出度

川崎驛に漫畫新聞

日本新聞報（1944〔昭和19〕年11月30日付）。

戦死した者や他の兵隊などに申し訳ないと語った。これらの経験を公表するのは、やはりかなり気が引けることのようだ。

また、この結婚式の媒酌人は、何と緒方竹虎氏だったという。この話を聞くだけでも真治郎氏が新聞界で相当な人物だということがよくわかる。

緒方氏は戦前から戦時中にかけて朝日新聞の主筆で、この時（昭和一九年）は国務大臣、情報局総裁を務めていた。康治郎さん自身も、緒方竹虎氏とは縁があった。朝日に入ったため、よく見ていたという。入社試験時にも見かけていて、「これが緒方か」と思ったという。

この康治郎さんの結婚は、当時の新聞業界の新聞「日本新聞報」にも「山根家のお目出度」として小さく記事が載っている。私はその話を聞いた後、その記事を横浜にある「新聞ライブラリー」で見つけた。その写真と共に、短いので記事を全文転載する。

「『山根家のお目出度』

東京新聞編集局長山根真治郎氏令嬢絢子さんは緒方国務相夫妻の媒酌で中部日本新聞記者松井康治郎氏を迎へ華燭の典をあげられた、新郎の康治郎氏は中大並に新聞学院卒、東京総局東亜部勤務中応召目下某方面で活躍中で新婦絢子さんは山根家の一粒種の愛嬢である」

これは昭和一九年一一月三〇日の日本新聞報に掲載された。戦争の真っ只中にもかかわらず、こういった記事が載るということからも、いかに真治郎氏が偉大な新聞人かということがわかる。

さて、結婚後も終戦まで康治郎さんは軍隊にいた。その時、山根家の中では真治郎夫人が「世界相手に戦争やって日本が勝てるわけがない」と話していたという。父親が東京新聞の編集のトップであるため、「何か康治郎さんを助ける方法はないの?」、「あなたは新聞社にいていろいろと知っているんだから」と、真治郎さんに言ったという。一二回の転属も、もしかしたら真治郎さんが手を回してくれた部分もあるのかもしれないと康治郎さんは語った。

転属を繰り返す

転属を繰り返したという詳しい軍隊生活も聞くことができた。呉の海兵団から海軍警備隊に一等兵になったが、同年兵の手紙、日記の代筆をよくやったという。みんな毎日書かないといけなかったそうだが、二九、三〇歳の兵隊は作文を書けない。また、何を書いてよいかわからないという状態だったという。そこで山根さんが一人ひとり違う内容で代筆をしたという。その日のトピックを決めて書いていたという。例えば、洗濯について書いた。「タバコ盆を出せ（休憩）」というテーマでも書いた。「こんなことをテーマにして書いたやつはいない」というのは山根さん自身の弁。内容もしっかり軍国主義に沿うものにした。「タバコを吸って故郷を思った」など、検閲に引っ掛からないように書いたという。創作ではあるが、実際にあったことがテーマだった。それを新兵の間中、全部書いていたという。

そういうことをしていたため、他の兵隊は山根さんに感謝していたという。皆が働いている時に、靴の番、見張りという楽なことをしていても、皆は怒らなかった。「あいつには世話になってるから」ということだ。飯を食べる時、山根さんが「付け！」と号令をかけて食べていたという。学校でいえば学級委員という立場だったと回想した。

こんなこともあった。ある日の夜、皆が整列に行くが、山根さんは整列に行かなかった。その頃、班長の部屋で手紙の代筆をしていたのだ。何でも、班長が呉の遊郭で花魁と良い関係になったという。花魁から「お互い、戦争が終わったら一緒になりましょう」という手紙をもらったのだがどう返事を書いてよいかわからない。そこで山根さんが

呉の海軍時代、広島の宮島にて撮影。

演劇の「白野弁十郎」にヒントを得て代筆したという。ロマンチックな恋文が重要な役割を果たしているというこの演劇を私は知らなかった。島田正吾という新国劇の役者が演じた一人芝居で有名だという。

それにしても、このような経験をしていた人間はなかなかいないだろう。少し失礼かとも思ったが、「こういうことをしている時、楽しくなかったですか?」と私は聞いてみた。話を聞いている限り、とても楽しそうだと素直に思えたからだ。この質問に、山根さんはただ笑うことで答えた。

外では老年兵が若い上等兵に殴られていたりする中、班長の部屋で汁粉などを食べていたこともあった。甘いものがあまりない時代のことである。二等兵の辛さをあまり体験していないというのはこういうところにも現れている。

また、ある時、遊郭へ行く金がなくなった班長に「私、隠してる金がありますから、使ってくださいよ」と声をかけると、もう表情が緩んだという。殴られたりしなかったかと尋ねると、「思ったかもしれないが、実際に殴られたことはなかった」と山根さん。「向こう(班長)だって預かるだけなら預かっておこう」と言って受け取っていたという。当初、二〇〇円ほど持っていたそうだが、そうこうしているうちに足りなくなって、妹が面会に来る時には「金持ってきてくれ」と頼んだりしたという。そして最後に「こんなこと、言えないじゃない……」と付け加えた。当時、悪いとは思っていたかを尋ねると、「仕方なかった」という答えが返ってきた。山根さんにとっては何としてもここで死ぬわけにはいかなかったということだろう。

そういうことがなくても、兵隊の中では一目置かれる存在だったというエピソードがある。同じく呉にいた時、他の分隊の兵長に「ぜひ君に会いたい」と言われ、「君はこの戦争をどう思うか?」、「日本は勝つと思うか?」と聞かれたことがあったという。大学出で、新聞社にいたということもあったためである。下手なことを言って捕まりたくなかったため、「私にはわかりません」と濁したというが、それは決して尋問ではなく、本当のところを知りたかったというのが真相のようだ。

口では勇ましいことを言う兵隊も、本音は不安でいっぱいだったのだろうと思うと、切なく感じた。この時、山根さんが濁したことでその不安が解消されることはなかったのだろう。自身は「日本は勝てない」という確信を得ていたにもかかわらず、それを表立っては言えなかったという状況は双方にとってやるせない気持ちだっただろうと思う。

転属できた要因の一つに、海軍中将の名前入りの旗というのもあった。海軍中将の直筆の旗は三枚くらい持っていたそうだが、一例として、その一つは寺島健海軍中将の書いたものであった。記者の時に逓信省に出入りしていたため、東條内閣の逓信大臣だった彼とは交流があった。山根さんが応召された時に挨拶に行くと、「旗を持って来い」と言われ、「武運長久を祈る　○○君　海軍中将寺島健」というような内容を書いてくれたという。そういうものを私物として持っていると、持ち物検査があった時に上官が「何だこれは」ということで、下手に扱えないという印象を与え、一目置かれることになったという。

あとは、義父の真治郎氏。東京新聞で現役で働いていたため、調べればどこにいるかわかるということも。転属は予期できないこともなかったのではないかと康治郎さんは推測する。ただ、東京に帰った時には家は焼かれていた。真治郎氏、その奥様、娘さん（康治郎さんの奥様）、の三人はじゅうたんを被って逃げ回っていた。家には門柱と井戸だけが残っていた。五月の二〇何日かの空襲でやられたという。戦争の下にあっては、立場は関係なかった。

国外に逃亡した戦前

ここまで徹底して戦争による死を避けた山根さん。中央大学に入る前の新劇運動時代には大陸へ渡り、欧州まで逃げようとしていた。新劇運動をやっているとみんな左傾化してくる。その取締りが厳しくなってきた昭和一三（一九三八）年初頭、有名な女優の岡田嘉子が演出家の杉本良吉と駆け落ちを試みた。二人は樺太を越えて欧州まで逃げようとしたが捕まってしまう。

これを知り、「向こう（北）はダメだ。大陸から逃げるしかない」と思った山根さんは昭和一三年五月に神戸から船で大連へ出て、満州を北上。死ぬか生きるかだから、日本を出る時はこれで日本も見納めだと思ったという。ソ満国境の川が凍る冬に渡ろうと考えたが、警備が厳重だったため直前まで行って諦めざるを得なかったという。山根さんが日本を脱出した翌六月には、同じ演劇をやっていた仲間はみんな捕まったという。山根さんが新劇運動を始めるきっかけとなった親友の重松さんは、この時に捕まり、その後仮出獄したが、すぐ懲罰招集で対馬へ行かされたという。山根さんは危機一髪のところで満州へ逃亡したのだ。

ソ満国境を越えるのが難しいとなり、山根さんはシルク

当時、満州の奉天にて撮影。

ロードを抜けて欧州へ行く道を模索した。渤海湾を一人で小さな貨物船に乗り、天津の塘沽《タンクー》地区へ。陸路で北京に着くと一二月までそこに留まり、欧州へ抜けるタイミングを狙っていたという。しかし、とてもじゃないけど歩いて欧州まで行くことはできない。当時日本軍は中国でまだ勝っていたのだが、軍に便宜を図ってもらうのは難しいため、シルクロードを抜けることも断念。結局、日本へ帰国することにした。船で日本に帰ったのだが、大阪ではまだ取締りがあったので一気に東京へ出てきた。そして目立たないように、演劇活動など絶対にしないようにして、一学生として過ごすことに決めた。

　そこで中央大学へ入学となる。今までは勉強をしていなかったが、大学では皆国家試験などのために勉強していたので驚いたという。山根さんは、東京大学などは別としても、早稲田とかには入れたという。なぜ中央大学に決めたかというと、神田の真ん中にあって便利だったからというのも一つの要因だった。明治大学と中央大学は隣同士で仲が良かったという。明治の先生も来ていたが、東大の先生も多かったし、時間があれば東大に行って授業を聞いたりもしていたという。

　大学時代、友人の中には半分働きながら授業に出ている者もいたが、山根さんは真面目に授業に出ていたという。ただ、授業が面白かったかというと、必ずしもそうではなかった。それよりも、ずっと関西にいたため、全国から学生が集まる中央大学での生活が楽しかった。そして、授業よりも「政治学会」というサークル活動が面白かったという。そこでは政治に限らず社会問題全般について議論し、論文を書いたりした。当時の日本の状況がなっちゃいなかったため、議論も盛り上がった。

　ただ、中央大学は体制側に付く傾向があったという。体制側の方が利益があるし、反体制は捕まってしまう。もう捕まりたくないという山根さんはひっそりとしていた。当時、日本国中が戦争へと傾斜していく中、そことは距離を置いていた。とにかく絶対に兵隊に行きたくなかったという。当時、皆は幹部候補生になろうとした。その理由の一つは普通の兵隊よりも死ぬ確率が低いからだという。兵隊は幹部候補生の将校よりも六倍も死ぬ確率が高かったという。ただ、山根さんは幹部候補生も含め、戦地に行くつもりはなかったため、幹部候補生試験は受けなかった。徴兵猶予が効かなくなると困るので大学には行って軍事教練などは受けていたという。この徴兵猶予、山根さんの入学時は二八歳までだったが、在学中に二五歳までになった。卒業後にはさらに繰り上がり、最後には文科系の徴兵猶予はなくなる。

そこまでして兵隊になることを避けていた山根さんだが結局最後には応召されることになった。卒業して記者として仕事をしていた時のことである。最初に朝日新聞社に入社した時にもすでに、多くの者が兵隊へ行き、中には入社して一カ月もしないうちに兵隊に行ってしまう者もいた。そして、最後には山根さん一人になってしまった。新人教育ができなくなったため、前述の新聞学院へ行くことになる。

山根さんのもとに赤紙の召集令状が届いたのは朝日新聞を退社して中日新聞で働いている時期だ。二年四カ月間軍隊に行っていたということなので、昭和一八年の春に召集されたことになる。呉海兵団に入団をしてくれという召集令状は最初、大阪の実家に届き、東京の山根さんのもとに送られた。その召集令状が海軍のものだったので大変驚いたという。赤紙といえば普通は陸軍。海軍は志願兵と徴兵が主で、応召兵をとったことはほとんどなかった。最終的に沖縄の先の島（石垣島）に行くことになっていたというが、一二回の転属が命を救い、沖縄へ渡ることにはならなかった。一人で転属を繰り返すということは陸軍では無理だっただろうと山根さんは振り返ったが、そう考えるとこの時の赤紙が海軍のものだったということが後の運命を変えたともいえる。山根さんは自分が海軍第二回目の応召兵（一七〇名ほど）だったと後で調べて知ったという。この時の応召兵で大学を出ていたのは山根さん一人。高等専門学校を出た者は五、六名。身上検査の結果、選ばれたという。「お前たちは特殊教育をする」と言われたので、暗号解析などをすると思っていたというが、山根さんを含む一〇数名以外の同期はどこかへ行ってしまったという。素人を教育する部署など海軍にはないため、おそらくは現地教育となっただろうと山根さんは想像した。運が良かったということだ。

終戦を迎えた基地にて

横須賀に新兵を連れて行き、東京で結婚をした後、江田島に戻った山根さんは、その後、宮崎県の油津にある震洋の特攻基地に主計として配属された。結果として、この基地で終戦を迎えることになる。震洋の隊員の多くは、予備学生や予科練出身の若者であった。山根さんは「負ける」とわかっていたこの戦争だったが、志願して来ている学生たちとその本質については話し合ったりはできなかったという。それを言うことによって自らが危険に陥る可能性が頭をよぎったのだろう。

戦後、自分だけうまいことやって生き延びて悪いと感じるようになった山根さんだが、当時はそうするしかなかったと語った。宮崎での戦闘配置は震洋が出撃する時間、氏名などを記録するということだった。そしてその記録は最後には山に持っていって逃げ、ほとぼりが冷めた頃に海軍省に持っていく。これが任務だったため、「最後に残るのは俺だ」、「最後まで助かる」と思っていたという。出撃する乗組員のことを思うと複雑に思うが、生き延びるにはそうするしかなかったのだろう。ただ、山根さんなりの配慮で乗組員の命を救おうとしたことがあった。

この宮崎の基地に、武山海兵団の予備学生隊で同じ分隊だが違う班所属の予備学生がいた。その人は回天搭乗員の小隊長で、山根さんはその予備学生をかわいそうだと思った。そこで、妙な話だが、「君は女の子を知らないだろう。同じ死ぬなら女性を誰か知っておいた方がいいんじゃないか」ということを言った。「女性を知るようになると特攻に行く気はなくなる」という思いもあったという。遊郭もあったが、病気がうつったら大変だからということで、適当な下宿探しを手伝った。山根さんは主計だったため、物資の管理もできたし、飲み屋、料理屋もよく知っていた。ただ、その予備学生は結局真面目だから何もせずに帰ってきたという。山根さんにしたら複雑な思いだっただろう。ただ、救いなのは、この基地から回天にしろ、震洋にしろ、出撃することがなかったということだ。

このように、学生は純粋だったが、同時にインテリでもあるため、だんだん勝てないということがわかってきたようだった。はじめは短剣下げて、格好が良いから見栄を張っている面もあっただろう。ただ、それればかりではなくなったようだ。その頃、震洋隊の隊長と山の中で二人で話したことがあったという。隊長とはいえ、予備学生上がり。階級は上だが、人生経験では山根さんの方が上回る。その人は北海道の師範大学出身だという。ただ、「二等兵で引っ張られたらかなわん」ということで、予備学生に志願したという。山根さんも、中央大学を卒業してから、軍に応召されたが転属を繰り返したという話をしたという。山根さんにはきっと人望があったのだろう。そこではお互い一人の人間同士の会話があったように思う。

ただ、それとは逆に、終戦を迎えて二日後、ある部屋の中で部下の兵長に拳銃を突きつけられたことがあったという。山根さんが「冗談よせよ」と言うと、「冗談じゃない。本気だ。撃つぞ！」と叫んだ。その時に山根さんが「撃つなら撃て」と言っていたら本当に撃たれていたかもしれないと振り返る。相手は引き金を引いた。そしてわざと逸らした銃口からは弾丸が発射され、窓ガラスが割れた。まさか本当に銃弾が入っているとは思わなかった山根さんは、驚いた。なぜ、拳銃を突きつけられたかと想像すると、どうやらその人は山根さんが気に入らなかったらしい。相手も同じ応召兵で同年代。それなのに階級が上の山根さんは仕事も楽だし、毎日のように上陸（軍隊用語で外出のこと）していたため、気に障ったのだろうということだった。その極限の状況を想像すると、背筋がゾッとした。相手に人を殺す勇気がなかったのが幸いだったと山根さんはあっさりと語ったが、その映画の一場面のような状況はかなり衝撃的だ。この恐怖を引き起こしたのは、山根さんが自ら語るように、うまいこと楽をして軍隊を生き抜いていたという面によるものだが、私は仕事もしっかりとこなしていたと思った。その好例が以下の戦後すぐの対応である。

戦争が終わった時は刀を振り回して暴れ回るものも出た。情報では、近くの鹿屋基地では無政府状態にもなったという。そこではやけくそで終戦後にもかかわらず特攻出撃した者もいたらしい。そして最後には物資の争奪戦……。

山根さんの所属基地では混乱を回避するため、主計長など六人と相談して、搭乗員を全員帰すことを話し合った。翌一六日の朝、全員は整列し、「靴下の中に持っていけるだけ米を入れて持っていけ」と言い、汽車に乗せて帰した。当初、山根さんは司令部所属ではなかったのだが、途中で司令部にも呼ばれたため、そのような措置にも関わった。

また、山根さんがもともといた部隊の震洋隊では退職金を計算した。軍歴や家族、子供がいる人もいたりして、一人一人額が違う。終戦の混乱の中でそれを実行するのは困難だったが、やり遂げた。また、もう一つの難題が物資の分配だった。同じ応召兵の中でも職業軍人のような者の中には、船にいっぱい物資を載せて持って帰った者もいたが、混乱を避けるために見逃した。暴れるようなやつを出さないためにすぐに帰した。前述のように、山根さんだけは拳銃でやられはしたが、他には誰も暴れたりしなかったという。皆、戦闘帽ではなく軍帽をかぶり、階級章を外して帰した。特に大きな事件もなく戦後を処理した山根さんらの貢献は大きいと私は思う。

山根さんはこう語る。

「真面目正直に志願したり、戦争が終わっているのにまだ飛び立って行くのは無駄ではないか。若いからこれで終わりだと思ってしまうんだね。もし自分が若い頃に戦争が起きていたとしても、そういうふうにはならなかった。なぜなら新劇運動をやっていたから」

その意味するところは、新劇運動を通じて山根さんが平等かつ、人間中心のリベラルな考え方をしていたということだろう。滅私奉公というような考え方は持ち合わせていなかった。そんな新劇と山根さんはどのように出会ったのだろうか。

新劇との出会いと新聞記者

演劇にはまったのは子供の頃の環境による。よく芝居を見ていた。実家は大阪の堀江地区で、帽子を輸入して売る商家だった。そのため、お袋さんがよく客を招待したという。その時に客だけ連れて行くのもまずいということで、まだ子供の山根さんをよく連れて行った。見たのは「石川五右衛門」、「毛谷村六助」など昔の芝居。関西芝居だ。上方歌舞伎の雁治郎もよく見に行った。日本三大祭の一つ、天神祭も、舟にごちそうを乗せて客を招待してよく行っていた。通っていた堀江小学校には芸者置屋や役者の子も多く、大学に行く人もほとんどいなかった。そういう環境で育ったことが後に新劇運動へのめり込む素地を作った。

実際に新劇にはまったのは大分出身の重松蕃さんという友人の影響だ。重松さんとは中央大学に入る前、徴兵猶予になるために籍だけ置いていたという関西大学で出会った。大阪は検閲が緩いということで、東京からも新劇の人材が流れてきていたという。ゴーリキー、トルストイなどの文学を舞台を日本に置き換えて行っていた。

前述の菊池寛の近代的な作品とは、網元と一漁民との格差を描いた「海の勇者」。自作の作品も多く、ある時、同志社の学生が「移民」という朝鮮人の物語を書いたことがあった。朝鮮人が日本に移民として来て、悲惨な生活を送るという物語だったが、「お前は共産党か！」と言われて即却下されたという。「責任者誰だ！」ということになったが、責任者は山根さん。そういう場面を幾度となく切り抜けた。

新劇時代の仲間と。山根さんは中段右から３人目。

また、ゴーリキーの「どん底の歌」を舞台の幕間に出演者みんなで突如歌ったことがあったという。検閲なしでのことだ。山根さんは「検閲官はわからないんだよ」と嬉しそうに話した。

山根さんは役者として出るのではなく、裏方に面白さを見出し、プロデューサー的な役割に徹していた。役者、演出家、装置、音楽などの人事を選んだりするのが非常に面白かったという。

私は、山根さんの話を聞いているうちに、この裏方魂のようなものを感じざるを得なかった。戦後、日本舞踊で表舞台に立つようにもなったが、全体が見える裏方の方が断然面白いと語っていた。戦時中の立ち回りを見ても、その一端が垣間見れる気がする。また、戦後、記者として働いている時も裏で大きな仕事をしていたということだ。

康治郎さんの手元には、義父、真治郎氏の写真も多く残されていた。その一つに、昭和二四（一九四九）―二五年頃、真治郎氏がアナキストの石川三四郎、茅原崋山らと写る写真があった。これは「白門ジャーナリストクラブ」というものを真治郎氏が立ち上げた時のもの。会長に真治郎氏。他は顧問であった。この時には確か長谷川如是閑も来たと思うと、この場に居合わせた康治郎さんは語った。この時、憧れだった石川三四郎に会えて、とても感激したという。山根さんが中央大学に入学したのは石川に憧れた面も多分にあった。中大に入ったから石川に会えたということは、中大が結んだ縁ということで、今の私たちの企画に通じるところがあるように感じた。

石川三四郎は日本のアナキストの元祖のような人だという。当時、共産主義はあったが、アナキズムはまだなかった。誰にも束縛、搾取、指図されずに、自由に職を選べたりするユートピアに通じる面があるという。それと比べると、共産党の方が温厚で、社会民主主義はさらに温厚だという。

石川に会ってみたかったし、英吉利法律学校という旧校名にも惹かれたという。当時の英国像がとても良かったそうだ。世間では仏式が主流だった頃、英国式の中央大学だからこそ石川などが出てきたのだろう。戦前から戦中にかけて、英国にいた石川に会いたいという思いも満州逃亡時にはあったという。モスクワまで行けば英国に行けると思っていた。当時、英国行きの思いは達しなかったが、この行動力を見ると、若さに溢れているように感じた。余談だが、戦前には欧州に逃れることができなかったが、戦後、中日新聞のロンドン特派員などで欧州上陸を果たすことになる。非常に感慨深いものがあったそうだ。こういった山根さんの歴史の流れは、とても面白い。

戦後、経済記者として活躍した話もいくつか聞いた。もう一度二〇代に戻れたら新聞記者をやるか尋ねたら、「それはわからないけど、経済記者は勉強ができるから面白い」という答えが返って来た。事件記者などの切った張ったは学問ではないから勉強にならない。人間生活に非常に影響のある経済だからこそ勉強すればするほど面白いという。世の中を動かしているのは経済という思いを強くしたのも、新劇時代にやりくりしたお金の問題からだった。山根さんの人生に新劇が及ぼした影響というのはかなり大きいようだ。

新劇との出会いは間違いなく山根さんの人生を変えた。戦時中のエピソードを聞いていると臆病者とも捉えられがちだが、私はそういうことではないように思う。当時は捕まったら拷問に合うから逃げるしかなかった。負けるとわかっている戦争で死ぬことはないと思っていたから命を繋ぐために知恵を絞った。ただ、合法だったら何でもやる。捕まらないなら何でもやる。勇気はあるのだ。戦後、中日の一記者としても他の社の者には負けないという強い思いを持って数々のスクープを飛ばした。

記者のやりがいについて、「妙な話だけど、旗本と町奴が喧嘩をする。旗本は強いけど、町奴が一矢報いたようなところ。こんなことは記者をやっていると枚挙にいとまがない」。しかし、意外にも手柄は欲しくないと語った。山根さんがやったことでも他の人が書いたということは何度もあったという。書いた記者には山根さんがやったということはわかっている。このような点は新劇時代の裏方に通じるように感じた。これが記者の面白みで、辞められなかった理由でもある。山根さんは新劇についてこのように語った。

「新劇は世の中を変えていこうというものだから。不正義な世の中を変えていこうというね」

新聞の戦争責任

この取材後、中央大学の大先輩でもある山根真治郎氏について調べてみて、興味深い情報を得た。彼は戦後、「新聞には戦争責任はない」という文章を発表しているのだ。戦後、多くの新聞人が反省をする中、この開き直りともとれる意見を堂々と述べていることが興味を引いた。また、康治郎さんは真治郎氏の死後、その随筆をまとめた本を出版していた。真治郎氏に対する思いは強いようだ。

一方、結婚式の媒酌人だった緒方竹虎氏は戦時中の新聞について反省の弁を述べている。公私共にお世話になったという時事新報の伊藤正徳氏も同様だ。また、康治郎さんは朝日の有名な戦後の宣言である「国民と共に立たん」という記事の草稿を書いた森恭三氏ともロンドン特派員時代から関わりが深かった。

さて、これらの人物の「新聞の戦争責任論」について、康治郎さんは何を思うのであろうか。もう一度伺う価値は十分あるようだと思った。

山根真治郎氏の論評では、無責任の理由として、政府、右翼からの圧力を挙げている。真治郎氏は戦後の昭和二〇(一九四五)年一二月、新聞業界の新聞である「日本新聞報」に「新聞に戦争責任はあるか」という題で二回にわたって寄稿している。一部を引用すると、

「記者は五・一五事件や二・二六事件など軍の暴力に戦慄してペンを投げた。右翼によるひんぴんたる個人襲撃があり、特高と憲兵による無法きわまる作業妨害が記者の頭から思惟を取り上げ、記者の口を封印してしまった」

当時の環境下ではどうしようもなかったということだ。

新聞に戦争責任はあるか

新聞の戦争責任について、前記の通り、山根真治郎氏は「責任なし」とした。

一方、緒方竹虎氏は「あの時、新聞が放列を敷いて、軍部の暴走を徹底的に批判し、世論に訴えて抵抗しておれば、歴史は変わっていたかもしれない」と語っている。

森恭三氏も昭和二〇（一九四五）年一一月七日の朝日新聞の紙面に掲載された「国民と共に起たん」という宣言の起草をし、その中で、朝日の村山社長以下、重役等が総辞職に至った理由として、こう記している。

「開戦より戦時中を通じ、幾多の制約があったとはいえ、真実の報道、厳正なる批判の重責を十分に果し得ず、またこの制約打破に微力、ついに敗戦にいたり、国民をして事態の進展に無知なるまま今日の窮境に陥らしめた罪を天下に謝せんがためである」

伊藤正徳氏は新聞が敗北した理由を三つ挙げている。

①新聞人の勇気の欠如。②言論に対する抑圧。③新聞の大衆的転化。

これは、戦前に述べられたものだが、言論統制が進む中で新聞の責任放棄を嘆いている。中でも、①の新聞人の勇気の欠如を断罪した。

さて、ここに挙げた全ての人と直に、そして深く接してきた山根康治郎さんの意見がどうしても聞いてみたい。そう思い、私は三度目の取材に向かった。

三度目の取材

三度目の取材は一二月の冬。これで夏、秋、冬と三つの季節にわたって山根さんにお会いすることになった。当日は冬晴れ。陽に当たると温かいのだが、陰に入ってしまうと一気に寒さを感じる。取材を依頼する際に、山根さんが電話で「少し風邪気味」と話していたのが気になったが、「取材日までには治るから」と力強くおっしゃっていたので、それに甘えさせてもらった。

「新聞の戦争責任」を伺うに当たって、山根真治郎氏が書いた記事を康治郎さんに見せた。私は、当然この記事について知っているものと思っていたが、予想外にも康治郎さんは知らなかった。「へぇ、珍しいね」と語り、その新聞記事のコピーを興味深く眺めた。そして、当時の新聞界の様子と新聞の戦争責任について、語り始めた。

山根康治郎さんが語る、新聞と戦争

「戦争を始める前に新聞に関係しているのは戦争犯罪人です。それをよう止めなかった。同調した。特に太平洋戦争前ね。太平洋戦争始まってから協力したのは戦争同調者ではなく、戦争犯罪人非該当だった」

満州事変、日中戦争くらいまでは新聞も批判することは批判をして、機能していたという。だからこの時期に戦争に協力をしたのは皆、戦争犯罪人。戦後に公職追放されたという。

また、いったん戦争が始まると、新聞統制、紙の配給がないなど、環境も変わってきた。つまり、戦争が始まってしまうともう反対のしようがなかったということだ。ちなみに、山根真治郎氏は開戦のだいぶ前、国民新聞を辞めて新聞学院を創設、院長となっていたため、開戦時には新聞界の第一線にはいなかった。戦時中の昭和一八（一九四三）年に東京新聞の編集局長になったが、その時点では戦争を批判するような状況ではなく、どうしようもなかった。

康治郎さんは「開戦前の経営者には責任があると思うよ」と語っていたが、真治郎氏は開戦のだいぶ前、国民新聞の副社長だった。もしそのままの地位にいて開戦を迎えていたらどうなっていたであろうか。

また、康治郎さんは戦前に新聞社が批判をすることについて、ある例を挙げて説明をしてくれた。

昭和八年八月一一日。「関東防空大演習を嗤う」という題の社説を書いて弾圧を受けた信濃毎日新聞の主筆、桐生悠々という人物がいた。その演習とは空襲が来た時を想定してのものだったのだが、桐生は社説で「架空の演習では意味がない。敵機が関東の空にいる時点でわが軍の敗北である。そもそも敵機を領土内に入れるな」というような内容の主張をした。しかし、その挑戦的な題名が良くなかったようで、軍部主導で不買運動が起こり、桐生は退社を余儀なくされた。社説は的確に問題点を突いていたにもかかわらず、不当な扱いを受けた。

康治郎さんはこの話を例に、当時の新聞はもう少し論調を変えて反対をしたら良かったと述べた。正面切って批判をしたらいっぺんに追放されてしまう。何とかごまかしながらもブレーキをかける方法を考えるべきだったと。私は、そこまで頭を使わないといけなかったという時点で、言論の自由などなかったのだろうと思った。

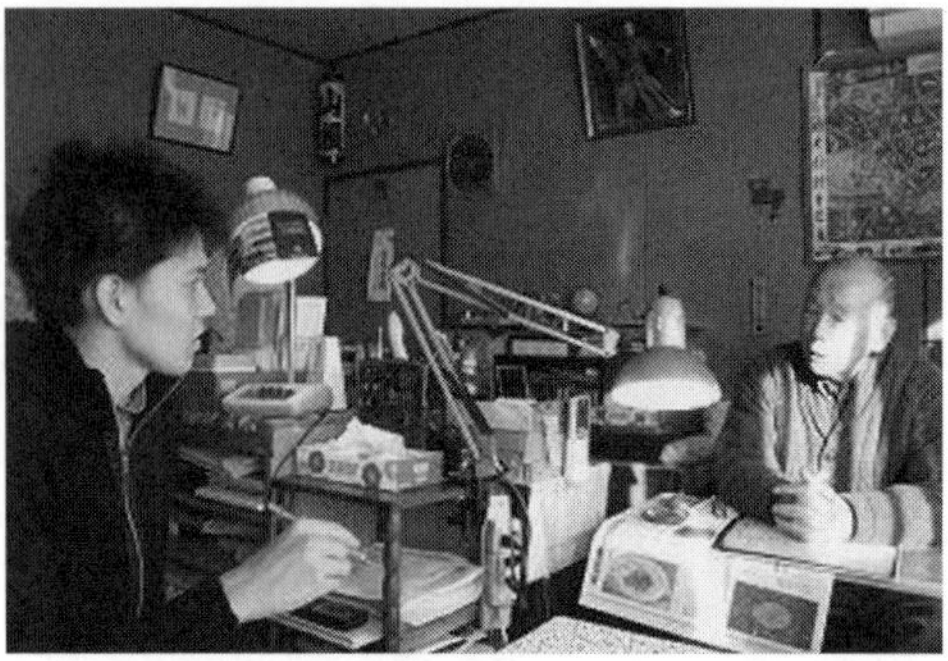

取材の様子。右奥が山根さん、左が取材者。

そして、康治郎さんは自身の特異な経歴と絡めて当時の新聞社の事情を語り出した。

「僕が一二回も転属して生きて残ったように、新聞も残らないといけなかった。家族もおるし。食っていかないと、生きていかないといけない。だからできるだけ捕まらないように、監獄に送られないように、殺されないように。自滅するんじゃあ、しょうがない。どうせ検閲で引っ掛かるんだから」

「だからね、長いものに巻かれながらも、全部は巻かれないと。迎合はしないけど、生きていくためには仕方がない」

その記事が戦争を煽ったということについては、

「それはいけなかった。でも、仕方ないんだよ。大本宮発表で、その通り書かないといけない」

緒方竹虎氏が言うように、新聞界が全体で一致して反対をしていたら変わっていたかと聞いてみると、こう答えた。

「それはそうだね。でも当時、例えば電報の値段を下げてほしいとかいう要望は各社一致して政府に掛け合っていたけど、軍を批判したらいっぺんに引っ張られて、場合によってはどこで殺されたかもわからなくなってしまう」

そこまでの覚悟はなかったのかを聞くと、

「覚悟しても、それで終わっちゃうもの」

それなら情勢を見て行動をした方が良いということだ。時機を見て、反論できる時を待つこともできる。しかし、記者としては非常に歯がゆい思いをしたという。

「仕方なかった」という点で、義父、真治郎氏の主張と重なる。経営者を除き、新聞に戦争責任はないということだ。この「仕方ない」という考え方。真治郎氏の書いたある文章の中にその考え方の一端が垣間見える。

法律の下で

私は、山根真治郎氏が創立した「新聞学院」について興味が湧き、横浜にある新聞博物館に資料が残っていないか、問い合わせていた。しばらくして連絡があり、現在の日本新聞協会資料課に、新聞学院が発行した非売品の「学報」

がいくつか見つかったという。早速、新聞博物館を訪ねて、閲覧をさせてもらった。その「学報」には、新聞学院での講義内容や、研究の発表、学院生の作文などが載っていた。私はそのうちの一つに、山根真治郎氏が書いた興味深い記事を見つけた。

それは昭和九年五月一一日発行の第一一巻にあった。「法治國に於ける言論の特性」という題で、どうやら新聞学院で真治郎氏本人が講義した内容のようだ。その中で、言論の自由について、「本来何等の制限を受くべきでない思想の発表が、法律の規範内に於てのみ自由であること」と規定し、「如何なる場合にも自由であり勝手であると云ふことを云ふのではない」とした。

つまり、新聞紙法などの法律で規制されていた当時、法治国家である以上、その法律の枠を超える「言論の自由」などないということだ。まさに「法の支配」の原則を貫いている。戦時中はそれこそ厳しい検閲で、掲載する記事は制限された。だからこそ、「新聞に戦争責任はない」とした。新聞も法のもとにあるという考え方だ。安直な気もするが、事実、そうなのだ。ちなみに、前述したが、真治郎氏も中央大学出身。法学部で学んだ。

戦争を繰り返さないために

私は、真治郎氏のその考え方を理解できる。「仕方がない」面があったのは本当だろう。その一言で終わりにして良い問題かどうかは別であると思うが、それはすでに過去の話だ。問題は、今後同じことが起きないようにするにはどうするべきか、というところである。今回の一連の取材、調査を通じて、法律が制定されれば、それに逆らうことは容易でないということがわかった。戦争は、じわじわとやってくるようだ。気付いたら反対できないという状況に陥らないよう、注意深く見守る必要があると思った。

康治郎さんの経験を見ると、記者が感じたこと、知りえたことというのは有用であるということがわかる。当時、康治郎さんが「戦争に負ける」と実感していたことは、正しかった。大事なのはそれをしっかり表明できる社会であることであり、情報を共有できることだと思う。それを知った上で、どうするかは国民が判断することだ。

あの戦争に関して、新聞に戦争責任があるのかどうか、私にはまだ判断ができない。軍部からの圧力があったとはいえ、戦争を扇動したことは、加担したことに間違いない。大本営発表を記事にすることに納得できず、新聞社を辞めた記者がいたとして、その記者は責任逃れをしたともとれる。記者は、批判記事を書く責任があったと思う。しかし、その記事は検閲により陽の目を見ることができない。戦争報道をする新聞はよく売れて儲かるということを考えると、新聞が戦争を扇動しない社会というのはあり得ないことなのかもしれない。

山根康治郎さんと取材者（左）。後方には義父、真治郎氏の肖像画が掲げてある。

また、今後に関して一つ、私が思ったことがある。もしこれから戦争が起きたとしたら、国民の戦争責任が問われるだろうということだ。太平洋戦争後には「一億総懺悔」などという言葉があったが、私はそれは少しひどい話だと思う。正しい情報を伝えられなかったにもかかわらず、責任を負わされるのはあまりに酷だ。あの戦争にあって、むしろ国民は被害者であった。

ただ、今後に関しては違う。国民主権の憲法を得た以上、最終的な責任は国民に帰する。国民一人一人がしっかりとチェックをしないといけないだろう。それは新聞をはじめとするメディアに対してのチェックも含まれる。新聞社が、「二度とあのような事態は起こさない」と決意すると同時に、国民も「二度とあの時のように騙されない」という決意をするべきだろう。少し悲しいことではあるが、私たちは疑うことをしないといけなくなりそうだ。しかし、それはまた戦争が起きることより、ずっと良い。

最後に、あの戦争から六二年にわたって、国内で平和が保たれている理由の一つに、あの戦争を教訓にして、新聞がしっかりと報道してきたということが言えるだろう。六十数年という時間は短い。私は忘れた頃にまた戦争が起きることが怖い。いつまでも戦争責任を感じ続けること、感じ続けさせることが今を生きる新聞人に求められるのではないだろうか。調べてみると、あの時代の新聞人が無能だったということではなかった。優れた記者も多くいた。しかしそれでもダメだったということは頭に入れておかないといけないと思った。人類が進歩をする以上、過去を忘れて同じことを繰り返してはいけない。

取材後記

二度目の取材で山根康治郎さんのご自宅に伺った際、「よくこの家がわかったね。駅から遠かったでしょう」と言う山根さんに、私は最寄りの駅から「すぎ丸」というコミュニティーバスに乗り、近くまで来たことを伝えた。山根さんは「そうか、すぎ丸くんに乗ってきたのか」と納得の表情。地元の人の愛称なのかもしれないが、「すぎ丸くん」と、「くん付け」してバスを呼ぶ山根さんはとても穏やかな暮らしをここで送られているように感じた。しかし、その日の取材の帰り際、娘さんが父である山根さんについて「昔はピリピリしていて本当に怖かった」と語ってくれた。仕事の関係で一週間顔を合わせないこともざらにあり、夜は会合が多く、家でご飯を食べる時だけ電話で連絡があったという。八八歳まで毎日会社に通っていたということで、この穏やかな暮らしもほんのつい最近始まったことのようだ。

本文にも書いたが、山根さんは、当初自らの経歴を公にすることに対して抵抗があるようだった。私としても、穏やかな暮らしに波風を立てることになるのであれば、それは気が引けることであった。しかし、三度目に伺った際、一転して許可を頂くことができた。どういう心境の変化があったのかは伺わなかったのだが、私は、山根さんが特異な経験をされているからこそ、公にする価値があると考えていたため、今回、記録に残すことができて本当に嬉しく思う。その際、二度目の取材までで書いた原稿を参考までにお渡ししたのだが、翌週にはチェックをして返却してくださった。直筆でチェックをして頂いたその原稿は、私にとって、とても貴重な宝物となっている。

〔参考文献〕 前坂俊之『太平洋戦争と新聞』講談社（学術文庫）、二〇〇七年。

本土上陸作戦（オリンピック作戦）に備えた日々

取材者　池内真由
▼中央大学法学部三年

×

証言者　吉田外儀《そとよし》
▼昭和二四（一九四九）年中央大学経済学部卒業、本土決戦部隊（取材時、八三歳）

証言者の経歴

大正一四（一九二五）年（〇歳）…石川県に生まれる。

昭和一七年（一七歳）…石川県立金沢商業学校卒業。

昭和一八年（一八歳）…中央大学専門部入学。

昭和二〇年（一九歳）…四月、静岡県三島野戦重砲兵第二連隊に入隊。八月、鹿児島県・吹上浜にて敗戦を迎える。九月、復員。一二月、復学。

昭和二一年（二一歳）…三月、中央大学専門部商学科卒業。四月、中央大学経済学部進学。

昭和二四年（二四歳）…七月、中央大学経済学部卒業（追試験）。

平成二〇（二〇〇八）年（八三歳）…『七人の孫たちへの証言　新編　太平洋戦争とわが家』上梓（文芸社）。

取材日

平成二〇（二〇〇八）年八月二五日

贈られた一冊の本　『太平洋戦争とわが家』

大学に、厚みのある一通の手紙が届いた。石川県の金沢市からだ。送り名には「吉田外儀《そとよし》」とあった。

私がその手紙を受け取ったのは「戦争を生きた先輩たち」のプロジェクトを知る大学の職員の方が、「ゼミに役に立つのでは」と渡してくれたからだ。中には一冊の本が入っていた。『新編　太平洋戦争とわが家』。表紙には赤い銃と青い銃を交差した挿絵があった。帯には、「兵士は一銭五厘の使い捨て。兵士一万人で馬一頭。皇軍とは何だったのか？　太平洋戦争の性格と根源に迫る！」とあった。中央大学を昭和二四（一九四九）年に卒業されたOBである吉田外儀さんが、ご自身の戦争体験を自費出版した本だった。六〇年以上も前の卒業生だ。私には、「先輩」としてピンとこないほど遠い存在に思えた。そんな先輩からの突然の便りに正直とても驚いていた。

その時、私は「戦争を生きた先輩たち」というプロジェクトに素直に取り組めなくなってしまった。私には戦争の記憶がない。生身の体に戦争の悲惨さを刻み経験してきた人たちとどう対峙すればいいのか、向き合った時に自分がそれを本当の意味で理解できているのか疑問に思った。プロジェクトに集中している際にはそんな悩みは決して生まれなかったが、就職活動などを通して様々なものを見てから、自宅に帰ってふとプロジェクトのことを考えるたびに、次第に億劫な気持ちになっていった。

吉田さんのお便りは、そんな中途半端な気持ちの私を一喝してくれているように思えた。本に添えられていた手紙には、こんなことが書かれていた。「私としましては、〝戦争の実態を伝えることが最も効果的な反戦運動につながる〟のではないかとの思いをこの書に集成させたつもりでございます。文中には本学の軍事教練・敗戦直後の学内など数カ所に記載してあります。何卒一人でも多くの中大生に読んでほしいと願っております」。

吉田さんが送ってくださった『太平洋戦争とわが家』は、「七人の孫たちへの証言」というサブタイトルが付いている。著書に記載されている名前から察するに、それは全員男の子だった。吉田さんは、中央大学専門部に在学していた一九歳の時に静岡県三島野戦重砲兵第二連隊に入隊、約六カ月の軍隊生活を送っている。もし、六〇年以上前であったなら七人のお孫さんは、吉田さんと同じように軍隊生活を送ったに違いない。戦争のない時代に生まれ育った孫たちに、自身が体験した軍隊生活、当時の吉田家の方々が戦争とどのように関わったかを知って欲しかったのだろう。

また、時折挿み込まれた短歌がこの本を特徴づけていた。例えば、こんな歌がある。

——戦後はや六十年の悲喜負ひて戦死の兄の墓に対《むか》ふ

——散る桜残る桜も散る桜わが兵の日は花ひとつ見ず

前者は、戦死したお兄さんのお墓参りを歌ったもの、後者は、当時「散る桜」とたとえられた兵士でありながら、自分たちには厳しい訓練で心穏やかに桜を眺める余裕はなかったと、皮肉混じりに歌っている。一冊の本では書ききれなかった戦時中のエピソードが三十一文字の歌一つひとつ描かれ、戦争の不条理とそれに巻き込まれた人びとの悲哀を端的に表していた。

さらに興味深かったのは、吉田さんが中央大学専門部で行われていた野営に参加していたことだった。学徒出陣については、他のゼミ生の取材者の話や、テレビ・映画などのメディアを通じてある程度知っていた。しかし、学徒出陣で対象から外れていた二〇歳未満の学生たちが何をしていたか、私は寡聞にして知らなかった。そのため、吉田さんの経験した野営の話をぜひ聞いてみたいと思った。

本を一気に読み終えると、いてもたってもいられなくなり、早速吉田さんと連絡を取った。

金沢へ —— 吉田さんとの出会い

二〇〇八年八月、吉田さんは私の取材依頼を快く引き受けてくれた。日本中が沸いた北京オリンピックが二四日に閉会したばかりで、どのニュースを見てもオリンピックの特集だった。私はその日の夜、高速バスで金沢に向かった。久しぶりにテレビのない静かな夜だった。

二五日朝、金沢駅に到着した。金沢駅東口は想像以上に近代的な造りだ。二〇〇五年に整備が完了した総ガラス製の銀色の巨大なアーケード「もてなしドーム」、そして出口には鼓門《つづみ》と呼ばれる木組みの門がある。門の両脇にはどっしりとした木の柱が優美な曲線を描いて天にそびえ、鼓のようなくびれを作っている。その二つの柱を、金沢城を思わせる甍がつないでいた。駅で朝食を取り、気を引き締めて鼓門を見上げ、約束の場所に向かった。吉田さんが駅から程近いビルの中の会議室を予約してくれ、そこで落ち合うことになっていた。

九時、吉田さんは奥様と連れ添って現れた。吉田さんは耳が遠くなっているそうで、取材依頼のやりとりも電話ではなく、ファックスや手紙が主だった。そのため奥様が取材補助として同行してくださったのだ。著書には、吉田さんがたびたび手術を受けていることが書いてあったので、耳だけでなく、お体のことも少し不安に思っていたが、とても矍鑠《かくしゃく》としていてお元気そうに見えた。著書にも、八〇歳まで水泳全国大会の出場を続け、今も大会記録を持っていることや、県内のマスターズ水泳大会に現役の最高齢スイマーとして出場しているとあったので、水泳で鍛え上げられたものなのだろう。肌の血色が良く、皺も年齢からするととても少ない。同年代の自分の祖父と比べても若々しく見えた。吉田さんのおなかから出している声が会議室に響く。「ようきてくれました」。笑顔と、ところどころ現れる方言に親しみを覚えた。

吉田さんは、中央大学のアルバムなどの資料や、事前にお渡しした質問事項に答えるための資料などを持ってきてくださった。

軍国少年だった頃

吉田さんは、金沢に生まれ育った。日中戦争の頃、当時まだ小中学生だった吉田さんは金沢城に程近い金沢市殿町に住んでいた。城内にあった歩兵第七連隊から、号令や喚声が風に乗って自宅まで聞こえてきたそうだ。「男の子は兵隊さんや」という言葉が当たり前だったその頃、家のそばに軍隊がいたこともあって、吉田さんは早くから兵隊に興味を抱いていた。軍旗祭などには必ず友だちと営内に見学に行ったという。模擬市街戦などでは、完全武装した兵士たちが重機関銃を路上に据えて空砲を打ち合った。「ドドドドッ」という重く力強い発射音に、軍国少年の血を湧き立たせた。

「日本はこれまで戦争に負けたことはなく、負けそうになっても、日本は神の国だから、神様が助けてくれた。この立派な天皇の国を守るためには、自分も日本男児として兵隊となって戦わなければならない。それに迷うのは非国民だ」

子供心にもそう固く信じていたそうだ。

日曜日になると、吉田さんの父、儀数さんが、故郷（現・能美市）から歩兵第七連隊に入隊した兵士のために、自宅の一室を無料で提供していたという。それは、歩兵第七連隊に外出が許される日曜日に、家族と貴重なひとときを過ごせるようにという儀数さんの配慮からだった。その日には、両親に「今日はあの部屋のそばに行ったらいかんぞ」と釘を刺して言われていたという。

一九三八年、吉田さんは石川県立金沢商業学校に入学した。その頃の中等学校（五年制）以上の学校では、学校教練という必修授業があった。男子校はもちろん、女学校にも、陸軍から教練の教官として配属将校が派遣されていて、校長よりも発言力が強かった。金沢商業学校では、必修科目であった柔道・剣道に加えて学校教練が強化され、生徒は軍隊式に鍛えに鍛えられたという。生徒は陸軍式のゲートルを足に巻き、軍服と同じカーキ（国防）色の制服、制帽で通学し、先生や上級生には軍隊式の挙手の敬礼をした。

「ドラマなんか見ていると、全然敬礼ができてないと思いますね」と吉田さんは笑って敬礼をしてくださった。手は指先までピシッと伸ばし、直角に腕を挙げるのが当たり前だった。

学校教練の教科書には、日本陸軍の歩兵操典が使われ、そこには「第一項　歩兵ハ陸軍ノ主兵ナリ」、「第二項　戦闘ノ最後ノ決ヲ与フルモノハ銃剣突撃トス」と明記してあった。そのため、学校教練では、軍人勅諭をひたすら暗記し、三八式歩兵銃を肩にひたすら歩き、銃剣突撃で息を切らし、汗を流して喚声を張り上げていた。特に日露戦争後の明治三八年から日本陸軍が制式採用したという三八式歩兵銃は、真っ暗な中でも手さぐりで分解、手入れ、組み立てまでできるよう取り扱いに精通させられた。吉田さんは「当時、日本は武器開発の遅れた分を取り戻すのは歩兵の肉弾突撃であり、火力よりも大和魂が強いと固く思い込んでいた」と言う。

吉田さんが商業学校を卒業するのは一七歳だ。当時は、すっぽりと「子供」という概念が欠落してしまっているように思われる。「大人」と「子供」ではなく、兵隊か否かという概念しかそこにはない。思春期まっただなかにいる青年たちは、兵隊にもなりきれないうちから一刻も早く兵隊にと無理やりに背伸びさせられていたのだと思った。

中央大学専門部　野営の思い出

一九四三年、吉田さんは中央大学専門部に入学した。その頃の様子を、吉田さんはアルバムを片手に語ってくださった。アルバムの白い台紙はすっかり色が変わっていた。だが、非常に丁寧に写真が貼られ、ところどころ説明が加えられているのを見ると、大切にしてきたことが良くわかる。デジタルカメラでばかり写真撮影する私には、このようにページをめくりながら将来振り返るアルバムは残せないだろう。貴重な友人たちを失った学生時代だから、遺影になりうる写真に対する思い入れがまったく違うのだと思う。

――征く日にも見せざりし涙溢れしめ互《かたみ》に語る学徒出陣

吉田さんが後にこのように振り返った一九四三年の学徒出陣は、徴兵は二〇歳以上だったため、一八歳の吉田さんは対象にならなかった。商学科一年生の同級生では、一五〇名中、三分の一に当たる約五〇名の徴兵猶予中の学友が入隊することになったという。

「学食で運動部が優先されたから空手部に入った」と吉田さんは笑った。勤労動員の繰り返しで、入部していた時期も覚えていないという。

学徒出陣の対象外の学生たちは、代わりに大学で毎年実施されていた一週間の泊りがけの野営に参加した。教練は代々木練兵場で行われ、三八式歩兵銃のほか、軽機関銃や擲弾筒《てきだんとう》（手榴弾を発射する兵器）を使用したそうだ。吉田さんは時に昔の思い出話に笑い、亡き友人を懐かしむように写真を一枚一枚説明してくれた。専門部のアルバムだと聞

1943年（昭和18年）商学科１年、入隊者壮行会。最前列全員が入隊した。

いていなければ、勤労動員の際の写真が多く、彼らが学生であったことを忘れてしまいそうになった。学生であることは兵隊に行かなくて良い特権と聞いたことがあったが、吉田さんの話を伺ってから改めて考えると、自由に学業ができていない彼らは、私から見れば決して特権を得ているようには思えなかった。当時は「兵隊に行かなくて良い」というだけで特権なのだと痛感した。

「北海道派遣勤労報国隊　商学科・経済学科記念撮影」と書かれている。

同年一〇月一五日-一一月二一日には、北海道斜里町（網走方面）に勤労動員された。写真には、学生が中央で持っている旗に「中央大学報国隊」とある。この写真だけ、折れて少し傷んでいた。

「これは、リュックに入れておったので、写真がぺしゃんこになってしまったんですね。もう、ひどいところです。屋根も床板も穴だらけで、トイレはない、畑でやれっていうんです。代表者があまりにひどすぎると交渉して、点在している農家に移ったんです」

隣家まで〇・五キロある分散した農家に二人宛分宿、電気や水道はなく、トイレは馬小屋だった。寝具は二人で一組だったため、二人で頭と足を互い違いにして寝たそうだ。ラ

北海道斜里町にて。中央が完成した排水溝。

ンプもなく、夜はルンペンストーブの薪の燃える明かりを頼りにしていたという。

この時は、東京全市の大学から全部で二千人の学生が北海道に勤労動員された。

その時作ったのは排水溝だった。

「排水溝をね、スコップで掘り上げるんですわ。肉体労働でした。でも四〇日も北海道に行っていたから、思い出がたくさんあるんです。知床半島の近くでね、知床旅情の歌を聴くと今もここのことを思い出しますねぇ」

幅、深さ二メートル、全長八百メートルの明渠排水溝を一〇人ほどの集団で完成させた。

野営ではどんなことをなさったんですかと問うと、写真の横に書かれた説明文を声に出して読んで話してくれた。

「野営はね、昼は戦闘教練、夜は夜間演習で絞られた。とにかく軍隊みたいなんです。古兵がいなくて殴られないし、飯は食わせてくれますけれど。夜間訓練では、塹壕《ざんごう》を掘った後は電灯がないから本当に真っ暗でよく見えないんです。それで抱えて持っている三八式歩兵銃の先に泥が詰まってね、教官から『陛下の銃に泥を詰めてー！』と怒鳴られた。野営は絞られましたよ」

日本では、兵器には小銃にまで天皇家の菊の紋章が付いていて、天皇から「お預かりしたもの、授けられたもの」として大切にしていたという。

当時の思い出で、吉田さんに忘れられないのが「焼き芋事件」だ。

「あの時は、腹が減って減ってどうにもならんかったんですね。兵舎の裏に焼き芋の屋台があった。それを誰かが食べたんです。それで『貴様らー！　誰がやったか言えー！』と怒られて。誰も本当のことは言いません。そしたら『正座しろ！』と。兵舎は板の荒削りで、正座したらものすごく痛いんです。二時間ぐらいしたら、みんな半泣きでね。泣き出したのもおったんです。そしたら教官が、『正座やめー！』。『誰がやったかもう一度聞く』と聞かれても、また言わない。結局その後、誰が焼き芋を食ったかで、自分らで犯人捜しをして、鉄拳で制裁しようと暴れて。誰がやったかはわからずじまいだったんですけど、いつでもこの時のことを思い出すのは焼き芋事件やなあと思います」

吉田さんが懐かしそうに話す様子は、とても楽しそうに見えた。

一九四四年になり、本格的な学徒勤労動員が始まると、川崎市の日本鋼管川崎製鉄所の工員寮から工場へ通うことになった。

「製鉄所ですからね、ものすごい重労働だったんです。砂鉄とセメントを合わせてレンガ状に作って溶鉱炉に入れるんですが、その作業の手前の砂鉄のほうにいました。四チームでレンガ造りをやりました。運動部の人は鉄を溶かす平炉の前で、上半身裸で、直径二メートルの扇風機を使って、塩をなめながら作業をやっていたんです。彼らは重労働の最先端にいたんですね。寮は一〇人ずつぐらいで一緒の部屋でした」

その時は、給料が出たという。

「一番はじめの時は四七円もらいました。びっくりしました。学生であろうがそんなことは関係なしに、普通の労働者の給料くらいくれたんですね。そのお金は、授業料分を払った後は、どこへ行ったかは覚えていないです。モノが売っていないから使うところがなくてね。朝は軍歌を歌いながら工場まで行って、職場ではみんなバラバラになって働いて、夜はまた揃って軍歌歌いながら帰りましたね」

吉田さんの口元は微笑んでいた。

「思い出になるような楽しさもありましたよ。トラックの運転ができる者が朝鮮の人が住んでいた集落へ行ってね、食缶といって飯を入れるアルミ製の缶にね、酒を買うてきて、ヤケ酒みたいな感じで飲んでね。空襲もお構いなしに全員が『三日酔い』ですわ。そんなこともあったね。悲しい思い出やけど、普通の時じゃ味わえないことがありました」

死と隣り合わせの戦中であっても、吉田さんたちは時には友人とおなかをよじるほど笑った。

濃密な時間を過ごした彼らの青春は、輝いて見えた。モノクロの写真に写る吉田さんたちは、今の私たちが友人と笑う時、泣く時よりも色鮮やかに写っているようにすら感じた。それは、苦しさを笑い飛ばそうとする吉田さんたちのしなやかさ、若いエネルギーが、聞くだけで目に浮かぶようにくっきりと伝わってきたからだ。そんな一人ひとりの青春は、無残に断ち切ることはできても、戦争にだって奪うことはできない。

この工員寮での五カ月間にも、多くの学友が入隊し、多くの別れがあったという。

この年、吉田さんは陸軍特別甲種幹部候補生と、陸軍特別操縦見習士官を志願受験している。『若い日本男子の平均寿命は二二年』などと言われていた。どうせあとわずかしかない命なら、『栄光の死』の機会をつかんだほうが日本男児らしい、自分が死ぬことによって、生き残った人や後世の人が奮起して祖国日本を護ってくれるのだ」と思ったそうだ。しかし、「左眼視力不足により航空隊不適」で不合格。

「幼い頃から、『男の子は兵隊に』という時代でしょ。私は幼児期に眼病をしていたもんで、左眼の視力不足だったんですね。小学生の頃から、先生からも『片目族』なんて言われて、差別されることもありました」

不合格という言葉を聞いて、いても立ってもいられなくなった吉田さんは、金沢連隊区司令官の陸軍大佐に嘆願したが聞き入れられなかった。

兄の死

一九四五年二月一六日、吉田さんより一足早く入隊していた兄、儀忠さんが二三歳の若さで戦死した。儀忠さんは、一九四五年一月に浜松飛行隊中部一一三部隊に配属されていた。アメリカ艦載グラマン戦闘機七百機の襲撃を迎え撃つため、通信連絡班員約三〇名の指揮官として、延焼中の通信施設を離れないまま、職務を全うして通信班全員と共に戦死したという。吉田さんの著書には、こんな歌がある。

――兄の遺骨抱ける父に全滅の部下の遺族が恨み言ひしと

「父が、私の入隊前に部隊葬に出席して遺骨を引き取りに行きました。その時部下の遺族たちから『隊長殿（兄）はなぜ退避命令を出してくれなかったのか』と言われたそうです。『命令を出していれば、うちの息子も助かったのに』と遺族に言われたため、父は泣いていました……。部下の遺族の気持ちもようわかります。ほんでも……。自分の息子の遺骨を抱いて、どれだけ、情けなかったことか。その父の心を思うと……」

儀忠さんは戦死後、見習士官から少尉に昇進した。

アルバムを懐かしそうに、時に微笑んで見ていた吉田さん。急に、言葉を詰まらせながら、当時の辛さを思い出し、涙をこぼした。私はただ吉田さんを見つめていることしかできなかった。

「戦争っていうのはね、めちゃくちゃの地獄ですわ。兄や父と同じ思いをした人が何百万人もいたんですよね」

戦死した兄・儀忠さんには入隊前に、京都の大学時代に恋人がいた。

「兄にはね、好きな人がおったんです。兄が戦死してからも、何回もその女性は京都から来てくれました。でもね、親御さんがね、『娘は一生独身で過ごすと言い、美容師の資格を取りたいと勉強しているが、親としてそのような娘を見ているのは耐えられない。どうか娘の将来のためにも、吉田さんとはご縁がなかったことにしてほしい』と言いにきてね。当然そうしてくださいと父母が伝えていました」

その後も女性は儀忠さんの法事などに時々顔を出してくれたそうだ。女性はその後、結婚したかわからない。儀忠さんは、満州駐屯時代にその女性から贈られたセーターにくるまれた骨壷の中で、安らかに眠っている。

軍隊生活の幕開け

一九四五年四月、お兄さんの死から二カ月も経たないうちに、今度は吉田さんに召集令状が来て静岡県三島市の野戦重砲兵連隊に入隊することになった。その時のことを、父、儀数さんは「私ひとりが三島市の部隊まで送っていったが、その時の心境は誠に悲痛なものであった」と追想録に書いている。一方の外儀さんも、その時の父を見て「部隊のある静岡県三島市へは、どうにか汽車の切符を入手して、父ひとりが付き添って来てくれた。三島市の宿で一緒に泊まり、翌日部隊の営庭で私の着ていた学生服を包んだ風呂敷をかかえ、肩を落として引き返す時の父の寂しそうな顔も忘れられない」と書いていた。悲痛な思いで父の背を見つめていたのだろう。

「自分が父親になってから考えてみると、本当に兄の戦死後に私が征く時の父の気持ちがわかるんですよね。生き残った次男である私とも、これで生きて再び会うことはないだろうと思わねばならない時代でしたから」。父、儀数さんは別れの時には最後まで振り返らず、気丈に振舞っていたそうだ。

「祝入営」の旗と。写真中央が吉田外儀さん。

――入隊までの三日ひねもす父母に防空壕をとひたぶるに掘る

吉田さんは、入隊するまでに間に合うようにと急いで防空壕を掘っている。

「父母を空襲から守るには防空壕しかないんです。家の下に掘るんです。家が潰れたら潰れてしまう、そんなもので守れるわけはなかったんですが、後には幼い妹二人しか残らなかったからね。墓穴を掘っているようなものです。出て行く自分にできることはそれしかないと思って」

「墓穴」という言葉が胸に刺さった。命を守るための防空壕に、もしかすると両親が眠ることになるかもしれない。その時の吉田さんの思いは、当時の吉田さんと年齢の変わらない私でも想像を絶するほどの胸の痛みだったろう。だからこそ、夢中で「ひたぶるに」掘ったのだろうと思った。

兵士の一万倍の価値の「馬」

吉田さんが入隊したのは旧式砲の部隊で、砲身の短い三八式一五センチ榴弾砲《りゅうだんほう》を馬で牽引する部隊だった。榴弾とは、破裂すると多数の破片が広範囲にはじけて歩兵を殺傷するものだ。新編成の部隊で一中隊の人員は約二百名、そのうち四分の一が初年兵で、平均年齢は二〇歳強だったという。馬部隊は、その馬の世話で大変だということは当時は一般的に知れ渡っていたそうだ。

「兵士は一銭五厘の使い捨て」と吉田さんが著書の帯に書いていたと前述したが、「一銭五厘」とは兵士の徴兵令状（官製葉書）のことだ。「貴様らは死んでも一銭五厘でいくらでも集められるんだ！」と徴兵された兵士たちは怒鳴られたという。そのため、「一銭五厘」という言葉は転じて、わずかな金額で集められる兵隊たちの命の軽さを暗に示す言葉になったそうだ。それに対して馬は種類によって支払う額は異なるが、仮に最低一五〇円としても、一銭五厘の一万倍の価値をもっていたという計算になると吉田さんは言う。人よりもはるかに戦力となる馬が重んじられていた。吉田さんの中隊には約五〇頭いた。

馬の排泄物の混じった藁《わら》を干した時の手を、朝食を食べるために洗おうとすると、「貴様、馬が汚いのか！　手は洗わないで飯を食うんだ」と殴られたという。いくつかの当番の中で、この厩舎での当番が一番大変だったそうだ。

――馬面《うまづら》もおのづ違へり四十九頭の名遂に覚えき

人間よりも大切とされた馬の、一頭一頭につけられた名前を吉田さんは必死になって覚えた。

非力な人間と戦車の戦い

三島に入隊して約一カ月後に鹿児島に移動することになったが、初年兵の吉田さんたちは何も知らされていなかった。戦後になって吉田さんが知ったことがだが、吹上浜上陸作戦で予想されたアメリカ軍の主力戦車はＭ４型シャーマン戦車だった。この戦車はアメリカでは中型だったが、日本にはそれに匹敵するものがなかったと吉田さんは言う。

「私が持っていたのは、竹べらみたいな五百グラム程度しかない竹製の剣と火炎瓶だけ。教練の時の銃と剣は四キロくらいしたんですが。古くからいる下士官は鉄の剣を持っていました」

武器の乏しくなっていた日本の状況が、吉田さんの話だけでも容易にわかった。

「やった訓練はね、たこつぼ戦法といって、たこつぼのように人間が穴を掘ってそこにうずくまって戦車が行き過ぎるのを待つんです。本当はね、穴なんか掘っても潰れますよ。戦車が上を行き過ぎたら火炎瓶に火をつけて、あるいは戦車の後ろのエンジンにぶつけろと教えられた。それに対してアメリカはエンジンに網を張ったりしてすぐに対策をとっていました。一方の日本は大砲も古臭い大砲でね。もう人間の盾しかないんですわ。一銭五厘の人間を集めて。具体的に人間が何千人いたら血のりやら肉で戦車の盾になれるだろうとまともに思いました」

戦力のなさ、技術の遅れを大和魂で補おうとした無謀な作戦に、私は絶句し、返す言葉もなかった。

学友との再会

戦況切迫で速成を考慮したのか、吉田さんによれば、通常よりも一、二カ月早い、入隊後約二カ月に当たる六月頃に、幹部候補生筆記試験が行われたという。その日の朝、渡された昼飯は、飯ごうの底が見えるくらいの少ない混ぜご飯。その時の吉田さんは空腹のあまり、もらった直後に食べてしまった。

「おい、吉田」。試験場で昼食時間になって食べるものもなく座っていた吉田さんに、懐かしい声が聞こえた。中央大学専門部の同級生、大嶽十四男《おおたけとしお》さんだった。そして、大嶽さんは一握りのいり大豆を吉田さんに差し出した。「これを食え」。吉田さんは、その「何十粒の大豆は、どんな宝石よりも嬉しく、ありがたく、一つずつ噛み締めた」という。

——兵たりし飢餓の日邂逅の友呉《く》れし一握の大豆いまに
忘れず

吉田さんは周りの戦友には分け与えず、がむしゃらに食べた。

この大嶽さんに出会った時が、軍隊に入ってから初めて心が安らいだ時だったと吉田さんは語った。「戦争ではね、満足に食うものがないから、食べる本能しかなくなります。寝ても夢に見るのはガールフレンドでも肉親でもないんですよ。人間、食べる本能が一番なんだというのはつくづく理解できたね。戦後の飢えを知らない者に、飢えを教えるのは無理です。戦後本人にこの時の話をしたんですが、大嶽は大豆のことは忘れていました。でもね、私の話は飢えの中に入りません。体に湧いたうじを食べて生き残ったなんて話も聞いたことがありますよ。私の話は戦争の玄関口です」

そう言う吉田さんだが、戦後軍隊から戻ると、入隊前には六〇キロだった体重が四七キロになっていたそうだ。

―鹿児島県吹上浜で敗戦を迎えて―

八月一五日の朝、中隊長から何か重大発表があるらしいと言われ、吉田さんは大隊本部で待機していた。その頃、吉田さんは十数日前から中隊の連絡兵として一日に何回か約一キロ離れた大隊本部と中隊の間を往復していた。アメリカの戦闘機を気にしながら、途中に通りかかる畑からさつま芋を掘り、夜には隠し持った芋を戦友たちに分けて喜ばれていたという。

昼になって、ようやくラジオ放送があったが、雑音ばかりで聞き取れなかった。吉田さんは事務係の下士官から聞いて「戦争は終わったようだ」とわかったそうだ。その報告を受け、吉田さんはアメリカの戦闘機の心配をせず、ひたすら中隊長への報告へ走ったという。空がこんなにも綺麗だったのか、と仰いだその日の空の青さを、吉田さんは忘れられない。空襲、戦闘機を恐れる必要のなくなった空はどんなにか高かったろう。吉田さんにとっての終戦は、玉音放送ではなく、死と隣り合わせの生活の終わりを告げる青い青い空だった。

―戦後―

戦後、吉田さんは米軍の本土上陸作戦を知った。吉田さんたち本土決戦部隊と住民を空爆と艦砲射撃で一掃した後、吹上浜上陸作戦を一一月一日に敢行するというものだ。米軍は、この吹上浜上陸作戦を「オリンピック作戦」と名づけている。敗戦が遅れていれば、吉田さんは「オリンピック作戦」で命を落としていたかもしれない。もしそうなれば、吉田さんの三人のお子さん、そして著書のサブタイトルにもなっている七人のお孫さんは生まれることはなかった。

取材日が、北京オリンピック直後だったからなおさらに、平和の祭典であるオリンピックと、米軍の「オリンピック作戦」から連想するものの違いが大きすぎ、時代の違いを痛いほど感じた。

——外苑の出陣式に出でざるも出でしも友ら征きしままなる

一九四五年の一二月、吉田さんは復学するが、中央大学専門部商学科で復学できたのは同級生のうち三分の一、五〇名程度だったという。復学ができなかった理由としては、戦死、外地やシベリアからの未帰還、戦災による家計の破綻などがあった。

執筆の理由・沈黙の理由

二〇〇四年、奥様の邦子さんが脳梗塞で入院されている前後三カ月に、吉田さんは一気に「太平洋戦争とわが家」を執筆した。それまでに戦争に関する本を読んだのは、ゆうに二五〇〇冊を超えるという。それでも執筆しようと思ってはいなかった。

「書き始めたら後から後から言葉が浮かんだんですよ。妻は父や兄がのりうつったんじゃないかなんて言っていて、そうかもなあと思いました」

きっかけは、邦子さんの入院、過去にお孫さんから「もっとおじいちゃんの戦争の話が聞きたい」と言われたことなど複数あり一つには絞れないという。

不思議なことに、吉田さんは復学してからも友人たちと戦争で何を経験したかについて話すことはなかった。同級生の竹内信夫さんは、中央大学専門部商学科以来のお付き合いがあり、勤労動員や戦後の復学した後も合わせて六年間一緒であった仲にもかかわらず、である。何故なのか。

「戦地に行くまでの悲しさは話せても、実際何を経験したかはお互いに言おうとしなかったんですよね」。二〇〇五年、吉田さんが竹内さんに『新編　太平洋戦争とわが家』の前身の本を送って初めて、入院中の竹内さんから吉田さん宛に、中国での一年半にわたる戦争体験を文章にまとめたものが送られてきたのだそうだ。

――振り返る戦の映像視し夜は眠剤に拠るも眠りきたらず

復学したばかりの頃では、とてもではないが自らの体験を思い出すことはしたくなかったのだろう。一方で、その記憶は消えることなく二人の中に蓄積していて、きっかけさえあれば、いつでも取り出せるようになっていたのだ。

戦争の影 ――「献体登録」

吉田さんは、『太平洋戦争とわが家』を出版しただけでなく、金沢聖戦大碑撤去の会に入っている。吉田さんは戦争を二度としてはいけないという思いから、聖戦大碑の撤去を訴えているという。金沢聖戦大碑は、二〇〇〇年八月に兼六園の近隣にある石川護国神社に立てられた。正面は日の丸と「大東亜聖戦大碑」、裏は「八紘一宇」(世界を一つの家にすることの意味)と書かれている。正面下には、「大東亜おほみいくさは万世の歴史を照らすかがみなりけり」、「讃えつたへん　永久に燦たり大東亜戦争」といった言葉も刻まれている。取材の翌日、私は一目見ようと石川護国神社に足を運んだ。二〇〇〇年に立てられながら、現在の学校における歴史教育の視点とは異なる言葉が並んでいた。

また、「軍馬之碑」の丸みのある大きな墓石に比べ、見逃してしまいそうに細長く小さい「殉難婦女子之碑」の墓石は、吉田さんのおっしゃった「馬の価値が人の一万倍以上あった時代」を象徴するようにも思われた。

また、戦後吉田さんは金沢大学医学部しらゆり会に篤志献体の名簿に名前を連ねている。人の役に立てることをと思い、献体を希望したそうだ。「遺骨すら返ってこなかった戦争被害者のことを思えば」と吉田さんは言う。聖戦大碑撤去の会をはじめ、これらの活動に参加している理由を、吉田さんは「せめてもの贖罪」と言った。戦争を経験した多くの方が、その経験を引きずって、または少なくない影響を受けて今を生きている。戦後、思い出すのも辛い自らの体験を振り返り、信念を持って活動されている吉田さんを、大学の先輩として誇りに思う。

終わりに ――「戦後の孫世代の私たち」

「私の話は、あくまで戦争の『玄関口』です」。何度か、吉田さんがそう言ったのが頭から離れなかった。軍隊生活が六カ月と比較的短かったため、そうおっしゃったようだった。それはつまり、他のみんなは、自分以上の辛い経験を耐えて生きてきたということを伝えたかったのだと思う。

何を話すにしても「当時はよくあった話なんだ」と、ご自身が苦労された部分も、みんなも同じだったのだからと言いたそうな印象を受けた。

吉田さんは、あくまで「玄関口」と表現されたけれども、その話は戦時中の大きな波に翻弄された一学生の貴重な体験談だと思う。語ってくださる方がいてこそ、そしてその一つ一つを蔑ろにせず、それを積み重ねた末に戦争の姿が見えるような気がした。それらを私たちはまだ聞くことができる。彼らから話を伺うチャンスに恵まれた私たちは、「戦争を知らない世代」ではなくて「戦後の孫世代」とも言えると思う。

吉田さんや奥様には「孫に女の子がいなかったから、あなたが女の子の孫のように思えるわ」と言って頂いたが、私にとってももはや、吉田さんがただの先輩とは思えなかった。自分でもそう思って初めて、六〇年以上ある壁に穴を開けることができた。

「事実を伝えることが一番の反戦になる」。吉田さんは取材中何度もそう言った。戦争だけではない、今の時代に常識だと思っていることが、後世には非常識なことになっているかもしれない。恐ろしい事実から目をそらさず、時に疑いの目を持ち、時に受け入れる寛容さを持って時代から目を離さずにこれからも考えていきたい。

サブタイトルの「七人の孫たちへの証言」となっている七人のお孫さんはやはり全員男の子だった。今の時代だからこそ、七人のお孫さんは誰一人理不尽な死を迎えることなく、一人ひとりの人生を生きている。私は改めて、今の時代が平和な自由で恵まれている環境であることを実感した。

吉田さんの初孫の大渡さんは二四歳の時、『太平洋戦争とわが家』を読んでこう書いている。

取材後に。左から奥様の邦子さん、吉田さんと取材者。

「……おじいちゃんの若いころを想像しながら読みました。終戦の日に走りに走ったおじいちゃんの姿、おじいちゃんの見た青い空を思い浮かべたとき、自分の中から普段仕事でいっぱいいっぱいになっている小さな自分がすべて消えていることに気づきました。（中略）おじいちゃんを改めて誇りに思い、先祖を誇りに思います。おじいちゃんの思いを胸に、これからの人生を勇気を持って、正しく強くやさしく生きていきたいと思います」

そして、外儀さんは戦後の平和をこう謳《うた》っている。

——泳ぎ初めにトップライトを透き仰ぐ天空高くこの平和あり

▼吉田さんは新編の前身である二〇〇四年に出版した『太平洋戦争とわが家』で「日本自分史大賞　昭和の記録賞」（日本自分史学会主催）を受賞した。

ビルマ戦線からの生還

取材者 木村美耶子 ▼法学部三年

×

証言者 大塚 実 ▼昭和一八（一九四三）年中央大学法学部仮卒業。ビルマ戦線体験、株式会社大塚商会を創業（取材時、八五歳）

証言者の経歴

大正一一（一九二二）年…一〇月、栃木県益子町生まれ。

昭和一五（一九四〇）年…四月、中央大学予科二年編入。

昭和一八年…一二月、学徒応召、陸軍宇都宮連隊入隊。

昭和一九年…五月、豊橋予備士官学校入校。一一月、シンガポールへ、南方教育隊入隊（マレーシア）。

昭和二〇年…四月、ビルマ戦線へ。八月、終戦。捕虜収容所へ
昭和二二年…七月、復員。

昭和三八年…七月、大塚商会を創業。

取材日

平成二〇（二〇〇八）年七月三一日、八月二八日

はじめに

「サイズは……A4でえーよん！」。「お、トナーがない。買わないトナー」。緑色の犬のキャラクター・たのくんがダジャレを披露するCMを記憶されている方も多いだろう。OA機器専門商社として幅広い事業を展開している株式会社大塚商会。この大塚商会の創業者であり、現在、相談役名誉会長である大塚実さんが、今回の私の取材相手であった。

二〇〇八年七月中旬、周囲がどんどん取材相手を見つけ、取材・執筆を進めている中、私はなかなか相手が決められなかった。夏休みに東南アジアに旅行をすることが決まっていた私は、どうしても南方戦線を体験された方にお話を伺いたいと思っていた。しかし、中央大学出身であり、かつ南方戦線体験者となると必然的に数が限定され、交渉相手すら見つけられない。ただ焦りが募る日々を送っていた。

ところが、もう南方戦線体験者にこだわることをやめようかと思っていた矢先、私はインターネットで偶然、大塚さんの存在を知った。大塚さんは、中央大学在学中に学徒出陣し、ビルマ戦線から復員、その後サラリーマン生活を経て、現在の大塚商会を創業したという経歴をお持ちだった。

日本でも有数の大会社の会長から返事が来る可能性はかなり低いだろうと思ったが、駄目でもともと、これが最後のチャンスだと考えて、とにかく手紙を出してみることにした。そのため、数日後に彼の秘書の方から電話を頂いた時には本当に驚いた。「本当によろしいのですか？」と何度も確認する私に、「素晴らしい試みだと思うので、ぜひ協力したいと申しております」と言ってくださった。その上、できれば旅行に出発する前にお会いしたいという私のわがままを聞き入れてくださり、すぐにお会いする日程が決まった。

戦争について

私は、少し前まで学習塾でアルバイトをしていた。そこで小学生の社会科を担当していたのだが、しばしば戦争の話題にも触れる機会があった。その中で痛切に感じたのは、戦争がすでに歴史になっているということだった。広島や長崎に原爆が落とされたことも、終戦のことも、その他すべての戦時下の出来事も、ただ覚えるべき年号や事項になってしまっている。数ある暗記項目の中の一つに過ぎない。現在を生きる小学生にとっては関係のない遠い昔にあったこと。戦争についてテスト用に覚えるのではなく、戦争そのものについて考えてほしいと思っても、私はその気持ちをうまく子供たちに伝えられなかった。私自身が戦争体験者ではなく、ただ本やテレビから得た知識が子供たちより多いというだけでは説得力の欠片もなかったからだ。

戦争は、おそらくどんどん遠くなっていく。それは仕方のないことだと思う。時が経つというのはそういうことで、それは誰にも止めることができない。だから、私たちにできることは戦争を風化させない努力をすることだけだ。より実体験に近い形で戦争を感じ、その感覚を刻みつけ、そしてできるだけ多くの人に、特に子供たちに伝えられるようにしたい。そんな思いを抱いて取材に臨んだ。

大塚さんとの出会い

平成二〇（二〇〇八）年七月三一日。本格的に暑さが増し、夏も盛りになってきたその日が、初めての取材の日だった。取材は飯田橋にある大塚商会の本社ビルで行うことになっていたので、見劣りしないように、私はスーツを着ていった。しかしながら、スーツ用のパンプスを履きつぶしてしまっており、あまりにもみっともない。そこで、行きがけに、取材に向けて気を引き締める意味も込めて新しいパンプスを買い、勇んで電車に乗った。

ＪＲと地下鉄合わせて五本の路線が交差する飯田橋は、オフィスビルや大学が林立しており、初めて降り立った時には地下鉄の出口を探す時点で迷ってしまった。約束の時間にはまだ余裕があったが、夏の照りつける日差しと取材に向かう緊張とで、汗が止め処なく出て来た。早く到着して身なりを整えたいと、地図を見ながら幾分急ぎ足で歩いた。

目白通りを少し奥に入ったところにある本社ビルには、駅を出てからはほとんど迷うことなく行くことができた。一二階建てのビルを見上げて、『大塚商会』という赤と白のロゴが目に入ってくると、緊張はさらに高まり、歩みを少し緩めた。入り口の自動ドアの手前で立ち止まり、二、三度深呼吸をしてから中に入った。受付で用件と名前を言うと、にこやかに「伺っております。あちらのお席で少々お待ちください」、と言ってくださった。いくらスーツを着ていても、明らかに場違いだと感じていた私は、その丁寧な応対がとても嬉しかった。

大塚商会の社員の方たちが行き交うロビーで待つこと数分。私の座っていた席に、一人の女性が近づいてきた。

「中央大学からいらした方でしょうか。私、秘書の梶原と申します。ご案内致しますね」

彼女が私を案内してくれたのは、最上階の一二階にある広い応接室だった。壁には日本画が掛けられ、窓からは屋上庭園が見えた。後で知ったことだが、その絵は画家・川合玉堂の作品であり、その部屋は役員応接室だったそうだ。

広い部屋の奥のソファに浅く腰掛け、落ち着かない気持ちで辺りを見回していると、ガチャッとドアに手をかける音がした。思わず立ち上がってドアの方を見つめていると、紺色のスーツを着こなした、背の高い男性が中に入ってきた。背筋のスッと伸びた堂々とした風格から、間違いなくこの人が大塚会長であると思い、緊張のあまりしどろもどろになりながら挨拶した。電話でも話したことがなかったので、この時初めて彼の声を聞いた。「はじめまして。どうぞ、掛けてください」。低く穏やかな声であった。

故郷と少年時代

「あなたたちがしていることは、大変貴重なことだと思います。どうぞ、遠慮なく何でも聞いてください」

緊張してうまく言葉の出てこない私に、大塚さんは初めにそう言って笑顔を見せてくださった。私は、この言葉のおかげで少し気が楽になり、それからは気負わずに質問することができた。

一九二二（大正一一）年一〇月、大塚さんは栃木県益子町に生まれた。益子町といえば伝統的工芸品の益子焼の産地であり、彼の生家もその窯元であった。

「大変景色のいいところでね。里山の景観に囲まれて、温かみのある民芸品の町で育ちました。だから、郷土愛が非常に強いですね」

戦争に明けて、戦争に暮れたという少年時代。出征兵士がいれば、町を上げて見送った。

「何しろ田舎ですからね。大勢の町民が、旗を振りながら見送っている光景を何度か見ました。戦争ごっこなんて遊びもしましたね」

そのような環境で身近に戦争を感じながら、彼の郷土愛は愛国心にもつながっていった。支那事変が始まった時にはまだ中学生であったが、自分で指を切って血染めの日の丸を書き、それを陸軍省へ送ったという。

「頑張ってくださいとね。どこに届いたのかはわかりませんけど。ただ自分の気持ちを伝えたかったんでしょう」

そんな軍国少年だった彼は、何かグループができるといつも、いつの間にかリーダーになってしまっていたという。

「勉強のトップとは違うんです。特に喧嘩をしたというのでもないのですが、不思議と自然にね」

まだお会いして間もなかったが、彼の穏やかな物腰と意志の強そうな瞳を見て、私はリーダーにしたくなる気持ちが何となくわかるような気がした。そして、その生まれつきの資質は、その後の彼の人生においても発揮されていった。

しかしながら、そんな大塚さんも大学受験の時には挫折を経験している。彼は、小学校五年生の時に一年飛び級して栃木県立真岡中学に入学した。そのために、周りからちやほやされ、プライドばかりが高くなっていたのだという。

「今で言うところの東大一筋というやつですか。鼻っ柱が高くなって、いい気になっていたんですね。それで一高を目指したんですが、得意の数学で失敗してしまって、駄目でしたね」

それから、一浪して再び一高を目指した。しかし、それでも振られてしまった。これは彼に相当なショックを与えたが、同時に一つの教訓にもなったそうだ。

「過ぎたるは、及ばざるに劣れりですよ。小さな失敗もない人間というのは怖い。成功の連続の人間は、いつかやりすぎて大きな失敗をする。ここで失敗してよかった。だからあなたも、失敗しても自信を持ってやったほうがいい」

その後、知人から話を聞いて、彼は中央大学予科二年の編入試験を受験した。予科とは、戦後の学制改革まで存在していた制度で、連携する大学本科への進学を前提とした教育機関である。中央大学は予科三年・本科三年であったが、当時は今よりも柔軟な試験制度があり、予科二年からの編入も可能だったのだ。この試験に通過した彼は、中央大学に入学することとなった。

学生時代

大塚さんが大学に入学したのは昭和一五（一九四〇）年四月。翌年の一二月八日には太平洋戦争が始まった。そのことを、彼はラジオで知ったという。朝、戦争が始まったと報道され、昼には軍艦マーチとともにハワイ沖空襲の成功を聞いた。

「ちょうど仲間とお昼を食べに行く途中で、神保町の三省堂の前辺りでしたね。胸躍らせて聞いたことを覚えています」

しかし、それでも勝ち続けるということは、学生なりに信じられなかった。アメリカとの生産力の違いは、あまり報道されていなくても、何となくわかっていたからだ。日

大学時代、東京から無銭旅行で帰省した時の写真。

中戦争とは次元の違う戦争が始まったと、身震いしながら聞いていたという。

そんな中で、どのような学生時代を過ごしたのだろうか。

「僕は国家試験の行政科を受けて、満州辺りで一旗挙げようと思っていたんですよ。そのために、冠こう会（現・済美会）の会員になって、研究室で夜遅くまで勉強していました。よかったですよ。戦争中でしたけど、冠こう会には家族みたいな雰囲気があってね」

周りには真面目で勉強家な友人が多く、大塚さん自身も勉強が面白く、大学は楽しかったという。特に経済学に力を入れて勉強したことが今でも生かされている、と声を弾ませて話されている姿を見て、少し羨ましくなった。私もいつか、自分の大学生活について胸を張って人に話せるだろうか。

また在学中、東京の下宿から栃木の益子にある実家まで、二泊三日で無銭旅行をしたこともあるという。学生服に米袋を背負い、わらじを履いて、地図を片手に乗り物には一切乗らずに徒歩だけで帰る。足裏にできた大きなマメは破れ、泊まる当てもなく、それでも歩き続ける。

「当時は学費から何から親に出してもらってたからね。親から離れた自分ひとりで幾日かを生活してみたかったんだね」

ひとりの人間として自立していることを、何か行動で示したい。自分ひとりでも何かができるということを証明したい。これは、今回私が東南アジアに一人旅をすることを決めた時の心境だ。もしかしたら、彼の中にもこんな思いがあったのではないだろうか。そう思うと私と大塚さん、そして現代の若者と戦中の若者にも、何か共通点があるような気がした。

しかし、決定的に違うところもある。それは死に対する向き合い方だ。当時の学生は皆、心の隅に死の危険を感じていたという。いつか死ぬかもしれない。戦争で死ぬかもしれない。否応なく、自らの死について考えなければならない。

「誰だって怖いわけですよ。その怖さをどうしてでも達観して、悟りを開くような心境になりたいという切ない思いがあってね」

こう言った時、彼の声は少し震えていた。

大塚さんは、禅寺に一週間こもって座禅を組み、覚悟を決めたという。

「日本に生まれた以上、逃げられない。運命だから」

学徒応召で出陣前、正装した大塚さん。

逃げられない運命。それは、いとも簡単に当時の学生たちを巻き込んだ。昭和一八年一〇月、大塚さんは学徒応召により、軍隊に入ることになった。

雨の中、神宮外苑で行われた壮行会。行進しながら、外野席を埋め尽くし涙で見送る女子学生たちが見えた。しかし、それでも大塚さんに涙はなかった。

「いよいよ来るべきものが来た。それだけでしたね」

陸軍入隊、ビルマへ

大塚さんは昭和一八（一九四三）年一二月一日に宇都宮連隊歩兵砲中隊に入隊し、三カ月の初年兵教育を受けた。その間に陸軍航空予備士官の募集が行われ、大塚さんも家族には内緒で受けることにした。「どうせ死ぬんだったら、そう思ってね……」。それは、諦めという覚悟ゆえになせることだったのかもしれない。

しかし、その覚悟は適性検査によって砕かれた。

「目隠しをされて、三回回転させられて、そのまま真っ直ぐに歩けと言われた。一本線が引いてあるんですけど、私はどうも曲がっていってしまったんですね。それで、平衡感覚が乱れているというので、駄目だったんです。通っていたら飛行機乗りになって、おそらく特攻隊で行っていたと思いますね」

操縦士官を諦めた彼は、次いで陸軍予備士官学校に入るための試験を受け、見事合格する。そして昭和一九年五月一日、豊橋の陸軍予備士官学校に第一一期生として入校した。ここでは歩兵砲中隊に配属され、連隊砲の扱い方を中心に訓練に励んだ。

この頃、すでに日本の戦況はかなり悪化していた。昭和一七年六月のミッドウェー海戦における敗戦を皮切りに、翌年二月にはガダルカナル島から日本軍が撤退。米軍をはじめとする連合軍の猛攻を受け、その他の各地でも撤退が相次いでいた。

そんな戦績不況を受けて、大塚さんたちは卒業を待たずして、戦地に赴くことが決定された。行き先は南方戦線。当初はフィリピンに向かう予定だった。出港のために福岡の博多に向かったが、そこで一カ月ほど待機することとなってしまった。

「ちょうど台湾沖航空戦があって、日本がボロ負けしてね。高雄の飛行場もやられてしまって、これではもうマニラには行けないと言うことで、シンガポールに向かうことになったんです。思えば、これも命拾いでした」

シンガポールへは高速船「有山丸」で向かった。護送船団を組んで、門司港を出港した時のことは、今でも鮮明に記憶されているようだ。

「これで内地も見納めかとね。船上から暮れ行く光景を見つめて。万感迫るものがありましたね」

覚悟を持って乗り込んだその船上では、士官見習いとして役務を命じられた。

「交代で敵潜水艦を見張るのが仕事でした。学生の頃に旅行で船に乗った時は、酔ってしまって立っていられなかったんですが、この時はまったく酔いませんでしたね。やっぱり緊張すると酔わないのかな」

今、私が船や飛行機に乗って外国に向かうとしたら、心に抱くのはまだ見ぬ土地への希望や期待であると思う。しかし、彼らが抱いていたのは、二度と故郷に帰ることはないという諦めと生への絶望。そして、それらを克服しようとする悲愴な覚悟だった。私は、話を聞いてもその覚悟を想像すらできない。ただ、そんな気持ちで海を渡ることを強制されるようなことが、二度とあってはならないと強く思った。

そうして辿り着いたシンガポールから、さらにマレーシアのクアラルンプール近郊にある南方軍教育隊へと移動した。まだ予備士官学校の卒業前であったため、現地での戦い方などについて教育を受けたのだ。その後、昭和二〇年三月の卒業と同時にビルマへの配属を命じられた。

ビルマは当時、地獄だった。その頃、日本はインパール作戦に惨敗し、首都ラングーン（現ヤンゴン）を明け渡した直後であった。インパール作戦とは、昭和一八年末、敗戦続きの戦局を打開すべく考え出された、制空権なしでインド東部への遠征という無謀な進攻作戦であった。目的は援蒋ルートの遮断。これによって中国戦線の好転を狙ったが、補給路を軽視した無謀な作戦で英印軍の前に敗戦が相次ぎ、ついには餓死や戦病死する者が続出するという悲惨な戦場と化していた。

将兵は全く勝ち目のない戦いに、命令一下で向かわなければならなかった。私には当時の彼らの心境を推し量ることができない。

泰緬鉄道

「泰緬鉄道でビルマに向かいました。当時、昼間は走れないので、夜だけだから。昼間は航空機に狙われるからね。普通なら一週間程度で行けるところを、四月一日に出発して着いたのが五月二六日でした」

七月の取材時に大塚さんからこの話を聞いて、私は東南アジア旅行の途中でこの泰緬鉄道に乗ろうと思い立った。

平成二〇（二〇〇八）年八月一五日。終戦から六三年目のその日、私はタイのカンチャナブリーにいた。カンチャナブリーは、映画『戦場に架ける橋』で有名になったクワイ川鉄橋のある町で、第二次世界大戦中の記録、特に泰緬鉄道に関する記録の多くが残されている。

泰緬鉄道は第二次世界大戦中、日本軍が連合軍捕虜と東南アジア各国から集めた労働者に作らせた、全長四一五キロの鉄道だ。戦員と物資の補給用に活用することが主な目的であった。普通なら五年はかかるところをわずか一年三カ月で完成させたため、日本軍の偉業であるとも言われる。しかしながら、その裏では過酷な労働と風土病のために数万人の人々が犠牲になっており、通称「死の鉄道」と呼ばれている。その泰緬鉄道は、今でも一部の区間だけ当時のまま残されており、地元の人や観光客によって利用されているのだ。

「当時のは、客車じゃなくて貨車だから。屋根なんかなくて、トラックとかいろいろな荷物が積んであってね。その中に乗っていくんですよ。昼間は車の下で寝るわけです。ジャングルで暑いですからね」

私が乗ったのは、もちろんきちんとした客車であった。

現在も当時の線路が残されている泰緬鉄道。

しかし、車窓から眺める景色は当時とあまり変わっていなかったのではないだろうか。町を出て少し走ると、もう客車よりも背の高い草の中を走り、さらに行くと片側が切り立った岩肌、もう一方は崖。はるか下のほうに川が流れている。周りに何もない険しいジャングルの中を、唯一この鉄道だけが進んでいく。物資のない中で、一体どうやってこんなところに鉄道を作ったのだろうか。しかも建設から六〇年以上も耐えうる鉄道を。

クワイ川鉄橋を含め、途中で何度か橋を渡る。悠々と流れる川を見ながら、大塚さんの言葉を思い出す。

「途中で、場所によっては橋が落とされていて、荷物だけ持って小船で川を渡ることもありました。向こう岸に来ている別の列車に乗り換えてね。そういうことが何度かあって、だから時間がかかりましたね」

泰緬鉄道の最難所、崖に囲まれたヘルファイア・パスに残る線路跡。

私が乗っていたのは、わずか五時間。

それでも、もし屋根のない貨車で、常に爆撃におびえる状況であの中を進むのであれば、かなり苦しかっただろう。それが一カ月以上夜のジャングルを走り続け、その先に待つものが死であったとしたら。恐怖はいかほどであったのだろうか。

カンチャナブリーにある泰緬鉄道博物館。そこには大きく『DEATH RAILWAY MUSEUM』と書かれた横断幕が掲げられている。建設時に多くの人の命を奪ったことに加え、大塚さんら学生を死地に送ったこの鉄道は、まさに「死の鉄道」だったのだ。

ビルマ戦線

そして泰緬鉄道に乗って一カ月後、大塚さんたちがやっとのことでビルマのモールメンに辿り着いた翌日。早速敵機による爆撃を受けた。昭和二〇（一九四五）年五月二七日は日本の海軍記念日。その日を狙ってきたのだ。

「着いた時にはまだ将校宿舎もあって、砂糖なんか食べるものもあったんですけどね。翌日に大空襲を受けたんですよ。宿舎も被害を受けて、同期生で腕を取られたやつもいてね。その時に日本の高射砲で敵機を落としたのを見て、（敵機が）落ちてくるのも見ました。それで、いよいよ戦地へ来たんだなと思いましたね」

DEATH RAILWAY MUSEUM

それからすぐ、大塚さんはシッタン川沿いのカイウエにいた安《やす》・部隊第一五一連隊へ行くようにと命じられる。安・部隊は、インパール作戦に参加した後、上流に取り残されている策《さく》・集団の将兵を救出するための作戦実行部隊だった。そこまでは、歩いて行かなければならない。

「一四～一五人の集団で行くことになったんですが、その時にね。歩いて行くから、身軽にならないといけなくてね。それまで、少し内地から持ってきた本や何かがあったんですが、柳行李の中に全部置いて、ここを去っていくのは、やはり寂しかったね。ああ、いよいよ身一つになったんだなと思った」

目を閉じて、声を低く落として、小さく呟かれた。

当時のビルマは雨季。雨の降りしきる中を一週間ばかり歩いて、ようやく司令部のあるカイウエの村落に到着した。そこから、さらに第三大隊の第十一中隊に配属となったが、そこにはもう連隊砲がなかった。インパールからの敗走中、川などがあるたびに置いてきてしまっていたために、すでに師団に一門あったかどうか。そのため、宇都宮連隊の頃から学んできた連隊砲の中隊ではなく、小銃中隊への配属となった。

しかしながら、英印軍との戦力の違いは一目瞭然。補給路を軽視した作戦で、武器、弾薬、火薬、そして食料も不足する一方。英印軍の圧倒的な武力に対して、日本は時代遅れの弱体武器と「精神力」だけで対抗しなければならない。

「日本軍の鉄砲は連射できないんですよ。一回ごとに照準し直さないとならない。自動小銃みたいに連射できれば、弾筋が見えるから、その都度微調整すればいい。しかし、一回ごとに照準し直すということは、同じ眼で同じことやるんだから、過ちを繰り返すわけで、当たらないんですよ」

さらに戦車には、より歴然とした違いがあった。英印軍の戦車の砲口が七五ミリであるのに対して、日本軍のものは三七ミリ。戦車は、その戦車自身が持つ装甲を貫通しうる大砲を持っている。そのため、日本の戦車はまったく太刀打ちができない。日本の弾が英印軍の戦車に当たっても、ガクンッと音を立てて止まるだけで、また動き出す。しかし、その逆に英印軍の弾が日本の戦車に当たると、ペシャンコに潰れてしまう。日本の戦車は、おもちゃのようなものだった。

そのため、戦車が使用されれば日本軍側にはなす術もなく、夜陰に乗じて敵襲をかけるしかない。そうしてインパールから退却する途中の戦闘で、多くの命が失われた。

しかし、大塚さんが戦場の最前線で戦っていたのは、六月から八月にかけて。繰り返しになるが、この季節は東南アジアでは雨季に当たる。

「向こうは朝から晩まで雨が降っているんですよ。ザーザーザーザー、毎日毎日ね。それで畦道もみんな埋まっちゃうんですよ。そうすると戦車が進めなくなるから、使えないんですね」

このため、雨季以外の時よりは戦力の差が小さくてすんだ。だが、雨の降りしきる中で戦うこともまた、困難を極めた。

「田んぼの中を進むと、水が腰の辺りまで来るんですよ。そうすると、大きな蛭《ひる》が体中に吸い付いてきてね。グッと力を入れてもなかなか取れないんですよ。それに、雨が降り続いているから不潔でね。マラリアなんかもよく流行しましたね」

よほど健康な人でなければ、生き残ることができない。その理由は、病気と飢えの蔓延だ。

「食べるものなんか全然なくてね。ピーナッツばかり食べ続けて下痢をしたこともあったし、あとはバナナの葉の芯とかをよく食べたね。とにかく、食べられるものは何でも食べた」

戦うこと以外にも過酷な状況を強いられていたビルマ戦線。そこで大塚さんは二度、本格的な戦闘を経験した。シッタン川沿いの三角陣地の攻防戦である。一度目は失敗、二度目に成功。三角陣地を奪取し、終戦まで守り通した。

「僕は最前線で後ろから手渡されてくる手榴弾を投げていましたね。一度目の攻撃で中隊長がやられちゃったもんだから、僕が中隊長代理になってね。前へ前へとね。でも逆に前のほうにいたから助かったのかもしれない」

最前線は敵との距離が近く、相手も迂闊に航空機による爆撃ができない。そのため、空襲で亡くなるのは後方にいた兵士のほうが多かった。

「戦争中にね、いつの間にかいなくなっちゃうやつもいたんですよ。昼間はどこかに隠れていて、夕方になると帰ってくる。やっぱり怖いからね。仕方がないから、後方で荷物の番をさせていたら、そいつが爆弾にやられて死んでしまう。わからないもんだよ。安全なところなんかないんだから」

大塚さん自身は、首に一度手榴弾の破片が刺さった以外に大きな怪我はしなかった。

「本当に運がよかった。何人もの部下が目の前で亡くなるのを見たからね。何度も命拾いしましたよ。もし航空士官に受かっていたら、もしフィリピンに行っていたら、もし手榴弾の破片がもう少し大きかったら。たぶん死んでいました。誰かに生かされてきたような気がしてならない」

終戦そして捕虜生活

終戦となったその日も、大塚さんたちはいつもと変わらず戦い続けていた。

「何も知らされなくてね。ただ砲弾を全然撃って来なくなって、昼頃からは飛行機も飛ばなくなったから、おかしいなとは思った。これは何かあったかなあとね。ただ、敗戦か終戦か何なのかは全然わからないけどね」

そして、それから三、四日後。後方からの連絡で、彼は敗戦を知った。

「『ああ、助かったか』と正直思ったね。ビルマのあんな奥地にいて、どうせ日本には帰れないと思っていたし。帰れるとしたら戦争が終わった時だけど、そのためには僕らがもっともっと戦い続けないといけないと思っていた。もう雨も少なくなってきていたしね」

私は彼の本音を聞いて、少しほっとした。雨季が終われば戦車がやってくる。英印軍によるさらなる猛攻は避けられない。死はもうそこまで迫ってきていた。いくら覚悟を決めていたといっても、その間近に迫った死が回避されたら、誰しも安堵するはずだ。

ビルマ戦線における第一五一連隊の戦死者は、約二七四一人。生存率はわずか一八・八パーセント。この悲惨な戦線で生き残った人たちは、しかし、その後すぐに内地に帰ることはできなかった。武装解除され、捕虜収容所へと送られることになる。

大塚さんは、明日いよいよ武装解除されるという日、雨の中で部下を集めた。そして、唯一手元に残していた家伝来の短刀で指を切り、紙に血で『忠孝』と書き、部下に向かって言った。

「日本軍は降伏したけれど、この戦争は我々のせいで負けたのではない。内地はひどいことになっているだろう。日本の再建は我々がやるしかない。日本には軍隊もなく、女子供しかいないんだ。自分たちの手で傷んだ日本を復活させると、俺の前で誓ってくれ」

終戦直後、ましてこれから捕虜生活が始まるとわかっていて、こんな言葉が出てくるものなのだろうか。改めて、彼の切り替えの早さと意志の強さに驚かされた。

「命がけで戦って、くそ度胸みたいなものがついたんですよ。今後いかなる困難にぶつかっても、最善を尽くせば必ず道は開けると確信していました」

しかし、それからの約二年にわたる収容所生活は、決して容易いものではなかった。大塚さんたちの師団は、武装解除されると同時にトラックに乗せられ、英印軍によってラングーンの収容所へと送られた。

「一年ぐらいで終わるのではないかと期待していたんですがね。戦争はもう終わったんだから。あんなに延ばされるとは思わなかった」

戦時捕虜の保護に関しては、ジュネーブ条約に規定されている。しかし、当時は戦時捕虜ではなく日本降伏軍人として扱われたため、劣悪な状況下での重労働を強いられた。

「雨をやっと凌げる程度の掘っ立て小屋で、食事も悪くてね。ジャングル野菜を混ぜて雑炊にしていましたけど、食べられると言うだけでしたね。食事は徐々に改善されたけど、そうすると今度は労働力として使われるようになりました」

労働については、いつも事前に通知を受ける。どこそこに何人。彼を含む士官たちが指揮を執って割り振り、大体一週間交替で違う仕事を行う。四〇度を超える炎天下の中、鉄板運びや食料倉庫の整理など、強制労働に駆り出される。その中でも当初の主な仕事は、破壊されたラングーン市内の清掃だった。

「めちゃくちゃにやられていて、汚物が溢れている。それを片付けるんですけど、本当に屈辱でしたよ。敗者の悲惨というものを嫌というほど味わった」

人権を無視された生活環境と労働条件。さらに、キャンプは鉄条網で囲まれ、仕事に行く時も常に着剣した兵士の監視下に置かれている。そんな生活をして一年ほど経つと、そろそろ復員船が来るのではないかという噂が立ち始めた。

「噂に一喜一憂してね。何度も『来るぞ、来るぞ』と言っては外されて、そのうちに我慢できずに気がふれてしまうやつも出ましたね」

いつ帰れるかわからないという状況は、何よりも辛い。それでも、ただひたすら、いつかは帰れると信じて待ち続ける。その強い思いだけで、自分を支えていく。

そうして、そのうちに彼らは少しずつ楽しみを見つけていった。

「まず演芸ということを覚えてね。兵隊の中にはいろいろな人がいて、芸人とか職人みたいなね。どっから見つけてきたのかなと思うような布でいろいろな服を作って、結構面白い芝居をしていましたね」

その他にも、キャンプの近くの湖で水浴することを許可され、そこで泳ぎを覚えた。

「ビルマは日が長いからいつまでも暗くならないでしょう。だから仕事から帰るといつも水を浴びに行って、汗を流してね。僕は海のない内陸生まれだから水泳が苦手だったんですが、達者なものに教わって。いつの間にか水泳が一番好きなことになっていました」

収容所生活について語られる時は終始暗い顔だったが、この時には少し笑みがこぼれた。

そうやって、ラジオもなく情報から隔離された中で、わずかな楽しみを見つけて耐え続け、ついに彼らの師団のための復員船がやってきた。

「復員船がいよいよラングーンの港に入ってきて、目の前に来てね。その時船上から日本人の看護婦さんがこちらを眺めていたんですよね。それを見て、ああ日本の女性は何て美しいんだろうと思いましたね。当時まだ二四歳でしたから」

照れたように話す姿からも、当時の喜びが伝わってくる。

取材中の様子。

そして船に乗り、シンガポールで一度給油してから、日本を目指して北上した。嬉しくて、嬉しくてたまらなかったという。

「船上から日本が見えてくると、南国の緑とは全然違う美しさがあってね。何を見ても感動していましたね」

こうして、広島の宇品港に到着したのは、昭和二二（一九四七）年七月二六日。そこでようやく、彼の二年越しの戦争が終わった。

戦後復興

やっとの思いで帰り着いた日本だったが、その様子は惨憺たるものであった。広島はまだ原爆から立ち直っておらず、夜行列車で故郷に帰る途中で立ち寄った東京にも、以前の面影はまったくなくなっていた。そんな中、故郷の益子町だけは変わっていなかったという。

「家族からは大歓迎を受けました。母は泣いていた。ビルマの収容所から手紙を出して、生きていることは伝えていましたが、いつ帰れるとは言えなかったのでね。帰ってからしばらくは、呆けたように寝ていましたね。田舎だから食べるものもちゃんとあって、天国でしたね」

しかし、帰途に見た戦後日本の光景からも、日本の再建は自分の手でやらなければならないという思いを強くしていた。そのため年内には、ツテを頼って理研光学（現・リコー）に就職した。

「それからは夢中で何年か過ごしました。でもサラリーマン生活は七転び八起きで失敗続きでした。そうして一四年かかって、今の大塚商会を創業しました。理想の会社を作りたくて、そのためには自分でやるしかないと思ったんです」

当時は資本金も従業員もない徒手空拳の状態で始まったというが、現在では業界きっての大企業に成長している。彼は「日本の再建は自分たちの手でやる」という誓いを見事に果たしたのだ。

そして、この会社経営には戦争体験が大きく影響している。それは大塚商会の社訓を見てもわかる。

『一、人生は勝者には楽しく、敗者には悲惨な道だ』
『一、君も私もお互いを信頼し、又その信頼に背かないことを誓おう』
『一、言い訳をするな　創意工夫しよう』
『一、努力　執念　根性』
『一、亀の歩みは兎より速いことを知れ』

敗戦の痛みは、今でも彼の心に根強く残っている。彼は、

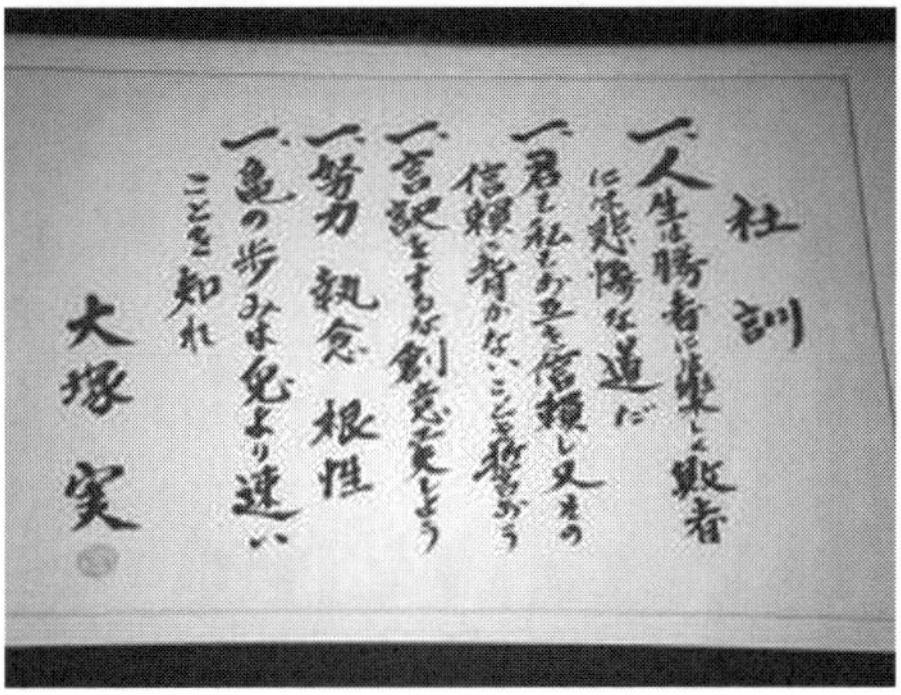

大塚さん直筆の大塚商会社訓。

最初から勝てる見込みのなかった戦争で多くの犠牲が払われたことに、憤りを隠さない。

「アメリカとの戦いなんて、勝てるわけがなかった。話にならない。軍幹部は机上の空論ばかりで、現場の将兵の命なんて念頭になかった。それでも、敗戦が続く中でもっと早く終わらせていれば、あんなに悲惨なことにはならなかったでしょう。日本軍部は、日清・日露戦争の成功で調子に乗って、第二次世界大戦では過信と情報不足で失敗したんですよ」

彼自身、その戦争で青春を奪われ、多くの悲哀を知った。

「僕は負ける戦はもう絶対にしない。やる時は必ず勝つ。負けそうだと思ったら、さっさと頭を下げる。じっと耐えて、勝てる力を蓄える。そして勝者になっても常に用心深く、やりすぎることのないようにする。もう二度と、負けるのは嫌だからね」

亀のように一歩一歩着実に、努力を怠らずに進む。さらには、八〇点をもって満点とし、調子に乗ってのやり過ぎはしないという。そうしてきた結果、大塚商会は創業から今まで、極めて安定した経営を続けている。

『社員に喜ばれ、社員が誇りとし、社員が家族に感謝される会社を創る』。最近やっと理想に近い会社ができてきたんじゃないかと思いますね」

そして、この堅実な考え方は、彼の平和観にも通じる。

「平和は誰しも願うもので、望ましいものです。しかし、何もしないで得ることはできない。いざという時、何もなくて日本を守れますか。国の安泰のためには、十分な備えがなければならない。備えのない平和などありえませんよ」

戦争で苦杯を舐め、戦後上に立って会社を引っ張ってきた人だからこそ、言いうる言葉だった。

最後に

「僕は本当に幸運に恵まれたんです。何度も死ぬ思いをしたのに、神が自分を生かしてくれた気がしてならない。だから生かされた者の使命として、亡き戦友の分まで、日本のためにできる限りのことをしたいと思って今日まで来ました」

現在、彼はすでに会社の代表取締役を退任して、仕事には一切口を出していない。代わりに第二のライフワークとして、日本の美しい自然の保護や、失われた景観の再生に力を注いでいる。

「愛国心や郷土愛が強いですからね。日本橋川の水質浄化や熱海梅園の再生など、後世に残るようなことをやっていきたいんです。まだまだ、あと七、八年。一〇年はいけるかもしれないな」

笑顔で未来の展望を語る彼は、生き生きとしていて、まったく年齢を感じさせない。

そんな彼に、最後に現代を生きる私たちへのメッセージを伺った。

「日本には豊かになりすぎたためのマイナスがありますね。豊かさに恵まれて、苦しいこととか厳しいことに弱い。耐えることに弱くなっている。でもね、人間はもっともっと強いものなんですよ。そんなに、かよわいものじゃない。土壇場まで行ったって、諦めずに努力すれば道は開けますよ。でも自分にできることをやらないでいて、人にああしてもらおう、こうしてもらおうと思っている。いいことは自分だけど、悪いことは人のせいにする。これはやめたほうがいい。泣き言だとか人のせいにするのはよしたほうがいい。何ごとも自分で道を開く。本当に心から思って、思って、思い続けていれば、何ごとも必ず達成できると思う。甘えないことです。自分に厳しくあってください」

これ以上ないほどの励ましの言葉をもらい、胸が熱くなった。人間は強い。数々の危機を乗り越えてきた人の言葉は、とても力強く私の心に響いた。

取材後記

戦後六三年。長い時を経て、戦争はすでに私たちの日常からは遠いものになってしまっている。そんな中で今回、大塚さんに出会えたことは、多少大袈裟かもしれないが、彼の言葉を借りれば「運命」だったのではないかと思う。

戦争を一つの歴史として、事実を単純に覚えておくだけなら、ある意味とても簡単だ。それは誰の痛みも伴わない。しかし私たちが本当に知るべきは、事実のみではなく、その時代を生きた大勢の人の思いではないだろうか。苦しみ、悩み、憤り、悲しみ、喜び、楽しみ。思いを共有し、痛みを持って戦争を見つめなければ、本当に本質的な問題はいつまでもなくならない。

大塚さんと取材者。

戦争を生き、戦争を背負ってきた人生。たび重なる苦難を力強く乗り越え、その経験を見事に反映させてきた人生。大塚さんは、「すべての失敗は結果として成功だった」という。

どんな困難に遭っても必ず乗り越えられる。私も人間の強さを信じて、少しずつでも前に進んで行きたいと思う。この出会いは決して無駄にしたくない。

最後に、お忙しい中、快く取材を受けてくださった大塚さんと、日程の調整や連絡などをしてくださった秘書の梶原さんに心からの感謝を。本当にありがとうございました。

元特攻隊員が訴えた無言の思い

取材者　浦野　遥　▼総合政策学部二年

×

証言者　池田敏郎　▼元特攻隊員、昭和一八（一九四三）年中央大学経済学科卒業（取材時、八四歳）

・

阿部美知子　▼池田敏郎さんの娘（取材時、五九歳）

取材対象者の経歴

池田敏郎

大正一〇（一九二一）年…東京都小石川に、三人兄弟の次男として生まれる。

昭和一八（一九四三）年…九月、中央大学経済学科卒業（繰り上げ卒業）。海軍予備学生になり、特攻隊員として訓練を始める。

昭和二〇年…九月、終戦後、海軍第五航空艦隊より復員。中央大学商学部夜間部に再入学。

昭和二二年…中央大学商学部夜間部卒業。軍艦解体会社に就職する。

昭和三三年…自身で溶接棒会社を経営し始める。

昭和四〇年…網膜はく離になり合計一三回の手術を行う。しかし後に、視力を失う。

昭和五七年…戦争の恐ろしさを伝えるため、歴史の勉強を始める。

平成二〇（二〇〇八）年…八四歳。

阿部美知子

昭和二四年…東京都立川市に、三人兄弟の次女として生まれる。

昭和四二年…三月、桐朋女子高校卒業。

昭和四六年…三月、武蔵大学経済学部卒業。富士銀行本店調査部に勤務する。

平成六（一九九四）年…大妻女子大学大学院児童学科研究生修了。国立音大附属中学・高校元非常勤講師として働く。国立・生活者ネットワークにも所属する。

平成一五年…国立市議会議員初当選を果たす。

平成一九年～市議会副議長、福祉保険委員、等をつとめる。

平成二〇年…五九歳。

取材日

平成二〇（二〇〇八）年八月二三日

始まり

それは、セミが忙しく鳴いている暑い真夏の公園だった。私は取材相手の池田さんの娘さんである、阿部美知子さんに電話をおかけした。お忙しい方だと聞いていたため、出て頂けるか、ご在宅かどうか不安だったが、阿部さんはハキハキした明るい声で応対された。

取材相手である阿部さん（取材時、五九歳）は、私たちの「戦争を生きた先輩たち」のプロジェクトが読売新聞（二〇〇八年六月二七日付　多摩版）に取り上げられた後に、連絡をしてくださった方だ。阿部さんのお父様である池田敏郎さん（取材時八四歳）が中央大学の経済学部出身で、さらに学徒出陣で戦場に駆り出されたということで、情報を寄せて頂いたのである。

私が池田さんと阿部さんにお話を伺いたいと思った理由は、今は亡き、祖父と似ていたからである。現在池田さんは元気に生活されているが、脳梗塞を患い、数年前から言葉を話すことが困難だとお聞きしていた。私の祖父も、脳梗塞で体が不自由になり、生前は私と一緒にリハビリをしていたことがあったのだ。自由に体が動かなくなった祖父に、自転車の乗り方を。かつて私に教えてくれたように、箸のもちかた・つかみ方を。全身で笑うということを、私は恩返しもかねて祖父に教えていった。自転車に乗れた瞬間の嬉しそうな顔や、箸で小豆を持てた時の、とびっきりの笑顔は、未だに忘れられない。

そんな祖父も、戦争を体験していたが、私は祖父から戦争の話を聞いたことがない。身近な存在だったにもかかわらず、私は聞くことができなかった。「戦争」という言葉を聞くだけで、教科書やテレビで見てきた、戦闘機の爆音や、飢えに苦しむ人々の恐ろしい映像が頭をよぎり、目を背けてきたのだ。涙もろいことを言い訳にして、テレビの戦争特集などもまともに見てこなかった。

しかし、その後大学一年生の時、私は旅行で広島原爆ドームに行った。爆風の被害でボロボロになった街や、焼け爛《ただ》れた洋服など、自分の目で戦争の傷跡を見て、急に涙が止まらなくなってしまった。もし自分がその場にいたら、どんなふうになっていたのだろう。もし、自分の大切な人がその場にいたら、私はどうしていたのだろう。一目散に逃げたのだろうか。大切な人を助け、自らの命を捨てたのだろうか。考えただけでも恐ろしかった。それ以降、このまま目を背けたままではいけないと気づき、戦争について真剣に考えるようになった。最初は当てもなく教科書を読み返したり、当時まだ子供で戦時中は疎開していた、祖母に話を聞いたりしていた。自ら進んで戦争についての本を読んだり、ドキュメンタリーの映像も見たりした。しかし自分が体験したことのない悲しみは、どんなに想像しても、計り知れない部分があった。

この取材は、次第に私の中の意識が高まった時に、タイミングよく話が舞い込んできたのだった。祖父には話を聞けなかったが、まだご存命の戦争体験者の方々に話を聞くことはできる。かつてあった「戦争」という事実を見つめ、今しか実際に体験した人に聞くことができないと思い、私は池田さんと阿部さんに話を伺うことにした。

阿部さんと何回かお電話をし、具体的な日時を決めた。最初の電話ではいきなりだったせいか、怪訝そうな声で話された阿部さん。しかし次第に「もしもし」という私の一言だけで、電話の相手が私だとわかってくださるようになった。阿部さんは市議会議員という職業の方だったため、インターネットで検索してみると、顔写真が出てきた。電話での声の印象と、ほぼ同じ雰囲気で、明るく、パワーが溢れている方だと感じた。実際は顔を合わせたことがないのに、もう何度かお会いしたことがあるような親近感が湧いた。私は、あまりにも戦争について無知すぎたため、勉強しながらお会いする日を指折り数えて待っていた。

阿部さんとの出会い

約束の日は、雨が今にも降り出しそうなくらい曇っていた。私は雨女なのか、いざという時に天気が悪くなる。高校の入学式も、卒業式も、大学の入学式でさえも雨が降っていた。先行きを若干不安に感じながらも、私は自宅を出て、阿部さんとの待ち合わせ場所へ向かった。

待ち合わせ場所はＪＲの国立駅の改札口だった。緊張していたのか、それともただの心配性なのか、私は待ち合わせの時刻の二〇分前に着いてしまった。国立駅前は、一橋大学につながる通りがまっすぐ伸びていて、その通りは遥か先まで、桜並木になっている。取材をした日は夏で、青く茂った木々が、風とともに揺れていた。初めて国立に降り立った私だったが、とてもきれいな街だと感じた。

そんな風情ある駅前で私は、阿部さんと池田さんにお会いできる嬉しさと緊張が混ざり、落ち着かなかった。

「紫の車で迎えに行きますね。一緒に池田の家に向かいましょう」

前日のお電話で阿部さんがおっしゃっていたことを思い出し、私は駅前のロータリーを走る車を、目で追いかけた。

しばらくして、ふと視線をそらした時に、駅前から少し離れたところで、一台の車が止まったのが見えた。何色かどうかがはっきり見えなく、確認しに向かった。窓ガラスごしに覗くと、インターネットの画像で拝見させて頂いていた、阿部さんの姿があった。

「こんにちは、浦野さん、よね？　乗って乗って！」

初対面なのに、昔からの知り合いのような親近感は、実際にお会いしても変わらなかった。緊張しつつも、私は阿部さんの車に乗せて頂き、阿部さんのお父様の池田敏郎さんの家に向かった。

「国立はいい街でしょう？　四季を味わえるのよ。春は桜が本当にきれいでね」

車内では他愛のない会話を楽しみつつ、阿部さんご自身の自己紹介と、軽く池田さんの経歴を話してくださった。終戦の後、もう一度中央大学に再入学し、仕事と両立しながら卒業したこと。脳梗塞を患い、言葉が不自由なこと。仕事の頑張りすぎで失明してしまったこと。現在は介護もかねて、阿部さんの妹さん夫婦と一緒に住んでいること……。娘さんである阿部さんの口から出てくる言葉を、私はしっかり聞き、理解していった。目が見えないことは私の想定外であった。言葉が不自由だということはお聞きしていたため、もしかしたら筆談だったら話せるのではないかと淡い期待を抱いていたのだ。そのため、頭の中ではその事実を理解していたが、不安でいっぱいだった。

阿部さんの車が家に到着した時、ちょうど雨がぱらぱら降り始めていた。

池田さんとの出会い

緊張した面持ちで玄関に上がると、そこには阿部さんに少し似た、妹さんが立っていた。突然お邪魔している、父親の大学の後輩ということしか接点がない私に、笑顔で出迎えてくださった。緊張でこわばっていた私の表情が、あっという間にほぐれた。

池田さんがいらっしゃる部屋は、玄関の真横の部屋だった。

「お父さん、入るわよ」

阿部さんに連れられ部屋に上げて頂くと、正面に池田さんの姿があった。ゆったりとした椅子に、貫禄のある面持ちで座っている池田さんを見て、私は自分の祖父がそこにいるような、不思議な気持ちがした。雰囲気がとても祖父に似ていたのだ。今すぐに「遥、いらっしゃい」とでも言い出しそうなほど、似ていた。懐かしさがこみ上げ、足が動けなくなってしまった。しかしそれはほんの一瞬で、池田さんが言葉を発しようとした時に、私は驚きとともに現実に戻ってきたのだった。私が想像した以上に、池田さんは言葉が不自由で、目も見えなかったのである。

池田さんに向かって、ゆっくり自己紹介をする。私は小学生の頃に手話や点字の勉強をし、ボランティア活動にも参加した経験があった。また、車椅子の方の介護体験もしたことがあった。しかし、こんなにもゆっくり丁寧に、きちんと私という人を理解してもらいたいと感じながら自己紹介をしたことは、これが人生で初めてだった。自己紹介を終えた時、池田さんの顔に笑顔が浮かんだ。見えなくても、池田さんの中には私という像ができている、そう実感した。

貫禄ある面持ちで座っている池田さん。

手土産に買って持ってきていた「中央大学饅頭」を池田さんに渡すと、池田さんは嬉しそうに笑い、声を出した。

「あ………う」

「ありがとう」。その一言は、実際には聞こえなかったが、しっかり私の胸に届いてきた。見えなくても、上手に話ができなくても、池田さんは一生懸命私に、話をしてくださるおつもりなのだと感じた。池田さんに真剣に、きちんと向き合って話を聞けると確信した瞬間だった。

池田さんの略歴

池田さんは、大正一〇（一九二一）年、東京・小石川で三人兄弟の次男として生まれ育った。そして昭和一八（一九四三）年中央大学を繰り上げ卒業。学徒出陣で海軍航空隊予備学生として、土浦にある訓練場で毎日練習に励んでいた。そして、特攻の命令を受けたが出撃せずに終戦を迎えた。終戦日の二週間後が、池田さんの出撃が予定されていた日だった。お兄さんは戦時中、病気で亡くなり、お弟さんは日本ではなく、海外で戦死された。大切な人を戦争で亡くしたことは、未だに深い傷になっていると、阿部さんに池田さんは以前、話されていたという。戦後は、中央大学に再入学しつつ軍艦解体会社に勤務していた。軍艦を解体する作業は、悲しみと切なさとの戦いだったという。その後、身内があまりいなかったためか早くに結婚をし、後に会社から独立。学んだ技術を生かして、金属などを溶接する、溶接棒の会社を経営するようになった。池田さんはいつも、どんな時も仕事にひたむきで、一生懸命に働いていたそうだ。

私の祖父も、大学を卒業した後は土木関係の仕事に就き、結婚をしても子供ができても、家庭をかえりみずに仕事に打ち込んでいた。最初は、脳梗塞であったことしか共通点がなかった池田さんと祖父。しかし、いろいろな点で似通っていた。

「あまり家庭をかえりみず、仕事しかしていない父だったけど、遊べない代わりに、よくチョコレートを買ってきてくれたり、オルゴールをくれたのを覚えているわ。周りの子に比べて遊んでもらえなかったけど、私にはそれが本当に嬉しいことだった。だから、父のことを嫌ったことは一度だってないのよ」

そう語る阿部さんは明るく、聞いているこちらまで嬉しい気持ちになった。

しかし後に、仕事の頑張りすぎから、池田さんの視力が弱くなり、次第に見えなくなっていった。網膜はく離と診断されて何回も手術をしたが、池田さんの視力は一向に回復しなかった。手術は失敗に終わり、池田さんはその事実を受け入れざるを得なかった。

「どんなことがあっても父は、絶対に私たち娘に泣き言を言わなかったの。『戦争よりも辛くて悲しいことはない。私は一度、戦争で死んだ身なのだから』。そう言っていつも頑張っていました。特攻隊になった時点で、父は死を覚悟したそうです。本当に強い人ですよね」

「一度、死んだ身なのだから」。この言葉を聞き、私は胸が締め付けられた。私の周りには、軽い気持ちで、何かあるとすぐ「死にたい」と口にする友達もいる。それは本心ではなく、冗談なのかもしれないが、「死」という言葉は軽い気持ちで使ってほしくない。阿部さんの口から聞いた池田さんの言葉には、すごく重みが感じられた。仮に私が池田さんだったら。仮に私の目が見えなくなってしまったら、間違いなく弱音を吐いていた。視力がなくなっていく恐怖感を常に感じながら、私は生活できない。池田さんの強く、前向きな姿勢を感じた。

戦時中の新聞。海軍学校入学式について書かれている。

同期の訓練生の連絡先リスト。

池田さんが集めた資料のテープ。

その後池田さんは、目が不自由ながらも戦争について、テープや人の手を借りて、たくさん勉強をし、学徒出陣をしていた頃に出会った谷口尚真さんという、海軍大将についての調査を始めた。テープは図書館から集め、池田さんの部屋には、数え切れない数のテープが残っていた。また、朗読してもらった本には、たくさんの付箋がついていた。谷口さんは、池田さんにとって心のそこから尊敬をしている上司で、偉大な人だったそうだ。戦争に駆り出されるということが、光栄なことだと考えられていた当時に、谷口さんは、それを真っ向から否定していたそうだ。戦争はし

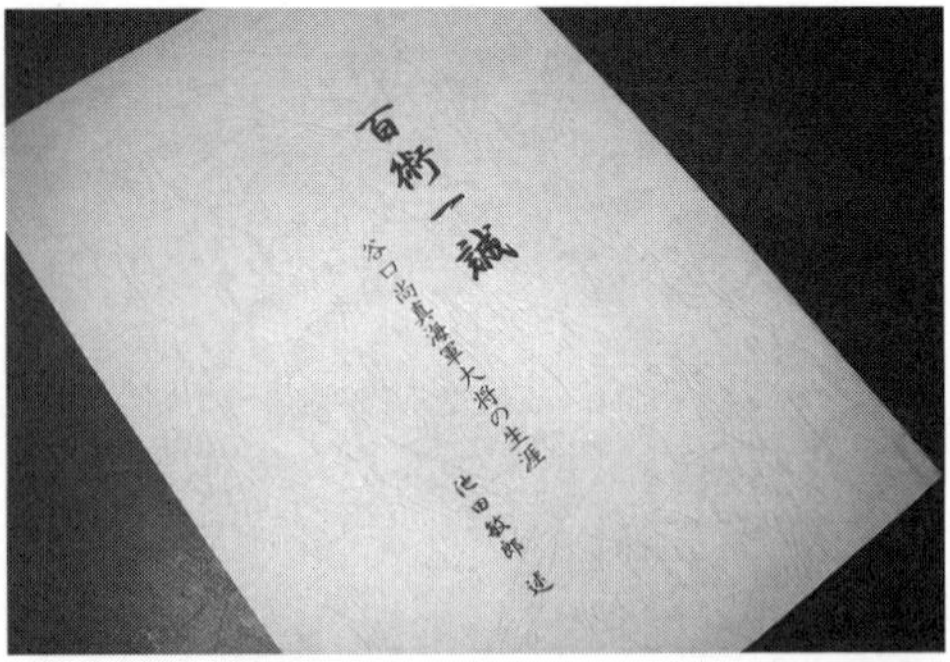

池田さんが書かれた本『百術一誠』。

てはいけないもの。そう話す谷口さんに、池田さんは影響を受けた。

　しかし実際に、谷口さんのことを知っている人はほとんどいない。だからこそ、池田さんは自ら調査をし、記録に残すために筆を取ったそうだ。友人や秘書の人に頼み、池田さんの話すことを文章にしていった。

　そして調査開始から十数年かけ、池田さんは、本『百術一誠』を一橋大学の生活協同組合の力を借りて、自費出版することに成功した。

「普通は自分の戦争体験を本にするのに、父は、人のことばっかり考えていたんです。いつも周りのことを考えて行動する、心の優しい人なのでしょうね」

　そんなふうに話す阿部さんの表情は、誇らしそうで、しかしなぜか少しだけ切なかった。もしかしたら、私が祖父に対してそうだったように、阿部さん自身も、池田さんの言葉が不自由でないころに、たくさん戦争の話を聞いてみたかったのではないのだろうか。また、もし言葉が不自由になるとわかっていたら、池田さん自身の戦争体験について書くよう勧めたのではないか、と感じた。

「池田さんの言葉が不自由になる前に、もっと戦争について聞いておけばよかったと、後悔していますか」

　こう質問してみると、やはり想像通りの答えが返ってきた。

「後悔とは言い切れないけど、心残りはあります。父は、言葉が不自由になる前は、戦争の話を友人や知り合いにたくさんしていたの。自分がやらなければ誰がやるんだ、って。私たち子供たちにも、たまに聞かせてくれたのよ。だから……ね。だってまさか、父が話せなくなるとは思ってもいなかったから、いつでも戦争体験については聞けると思っていたから」

　数年前に脳梗塞を患う前まで、池田さんはおしゃべりだったそうだ。今は表情と、いくつかの言葉と、ジェスチャーでしか会話ができない池田さん。しかし、阿部さんのその言葉で、池田さんがいかに活発で、正義感溢れる人なのかがわかった。阿部さんから話を聞いている間、池田さんは考え込んだ表情で、一点を見つめつづけていた。

「戦争」と向き合う

「お父さんの池田さんは、阿部さんから見たらどんな人ですか」

　私が阿部さんに問いかけると、阿部さんは少し考えた後に、「生きることに前向きな人」と答えてくださった。戦争を体験し、その後目が見えなくなって、さらに言葉が不自由になった池田さん。しかし、いつでも前向きだった。

取材時の阿部さん（左）と取材者（右）。

「未だ戦争の生き残りの同期の人たちの会に行くと、父は嬉しそうな顔で帰ってくるんです。戦死してしまった人たちの分も、生き残った自分たちが一生懸命生きていることが嬉しいのでしょうね。

　でも、もう年のせいか、近年はどんどん参加する人が減ってきてしまっているみたいです。後世に伝えられる人は、年々減っていくんですね。『戦争があった』という事実を伝えられる人がいなくなるということは、悲しくて、本当に恐ろしいことだと思います」

　かつての私が戦争について目を背けていたように、未だ目をそらし続けている人たちは多い。今、私が池田さんと阿部さんに話を伺えていることは本当に光栄で、できることならこの体験を、もっと下の年代にも受け継いでもらえたらいいのにと、切に感じた。

奥様との関係

　どんな時でも弱音を、話さなかった池田さん。しかし、奥様には弱い部分を見せていたと阿部さんは感じていたそうだ。高校時代の先生の紹介で出会い、結婚された池田さん。その後は、どんな時も夫婦二人三脚で乗り切っていた。そんな池田さんと奥様は、何度か新聞社や週刊誌に取り上げられたこともあったそうだ。

「母は短歌を書いていて、何度か本にもなったんですが、父はいつも母の詩を読んで、感動していました」

　池田さんのお部屋の一番目立つところには、奥様の写真が飾られていた。

池田さんと奥様が取り上げられた記事。

「茜雲　あえかに残り　母の背の　温みなつかし　むさしの暮る」

池田さんが腰掛ける椅子の横には、奥様が書き残した短歌も、大きく飾られていた。

今は亡き奥様。しかし今でも変わらず、池田さんはいつも一緒に生活をし、励まされているようだった。池田さんの家庭の中に温かい家族愛が存在していて、私の心も温まった。

池田さんと、今は亡き奥様。

「母親は父親と似ていて、戦争について、どんなことがあろうと、してはいけないものだと私たちに言い聞かせていました。私が子供を産んだ時も、母が、『自分の子供を、戦場に行かせる世の中を作ってはいけない』と私に言ってきたんです。そのせいか、子育てをしている時は常にそのことを考えていましたね。未だにそういう世の中は作ってはいけないと感じています」

平和を生きる私にとって、戦争という激動の時代について考えることは容易ではない。想像や、数少ない知識だけでしか話ができない。しかし、広島の原爆ドームを目にした時に涙が溢れ、ものすごい恐怖に襲われたことは事実である。この平和な時代が続き、自分が結婚し子供ができたら、その子供が戦場に行かなくてはならないような世界は作りたくないと私は感じた。

池田さんの思いに加え、今は亡き池田さんの奥様の思いも一緒に、伝えたいと思った。

部屋の中は静まり返り、雨の音だけがしとしとと聞こえていた。

池田さんの想い

それまで、主に阿部さんに話を伺っていた私だったが、ある質問を投げかけた時に、池田さんが、大きく反応し、自ら答えてくださった。

「戦争はやむをえないという人や国が世の中にはありますが、本当にやむをえなければ、戦争をしてもいいと思いますか」

私の質問は、戦争を体験した人には残酷すぎたのだろうか……。この質問を阿部さんにしたとたん、いままで静かに話を聴いて、時に頷《うなず》いていた池田さんが、大きく首を振り、一生懸命言葉を話してくださった。

「んっ！」

あまり自由のきかない体を必死に動かし、首を大きく振り、見えない目を大きく見開き、私の目をしっかり見て、答えてくださった。私は、これほどまでに全身で訴えられたことがなかった。池田さんには、私の姿が見えているのだろうか。私は池田さんに姿だけではなく心の中まで見られているような気がした。

その時の池田さんの私に向けられた目は、取材を終え、原稿を書いている今でも、思い出すと、苦しくて息が止まってしまいそうになる。悲しそうで、苦しそうで、怒っているようで。戦争を知らない私は、池田さんのこの反応で、戦争がどんなものだったか、ほんの少しばかりわかった気がする。しゃべることはできないが、池田さんの強い眼差しは、どんな言葉よりも伝わった。きっとずっと忘れられないだろう。

「戦争がなければ、今の平和はないのだけど、これから先はしない世の中にしなくてはいけないと思います。父が元気だった時は、そのことをよく言っていました。未だに戦争状態が続いている国があるのは、やっぱりおかしいと私は思います」

取材を終えて

長い間話を聞いているうちに、いつの間にか雨は上がり、どこからともなくお祭りの音が聞こえてきた。取材した八月二三日は、池田さんが住む地元のお祭りの日で、子供たちの明るい声と太鼓の音が窓の外からしていた。

気づけば、取材を始めてから三時間以上がたっていて、普段使わないたくさんの神経を池田さんに使わせていることに気づいた。阿部さんもお忙しい方だと聞いていたため、いろいろな資料を貸して頂き、おいとますることにした。

池田さんと写真を撮らせて頂き、お礼の握手をした。池田さんの手は、とても温かく、しっかりした手だった。小さい頃に握った祖父の手を思い出す。少し違ったが、同じぐらい温かい手だった。

「ありがとうございました。長い間お話をお伺いして申し訳ありません。また、お話を伺わせてください」

ゆっくり、きちんと伝えた私の声が届いたのか、池田さんは私の手をきつく握り返してくれた。池田さんの思いが、私の手に伝わってきたような気がした。戦争という事実があったこと、それによってたくさんの人が傷つき死んだこと。戦争を体験していない平和な時代を生きている私にはわからないことだらけだった。

しかし、自分の大学の先輩で、戦争を体験した池田さんの、聞こえない言葉は、私に確かに伝わってきた。

取材終了後の写真。池田さん（右）と取材者（左）。

池田さんの部屋を去る時に見た池田さんの表情は、すがすがしそうだった。椅子に腰掛けて、私を見ている池田さん。取材を終えた後も、取材前と変わらず、やはり祖父に似ているなあと思った。もしかしたら、私の亡き祖父が、池田さんと阿部さんに巡り合わせてくれたのかもしれない。

池田さん宅から阿部さんの車で駅に向かっている時、流れる景色を横目に、様々な思いがこみ上げてきた。今まで自分が戦争という事実から目を背けていたこと。戦争のない状況が当たり前だと思い込んでいたこと。そんな自分がちっぽけで、中身のない薄っぺらな存在に感じた。

国立駅まで車で送ってくださった阿部さんにお礼を言い、またいろいろな話を聞く約束をし、車から降りた。阿部さんは最初から最後まで、他人である学生の私にとても良くしてくれて、本当に嬉しく感じた。私は国立の駅前で、阿部さんの車が見えなくなるまで見送った。

私は池田さんと出会わせてくれた祖父にお礼が言いたくなり、後日、お墓参りに行った。墓石の前で手を合わせる。

「おじいちゃんありがとう。私、戦争を体験した大学の先輩に、戦争の話聞いてきたんだ。その人がおじいちゃんにすごくよく似ていたの。おじいちゃんに会いたくなっちゃったよ。池田さんと出会わせてくれて、本当にありがとうね」

この声が、この思いが、祖父に届きますように。

そして戦争が、この世からなくなる日が来ますように。

空は、すがすがしいほどの快晴だった。

ある夏のふたり
――戦争にあった青春

取材者　**佐竹祐哉**
▼総合政策学部二年

×

証言者　**堀江　宏**
▼昭和二三（一九四八）年中央大学法学部卒業、元陸軍予備見習士官（取材時、八四歳）

証言者の経歴

大正一三（一九二四）年…一二月一一日、山口県徳山市（現、周南市）に生まれる。

昭和一六（一九四一）年…三月、旧制山口県立徳山中学校（現在の徳山高校）卒業。

昭和一七年…四月、中央大学第一予科入学。

昭和一九年…四月、愛知県の大同製鋼の工場にて勤労動員（八月まで）。九月、予科卒業、法学部進学と同時に休学。一〇月一〇日、兵科特別甲種幹部候補生として愛知県の豊橋第一陸軍予備士官学校歩兵生徒隊第二機関銃中隊入隊。

昭和二〇年…六月、陸軍予備見習士官として山口県の歩兵第三補充隊機関銃中隊に配属。八月一〇日、同県の第二三一師団管理部衛兵付に転属、そこで終戦を迎える。一〇月一〇日、召集解除により除隊、中央大学法学部に復学する。

昭和二三年…中央大学法学部卒業。

昭和二五年…設立間もない警察予備隊に入隊。

昭和四九年…陸上自衛隊を退官。最後の階級は、一等陸佐。現在に至る。

取材日

平成二〇（二〇〇八）年七月一三日、九月一二日

初夏、ひとり、走る

空は青く太陽が燦々と輝いていた。遠くから聞こえてくるのはセミの鳴き声だろうか。平成二〇（二〇〇八）年七月一三日、私はひとり、歩いて数分程度のバス停に向かって、走っていた。家を出る前に携帯電話の天気予報で得た情報によれば、その日の最高気温は三三度。とにかく暑い。

その日、私は「戦争を生きた先輩たち」の取材で、待ち合わせ場所に指定された西調布の体育館へ向かっていた。目的地へは、家からバスに乗って調布駅をまず目指すのだが、そのバスが来る予定時刻は一〇時三一分。私が家を出たのはその一分前。しかし、「今日は初めてお会いする日、絶対に遅刻するわけにはいかない」。ひたすら心の中でそう唱えながら私は走る。

バス停に着いた。一気に噴き出す汗、息が切れる。幸運にもバスはまだ来ていないようだ。あわてて携帯電話の時計を見る。時刻、一〇時三一分。何とか間に合ったようだったがしかし、その日の運命は残酷だった。バスが来ない。時計の数字は、三一から三二に変わっていた。

結局バスは、私の走りを無駄にするかのように五分遅れで到着した。そうやって、私のある夏の日は始まった。

戦争というものを、どれだけ知っているのだろう。

授業でも習ったし、私自身は高校で卒業論文に「日本占領～その歴史と人々～」というタイトルで、太平洋戦争後の憲法の制定までを白洲次郎という人物を中心に取り上げ、それと同時に一通りあの戦争について勉強はした。だから、昭和一六（一九四一）年一二月八日から昭和二〇年八月一五日まで続いたあの戦争について、ある程度は知っている。でも私は授業でやったから、卒論に書いたからといって一体何を知っているというのか。昭和六三年に生を受け、平成という平和な時代を生きる私に、戦争というものの何がわかるというのだろうか。

戦争の時代を生きた人にしかわからないことがある。あの時代に、そこにいた人にしか感じられないものがある。私はそれが知りたかった。そして、大学二年生の夏、私はある人物に出会った。大正一三（一九二四）年に生を受け、昭和という激動の時代を生きた一人の先輩。それが、堀江さんだった。

堀江宏さん、八四歳。昭和一九年に学徒出陣し、終戦後は自衛隊に入隊。定年退職した後の現在は東京都三鷹市に在住で、西調布の体育館で水曜と日曜の週二回、剣道に励む元気な大先輩。その体育館で待ち合わせ、インタビューさせて頂くことを約束していた。

私と堀江さんとの出会いは、インターネット上だった。このプロジェクトの取材対象者をどうやって探そうか、いい方法が思いつかなかった私は、何となく学校のパソコンで〝中央大学　学徒出陣〟というキーワードで検索をしてみた。いくつかのページを覗いては空振りに終わる中、たまたま調布市剣道連盟のホームページに掲載されていた堀江さんのコラム記事を見つけた。見つけたことの嬉しさも手伝って、私は「これも何かの縁だ」と直感した。すぐに連盟にメールを送り、同連盟に仲介してもらいながら堀江さんにコンタクトすることができた。そしてこの日遂に、初めてお会いし、直接お話できる機会を頂けたのだった。堀江さんに渡すために前日に急いで買った手土産「中大饅頭」の入った紙袋を手に、私は少し緊張しながら、バスの窓から流れる夏の風景を眺めていた。

出会い、夏の始まり

体育館と聞いていたので、大きな建物を想像していた。しかし、私の予想に反してその体育館は高速道路の高架下にあり、ひっそりとしていて少し拍子抜けした。京王線の西調布駅から、七、八分は歩いただろうか。

正直、その時の私の心境はあまり良いものではなかった。別に時間に間に合う、間に合わないの話ではない。あの戦争があった時代に生きていた人に今から取材をする。今まで、祖父や祖母にも結局深くは聞いてこなかった話題について、大学の先輩とはいえ、まったくの他人に、今から話を聞く。そう思うと何だか気が重いような、どうしたらいいのかわからないような気持ちを私は感じていた。

この「戦争を生きた先輩たち」プロジェクトには、自分から参加したいと言った。もともと興味もあったし、戦争というものの実態、そしてそこに生きた人の話を聞くということは、私たち最後の世代になっていくだろうし、とても貴重な機会であると思っていた。しかし、何と表現していいかわからないが、得体の知れない不安感のようなものが私を覆っていた。だが反対に、案外気楽に構えているような私もいて、ごちゃまぜになった感情が心の中で渦巻いていた。

とはいえ、ここまで来て悩んでも仕方がないと思い直し、私は体育館に向けて一歩足を踏み出した。

中に入ると、剣道特有の甲高い声が耳をついた。肌がびりびりするような、そんな声。まだ稽古は続いているよう

西調布体育館。高架下にひっそりと建っていた。

で、入り口から見える板張りのフロアでは、防具をまとった人々が竹刀を振るっていた。剣道だとか、柔道だとか、そういう武道特有のにおいがするなか、私は体育館のロビーに立ってロビーの端っこにある振り子時計の振り子を眺めつつ、その時を待つ。

「ありがとうございました！」。そんな声が聞こえてきたのは、もう一二時になろうかという時だった。奥から、防具を着けた人がしたたる汗を拭きながら一人二人と出てきた。堀江さんはどの人だろうか、私は防具の名前を一人ひとり見ていく。とはいえ、どれも三〇代とか四〇代ぐらいの人たち。堀江さんはどこだ。そんななか、一人ゆっくりとした足取りで、小柄な老人がロビーに向かって歩いてきた。防具の名前を見ると、「堀江」。私の取材対象者が、そこにいた。

しかし、初めての出会いの瞬間に私は動けずにいた。堀江さんの発する厳格そうな空気と私自身の緊張も手伝って、彼が目の前を通り過ぎるのをただ見ていることしかできなかったのだ。更衣室に入っていく堀江さんを見ながら、私はただその場にいた。そんな私の感じた彼の第一印象は、優しいというより厳しいという言葉が似合い、さらに寡黙な人という感じ。正直少し不安が増した。その後、仲介者である剣道連盟の方が現れて、堀江さんを紹介して頂く時まで、この緊張は続いた。

青空の下、私は体育館から出て自転車を押す堀江さんに数歩下がって続き、大通りへつながる小道を歩いていた。太陽の日差しは相変わらず強く、小道の脇にある緑は青々としていた。簡単な顔合わせ、軽くお話をして次の正式な取材日を決める。それがその日の予定。それだけなら体育館のロビーでも済んだ話なのだが、予想に反して私が堀江さんに案内されたのは、その小道を出てすぐの場所にあるレストランだった。

中に入ると、そこは一転してクーラーの効いた少し肌寒いくらいの空間。私は、堀江さんとともに窓際の喫煙席に座った。堀江さんは八四歳、喫煙者。正直、このお歳でタバコを吸うということに少し驚きを覚えた。だが、よく考えてみれば私の祖父も昔はタバコを吸っていたことを思い出し、「そんなに不思議な事でもないか」と考え直した。とはいえ、レストランに来るまでに簡単な世間話のようなものはしたものの、予想に反さず寡黙という感じであった堀江さん相手に、どう話をするか。そこが私にとっての課題であると、その時点までは思っていた。メニューを開き、いくつか料理を注文した後、会話が始まった。

体育館からの小道、堀江さん（中央）と取材者（左）。

「まず、私の自己紹介をします」

そういうと堀江さんは、自身の生まれた年月日、町についてすらすらと話してくださった。この時、私の彼に対する印象は大きく変わった。寡黙ではなく、何だか話し好きのおじいちゃんみたいな人なのかな、と。

そして、私の想像を超えて、堀江さんは遥かに多くのことを語ってくださったのである。

山口での日々

自己紹介に続いて堀江さんが話してくださったのは、当時の日本の学校制度についてだった。それは私の知識を深めるとともに、その日堀江さんが話してくださった内容を理解する上で非常に大きな助けとなった。義務教育が当時は六年間しかなかったことや、旧制中学や高校などについては、知らなかった点もたくさんあり、とても勉強になった。

さて、当時の学校制度の中で、堀江さんはどのような歩みを経てきたのか。尋常小学校を卒業した堀江さんは、さらなる勉強の場として山口ではトップクラスの進学校として名を馳せる旧制山口県立徳山中学校（現　徳山高校）へと進まれた。剣道との出会いは、この中学でだったそうだ。約一二〇年の歴史を持つその中学校の四〇回生である堀江さん。その中学生活の中では、授業として軍事教練もあったという。

「一、二年生の頃は徒歩教練といってひたすら歩く。行進の練習です。手旗信号の練習なんかもありましたね。三年で初めて銃を持たされました。それから四、五年の時には軍隊教練といって、今度は分隊・小隊のような集団での訓練。五年の終わりには実弾射撃訓練もしましたね」

この軍事教練は後々影響するもので、この成績が悪いと徴兵によって軍に入った時に幹部候補生の試験の受験資格が与えられないなど、様々な不都合が生じたそうだ。教練は大学予科入学後もあり、その成績が悪くても幹部候補生の試験は受けられなくなってしまうとのこと。軍の中で偉くなれないだけか、と私はそれを聞いた時に思った。だがしかし、実は当時は、それが生死を分けるような意味を持ちうるものだったということを、私は後々思い知ることになる。

私がその時聞いたもので一つ印象的だったのは、〝人生二五年〟という言葉にまつわる話だ。〝人生五〇年〟というのは昔からよく言われていた言葉で、かの戦国の名将である織田信長が好んだともいわれる幸若舞、『敦盛』の中の一節でもある。〝人生五〇年、下天のうちを比ぶれば、夢幻の如くなり　一度生を享け、滅せぬもののあるべきか〟という部分は、いつだったか信長の伝記を読んだ時に印象に残っていて、意味はあまりわからなかったながらも良く覚えていた。〝人生二五年〟というのは、それを皮肉を込めてもじり、「戦時中だから二五年も生きられればもうけもの」という意味を込めて、当時仲間たちとよくそのようなことを言っていたようである。

私はそれを聞いて驚いた。いや、愕然とした。織田信長の時代でさえ五〇年が人の命の定めとされていたのに、二五年とは短すぎる。そのような社会情勢を実感するとともに、まだ私たちで言えば高校生くらいの人々がそんなふうに言うくらい、そのような運命になるだろうと感じつつもそれなりに受け止めている姿が寂しく、悲しく思えた。今の私たちは、人生二五年で死ぬなんて考えもしないだろう。今や長寿で有名な国となった日本。もはや人生五〇年どころか、人生八〇、九〇年だって珍しくないような世の中になってきている。そんな今の日本の姿が当たり前の環境で育った私にとって、戦時中というのは想像を絶する世界であったのだろうか。

私は一気に時代の違いを感じた。同時に、そんな時代に生きながらも、現在までご健在な堀江さんの思いに一層の興味が湧いた。

大学生、堀江宏

さて、堀江さんはそんな旧制中学時代（今で言う高校時代だが）を経て、一年浪人した末に中央大学予科に進んだ。「実はね……」と、ちょっとくだけた雰囲気で堀江さんが私に話してくださったのは、中央大学を受験するに至った意外な経緯だった。

「はじめは中央大学なんて知らなかったんですよ。浪人して、次の年に東京に受験のため出たんですが、その時は慶応大学を受けに行ったんです。でも落ちてしまってね。それで『受験旬報』っていう受験雑誌があってね。本屋でそれを立ち読みしていて、偶然中央大学というのを見つけたんです。試験の日が遅くてね、二月下旬だったかな。まだ受付をやってたし、『中央の大学とは面白い名だな』と思って、せっかくだから受けることにしたんです。そしたら案外簡単に受かっちゃった」

この話にはまた驚いた。何となく中央大学というのは昔からいろいろな人によく知られた大学だろうと思っていたのだが、一気にそれが覆された。いい意味で、だ。一応名前だけは有名な大学、と勝手に思っていたものが一気に吹き飛んで、何だか面白かった。

大学入学後の話も聞いた。

「最初は、剣道をやるつもりはなかったんですよ。大学に入ったら勉強するつもりでしたから。でも、二次試験の後にラグビー部の勧誘につかまっちゃって。あんまりしつこいもんだから、『やるなら剣道をやります』と言ったら、運悪く隣が剣道部。つかまって、名前を書かされちゃった。入学したら、『下の者は道場に来い』という張り紙が出されてて、案の定私の名前もあった。でも、無視して行かなかったんです。でも、ある日学食に行こうとして、近くにあった道場の前を通った時に、道場の音を聞いたらつい足が向いちゃって、その場で剣道部に入ることを決心して、お願いしました」

こうして堀江さんは今も続けられている剣道との縁を深めていったようだ。しかし二次試験の時から勧誘とは、堀江さん自身もおっしゃっていたが、せっかちな話である。ともかく、そうして入った剣道部だが、今では剣道部ＯＢで数少ない最年長の人物の一人。堀江さんはそのことに誇りを持っているとおっしゃった。

授業風景はどのようなものだったのだろうか。

「予科では一般教養をやるわけですが、私は数学が苦手でね。微分積分なんかは今は高校でやるらしいけど、当時は大学でやっていて、それなんかは特に苦労したんですよ」

微分積分。私にとっても高校時代大敵であったこの分野、そもそも私も数学が苦手なのだが、その仇敵の名をここで聞くとは思わなかった。何だか堀江さんとの共通点が増えていくようで嬉しい。今も昔も大学生のそういうところは変わらないのだな、と少し六五年前の堀江さんの大学生活が身近に感じられた。

「私らなんかもね、授業で大教室を使うじゃないですか。そうしたらみんな教授の近くに行くと厄介だからといって後ろのほうに座りたがって、教授のまん前の辺りの席だけぽっかり空いていることがよくあってね。面白かったですよ」

今でもその光景は変わらない。大教室の授業で教授のまん前の席が埋まっている光景というのは、よっぽど人気のある授業くらいだろう。大学生の行動というのは結局いつの時代であろうと変わらないものなのだろうか。ますます堀江さんの大学生活が近く思えてきた。

しかし、その大学生活にも戦争という暗い影が迫ってきていた。堀江さんが中央大学に入学した昭和一七（一九四二）年には大学予科の卒業年次が三年から二年半に短縮され、昭和一八年に、ついに学徒出陣が始まる。

予科での教練風景。下段、左から６人目が堀江さん。

その年、徴兵猶予がなくなった堀江さんの同級生たちが仮卒業して戦争に行くに当たって、明治神宮外苑競技場で学徒壮行会が行われた。

しかし堀江さんはその時、何と見送られる側ではなく、見送る側にいたという。どういうことなのだろうか。

「学校の年限は四月一日から次の年の四月一日までですよね。でも、徴兵はそうではなくて、一二月一日が年限だったんです。だから一二月生まれの私は翌年に召集予定で、昭和一八年の壮行会の時は、見送るほうにいたわけなんですね」

そんな事情もあって、堀江さんは翌昭和一九年九月に中央大学予科を卒業し、徴兵義務にのっとって一年遅れで徴兵された。この一年遅れということが、堀江さんの後の運命を決定付けることとなるのであった。

軍へ、そして八月一五日

軍に行くことは、嫌ではなかったのか。私は堀江さんに尋ねた。

「別に嫌ではなかったですよ」

彼から返ってきた言葉は意外だった。軍に行くなんて、何だかんだ言いつつも嫌だろう、というのが私の勝手な想像ではあったのだが。

「当時の日本の戦況を見たら、行くのは当然と思ってましたから。嫌だとは思わなかったですよ。戦況が逼迫している中、行くのはやむをえなかったと思っていましたし、今でもそう思っています」

そうして堀江さんは軍隊での生活をスタートさせた。

軍に入ってはじめにすることは基礎訓練。また中学時代のような行進の訓練などがあったという。その時の先輩兵（古兵や二年兵とも呼んだそうだが）、それらの先輩たちに関するエピソードを語ってくださった。

「しごきというか、先輩たちからの暴力は日常茶飯事ですね。でも、一年すれば古兵は除隊します。それを満期除隊といって、新兵はそれを心待ちにするんですよ。『鬼の古兵が除隊する、見送るわれらの胸のうち、明くれば日も早二年兵』なんていう歌もあってね。やっぱりそれだけ怖いんですよね」

そんな基礎訓練を、堀江さんは実際には受けていないという。

堀江さんは中学と予科どちらの教練でも合格していたため、昭和一九（一九四四）年四月から始まった特別甲種幹部候補生という制度によって、入隊してすぐに基礎訓練なしで幹部候補生の試験を受験し、甲種合格。つまり将来の

1945（昭和20）年６月10日、予備士官学校卒業時の堀江さん。

士官候補になり、豊橋の陸軍予備士官学校に進まれたそうだ。

こうしてすぐに士官への道に入ることと、一年遅れの召集であったことで、堀江さんは戦地に行くことなく、結果としては一度も戦地に送られることとなく、この平成という時代まで生き残ることとなる。

実際に堀江さんより一年前に、あの神宮で送られるほうの立場にあった彼の友人の金子三郎さんは、昭和二〇年五月に『今より征く、心中無雑』という一枚の葉書を最期に残し、東シナ海に消えた。「立派な男でしたよ」と語る堀江さんの表情は、穏やかだが、その瞳の奥には悲しみの色がほんの少し垣間見えた。この時は金子さんについて詳しく話は聞けなかったが、後々、ふたりの物語に私は胸を打たれることとなる。

さて、陸軍予備士官学校というのは下級将校不足を補うために設置された教育機関で、教育の期間は半年から八カ月。卒業後は、見習士官として一年間にわたり、士官になるための修行のようなものをこなす。その後、晴れて陸軍少尉となる。それが本来の堀江さんのたどるはずだった出世コース。実際、昭和二〇年二月には軍曹の階級に昇進し、同年六月には予備士官学校を卒業し曹長の階級に進み、見習士官を命ぜられ、士官への修行を開始した。

そして、ついにその日がやってくる。

「やっぱりな、という感じでした。悔しいとか、屈辱だというよりは。やっぱり負けたかって、思いましたね」

八月一五日、太平洋戦争は終わった。堀江さんの案外冷静な言葉に戸惑う私は、何度か確認した。しかし彼の言葉は変わらず、「やっぱりか」だった。意外であるとともに、冷静に戦局を見ていた人もいたことに私は驚く。そして話は次の話題に移る。

「私が召集解除されたのはね、実は昭和二〇年の一〇月一〇日なんですよ。八月一五日に戦争が終わって、八月二〇日に呼び出され、何故か陸軍少尉に昇進させられた後に即日召集されて。まあ要は、武装解除とか残務処理をやらされたんですね」

戦争の残務処理とはいえ、終戦後も軍に在籍して仕事をしていた人がいることは知らなかった。何だか意外だ。ちなみに、後日こんな話もあったそうだ。

「このおかげで正八位という位階をもらってね、少尉になるともらえるものなんですがね。戦後すぐには混乱もあって位記というその位階の証明書みたいなものはもらえなかったんだけど、昭和五四年だったかな、山口県知事から連絡を頂いたんですよ。『あなたが昔少尉になったことによる位記がもらえるけど要りますか』ってね。『じゃあ、せっかくだから頂きます』って言って、位記をもらったんですよね。青春の記念だからね」

「青春の記念」。まさに堀江さんにとっての青春時代は、軍に、そして戦争にあった。戦後の混乱期を経て忘れたころに届いた位記。それはまさに、「青春の記念」だったのだろう。

さて、そうして戦争の残務処理に駆り出された後、堀江さんは中央大学に戻ってくる。

卒業×職業×自衛隊

昭和二三（一九四八）年三月、中央大学法学部を卒業。それが堀江さんの最終学歴となる。同級会であるイチナナ会は、入学年度である昭和一七年から名付けられた。卒業年度では判別が付きづらく、戦争で亡くなった人間もいるから、という理由でそういう名前になった。卒業年度で判別が付きづらいというのは、戦後の学校制度改革で、旧制の時からの在籍生を早く卒業させていち早く新制に全面移行したいという大学側の意向が働いたからだ。復学した旧制の学生は、次々と簡単に卒業させられていった。そのため、卒業年度より入学年度で判断したほうが、同級かどうかの区別がつきやすいのである。

1947（昭和22）年２月、復学後に同級生と。上段中央が堀江さん。

ちなみに卒業まで学問のほうはどうだったかといえば、法学部ということで昭和二三年に司法試験を受けられたそうだが「見事に落ちた」と言っておられた。

その後、いくつかの職を経て昭和二五年に堀江さんは、後の自衛隊である警察予備隊に、その創設と同時に入隊する。もしかしたら、また戦争をするかもしれないような組織にわざわざ入ったのはなぜなのだろうか。

「ちょうど前の仕事を辞めようとしていた時でね、警察

取材中の様子。

予備隊ってのができると聞いて、国防のためにいずれ軍隊になるだろうから、と思って入ったんですよ。結局ああいう環境が合っていたのかもしれませんね、剣道の影響もあってか」

　同時に、自衛隊には法的根拠がないことに触れ、こうも言っていた。

「自衛隊には結局、憲法上の根拠が必要だと思います。持つことと使うことは別。日本はもう戦争はしませんが、集団的防衛が不可欠な今の時代に最低限のものは持つべきだと思います。そうじゃないといつまでも『軍隊モドキ』ですよ。それでは意味がないです」

　同時に日米関係にも話題は及んだ。

「戦後の日本はね、まだアメリカ合衆国日本州ですよ。独立国じゃありません。私はそう思いますね。基地なんかはゼロ……とは言わずとも、一〇分の一にはすべきですよ。そのためにも日本は持つべきものは持つべきだと思います」

　というふうに熱心に語る堀江さん。そして話はさらに深い方向へと進む。

今の世界を見て

「戦争というものはね、決して肯定するつもりはありませんが、ないに越したことはないけれども、仕方ない時はあると思います、今は。人間の宿命とも思いますね。今まで戦争がなくなった時代ってありますか。思想としては否定しても、現実は違いますよね」

　意外な一言だった。私は、世に多くの考え、思想はありつつも、戦争体験者の方は戦争や軍隊に関しては、特に日本人は否定的にとらえているものだと思っていた。先の戦争を体験し、その上で冷静に現実と今の時代を見据えて話をする目の前の人物に、私は驚きを感じていた。さらに堀江さんは、戦争をしないための仕組みを考えるべきだ、というのが考えの大前提にあると語った。

「何か問題が起きた時に、どうしたら戦争をせずに済むかを考えるべきですよ。それはつまり、どうすればわかり合えるか、という問題でもありますね。私はね、それには言葉の問題も大きいと思いますね」

そしてその次の言葉は、私の心に強い印象を残した。

「あと今の日本に必要なのは『治にいて乱を忘れず』という点でしょうか。平和なことは大事なことです。でも、常に乱を忘れないことで、いざという時にも迅速に対応できるようにするべきですね。今の日本は平和ボケといわれますが、平和を維持した上で何かが起こった時にきちんと対応できるようにしておかないといけませんよ。それは、本当に必要だと思いますね」

堀江さんは、そのように力強くおっしゃっていた。「治にいて乱を忘れず」。しっかりと大きな字で私はメモ帳に書き込んだ。

最後に「今の若い人たちに向けて何か一言」を、と向けると堀江さんはこう切りだした。

「若者の将来は実に豊かですよ。私らなんかと違ってね。今思いつく限りの努力をしてください。今を大事にね。中途半端が一番イカンですよ。自分のレパートリーを広げるためには、まず自分の専門をしっかりと見極めてそれをしっかりやって、そこから広げていくことです。時間はたちます。それは仕方がありません。変わるもの、変わらないものがあれば、変えるもの、変えてはならないものもあります。いつもそれを軸にすえておいてください。そこからあなたのいるような、総合政策ですか、それが生まれてくるんだと思います。いろいろなものの基礎にある観念から考えてみてください。きっと見えてくるものがありますから」

私はその言葉をメモ帳と心にしまいこんで、もう一度会う約束をしてその日の取材は終わった。時刻は一八時過ぎ。六時間にわたっての、長い長い取材だった。

店から出ると、いつの間にか空は曇り空。少し雨も降っていたようで、堀江さんの自転車のサドルが少し濡れていた。「ありがとうございました」。私はそう言って、自転車に乗って去っていく堀江さんの後ろ姿を見送った。

帰り道、来た時よりすんなり着いた西調布の駅は何だか懐かしく思えて、時間の経過を感じるとともに私自身が少し変わったのかもしれないとも思った。いつものお気に入りの白いヘッドフォンから流れる、いつもとはちょっと違って聞こえる音楽に包まれながら、私はいつも通りに家族の待つわが家に戻った。

インターバル

長い取材から三日後の七月一六日。私の携帯電話には、友達からの電話が入っていた。テスト中にかかってきていたので、取れなかった電話。クーラーが効いた大教室から出た私は、外の暑さにうんざりしつつも電話をかけなおす。

「ゼミの先生の研究室に来てください。堀江さんから手紙が来ているので」

電話の向こう側の友達のその一言を聞いて、私は堀江さんに初めて会った日と同じく、研究室まで走った。

手渡された手紙には、「堀江宏」と力強く書いてあった。急いで封を切り、手紙を読む。

「前略　先日はせっかくの取材ご来訪に対し雑駁《ざっぱく》な話しぶりでさぞ聞きとりに困惑されたことと思います……」

堀江さんの丁寧な文章に嬉しさがこみ上げる。さらに、そこにはあの時には語られなかった事実が書かれていた。加えて、前回の会談の後に家で古い資料などを探してくださったようで、それも提供してくださるという話。

もともともう一度取材をするつもりであったが、聞くことが増え、モチベーションも上がった。さっそく、お手紙を送って次の取材の申し込みをすることにした。

月は変わり八月。夏も本格的になり、猛暑が続く。セミもあの七月一三日のような夏の気配を感じさせる程度では収まってくれずに、所かまわず大合唱を展開していた。まさに夏本番。

私は京王線高幡不動の駅で、食事の約束をした友達を待っていた。駅の構内の暑さに何とか耐えていたその時、私の携帯電話がふいにメールが来たことを告げた。見ると、母からである。たまに送ってくる買い物のお願いメールなら断らなくてはと思いつつメールを開いた。そこには驚くべき言葉が表示されていた。

「堀江さん、脳梗塞で入院しました」

嘘だろう。私の頭の中で何かが崩れたような、そんな音がした。

ヒマワリと病室で

八月六日、鳴りやまぬセミ時雨の中、私は額に汗をにじませながら自転車をこいでいた。目的地は私の住む三鷹市にある、杏林大学付属病院。都立三鷹高校のすぐ隣にある市で一、二を争う大きな病院で、堀江さんが入院している病院だ。

あの日、母とのメールののち、家に帰り葉書を見た私の目に飛び込んできたのは、確かに記された〝脳梗塞〟の文字。絶望感が黒く暗く私を覆う。『ああ、ダメだ。まだ聞きたいことがあったのに。まだ話したいことがあったのに』。そう思った。しかし、そこで踏みとどまって考える私。その葉書、まぎれもなく堀江さんの直筆だ。先日頂いた手紙と比べても、同じ人間の書いた字にしか見えない。おかしい。脳梗塞で入院した人が果して「入院しました」なんて葉書を書くことができるのだろうか。もしかして、幸いにも軽傷なのだろうか。私はドキドキしながら読み進めていく。

「再訪のご対面承知いたしました。小生七月二九日脳梗塞を発症、急遽病院に搬送されるハプニング。幸い軽症で大事ありませんが目下入院中、退院予定は八月中旬と聞かされています。お会いするのは退院後でも今でもどちらでもかまいません。入院先は杏林大学付属病院です。面談に支障あるほどの病状ではありませんので、あなたのご都合のよい方を選んでください」

まず、ほっとした。堀江さんにもう一度話が聞ける。よかった。しかし、堀江さんが入院していることは事実で、軽傷とは言うものの脳梗塞を発症されたこともまた事実。もちろん入院中に話を聞きに行くなんてもってのほかだ。だが、思った以上に近所だ、その病院。堀江さんの住んでらっしゃるのは、三鷹市。病院も、三鷹市。そして私の家も、三鷹市だ。少し考えた末に、とりあえずお見舞いに行くことにした。そんなわけで私はその日、ひとり自転車をこいでいたのである。さあ、気がつけば病院はすぐそこだ。

病院の隣の三鷹高校の前の通りに自転車を停め、まずは花屋に寄ることにした。病院の敷地内にある小さな花屋だ。自転車を停めたところからすぐの場所にあるその店に入ると、色とりどりの花が目に付いた。花々のにおいに包まれた穏やかな空間。何年振りに入ったかわからないほど慣れないその空間でさんざん迷った挙句、私はヒマワリを選んで店員さんに包んでもらった。花屋を出た私は、面会時間まで地下にあるカフェで時間をつぶし、そして時間が来たのを確認し、私は堀江さんの病室に向かった。

病室に入る。大部屋なようで部屋にはベッドが六つ。またしても「堀江さんはどこだ」と探す。部屋を見渡してみると、カーテンを少し開け、カーテンの隙間からいつか見た後ろ姿が見えた。反応なし。そうだ、堀江さんは耳が聞こえづらいのだった。とはいえ病室であまり大きな声を出すのも非常識だし、どうしたものか。そう思っていると堀江さんがこちらを振り向いた。

「ああ、佐竹さん、よく来たね」

こんにちは。驚きつつも目を細める堀江さんに、私も笑顔で挨拶した。

八月六日という原爆投下の日に

「こんなところじゃ何だから……」と言う堀江さんに続いて談話スペースへと向かう。その後ろ姿は、夏の始まりにあの小道を歩いた時より小さく見えたわけでもなく、本当に軽傷なのかもしれないなと感じた。変わったのは、無精ヒゲが生えていることぐらいな気がした。

談話スペースの椅子に腰かけ、話をした。テレビは、夏の甲子園大会の様子を伝えていた。

「いや、実際入院はしてるんだけども、正直、患者って気がしなくてね」

いたずらっ子のように話す堀江さんを見て、ほっとした。そして話題は自然と先の戦争の話になる。

「そうそう、この前話してないことだけども、私は原爆が投下されるほんの数時間前まで、広島にいたんだよね」

「ああ、そうなんですか……」と何気なく言ってから、事の重大さに気づいた。確かに前回はそんな話は微塵《みじん》もされていなかったが、気になったので詳細を伺った。

「士官学校を卒業して山口の隊にいた時に、広島で見習士官の集合教育があるというので、八月四日から広島に派遣されたんだよ。八月五日に着いて身辺整理をして、六日から広島で訓練だった。でもなぜか私だけ五日の夕食後に呼び出されて、山口の原隊への帰還命令を出されてね。それで、八月五日午後九時過ぎの電車で帰ろうと思って広島駅に行ったんだ。ところが、電車がこない。戦時中だから、時刻表なんて当てにならないんだよね。仕方ないから駅で夜を超す覚悟でいたら、夜中の二時に軍の列車が来たんで、司令に交渉して山口まで乗せてもらったんだよ」

夜中の二時ということは、原爆投下の六時間前ということになる。ちなみに隊舎は爆心地からどの程度の距離だったのか、伺ってみた。

「隊舎は広島城のお堀の中州にあったから……五百-六百

メートルぐらいじゃないかね、爆心地から。…もしそこにいたら、もう私は生きていなかったかもしれないね」

そう語る堀江さんだが、実際にそこで訓練していた見習士官の同僚の多くが命を失った。しかしその中にも、生き残った方はいたそうである。

「私の中学の同級生で渓というのがいてね。豊橋の士官学校で再会してそれ以来同じ隊にいたんだけどそれは広島に残ったんだよ。三年後に再会した時は元気だったけど、耳がなかったり火傷がひどかったりしてね。それだけじゃなくて、そいつから聞いた原爆の話は衝撃的だった。でもその後も単車を乗り回したりしててね、やたらと元気だった。寺の子だったんだけど、生臭坊主だ。中学の時も一緒にやんちゃしてたよ。でも六〇代ぐらいの時だったかな、原爆症で亡くなったよ」

訓練開始の訓示の最中にすーっと落ちてきた黒いモノ。「ものすごい光を放って破裂した」と、渓さんが語ったという。今まで私は、そのことを事実とは知っていても、この国で起きた事実として実感しきれなかった。しかし、それを堀江さんから聞くと身近な話のように思えて、今までとは違ってこの国で起きたことにちゃんと向き合ったように思えて、身震いがした。堀江さんの淡々と切々と語るその言葉一つひとつを聞いている時、私は原子爆弾というものを今までで一番リアルに感じた。

その後、何げない雑談に夢中になっていて気がついたら甲子園の試合が一つ終わっていた。もっと話していたかったが、その後にゼミの仲間との話し合いがあったこともあり、私は堀江さんに別れを告げて病院を出ることにした。病院に来たのは昼過ぎだったのに、いつの間にか夕方になりつつあった。それだけ夢中になって話した。帰り際に退院したらお手紙をして頂く約束を交わす。また会えるのはいつになるのかわからないが、楽しみに待っていようかな、と思った。「それじゃ、また」。そう言ってその日、私は病院を後にした。

しかし、堀江さんがあの「ヒロシマ」にあんな形で関係しているとは思っていなかった。それに、いきなりその話が出てきたことにも驚いた。だが、よく考えてみると、堀江さんが急にその話をした理由の一つが思い浮かんだ。なぜならその日、私が堀江さんの病室に行った日は、二〇〇八年八月六日。六三年前に廣島が「ヒロシマ」になった日だったから。六三年前に、渓さんや堀江さんの仲間たちだけじゃなく、数え切れない人々の未来を奪ったあの鉄の塊が広島の町に落とされた日だから。だからこそ、堀江さんはあの話をしてくださったのかもしれない。まだ、なかなか沈まない夏の太陽を見上げながら、私はそう思った。

再会はまた自転車で

堀江さんからのお手紙が来たのは八月ももう終わりそうな時。その手紙には、あの時のお見舞いのお礼と次回の取材の日程調整についてが丁寧に書かれていて、やっぱり私は嬉しくなる。その後も日程の調整のために何度か手紙のやりとりを経て、九月一二日に堀江さんのご自宅で再び会うことになった。

そしてその日は来る。また、私は自転車のペダルをこいでいた。セミはもう申し訳程度に鳴くぐらいで、何だか夏の終わりが感じられて少しさびしい気分になった。いつの間にか私の大学二年の夏は終わり、秋の気配を感じていた。

堀江さんとはご自宅の近くで待ち合わせをした。待ち合わせ場所に着き、自転車を止めて周りを見渡す。少しすると道の向こうから、いつかの体育館の時のように小柄な老人が歩いてきた。三度目の対面。先日の脳梗塞が嘘のように足取りはしっかりしていて、剣道にも近いうちに復帰するとのこと。いつの間にか、私自身堀江さんという一人の人物に強い親近感を覚え始めていた。そのせいか、久々に顔を見られた時は嬉しくなった。

残暑の日差しの中、二人で堀江さんの家まで雑談しながら歩いた。道沿いにある明治大学の付属学校ではもう授業も始まっているようで、中学生や高校生たちのにぎやかな声が聞こえてくる。昔、自分もそんな空間の中にいたんだと思い出し懐かしくなると同時に、隣にいる人物が過ごした青春について今日はもっと詳しく話を聞いてみようと思った。きっと私たちと似ていて、それでいてどこか違う、そんな話が聞けるに違いないと思っていた。

ご自宅に着くと、奥さんが笑顔で迎えてくれた。朗らかそうで、物腰の柔らかい感じを受ける。挨拶をし中に入ると、クーラーが効いていて、心地良かった。居間に通され一息ついて、早速取材に移る。

一生懸命悪いことを

堀江さんの旧制中学での日々。それが前回の取材の後に私が気になっていたことの一つ。中学時代に一生懸命悪いことをしたと語る堀江さんだが、「中学の時は番長格だった」との言葉通り、聞いてみたら本当にやんちゃな青春を過ごしていたようだった。

「うちの中学は、ほかの学校もそうだったかもしれないけど、上下関係が厳しくてね。上級生にはそれが校外であっても、会ったら敬礼をしなきゃいけなかったんだ。もちろん上級生も答礼をすることが決まりだった。敬礼しなかったら殴られたりしてな。ある日、私も町で上級生に絡まれて殴られたことがあった。実は私が交差点を通りかかった時に後ろを横切っていたらしいんだな。でも、後ろを横切っているなんて気付くわけがないから敬礼できなかった。それで『どういうことだ！』と。理不尽なことで殴られるのはしょっちゅうだった。剣道部でもね。まあ、その時はあまりに理不尽だったもんで、私も怒って殴り返してやったよ。後で先生にこっぴどく叱られたけどね」

その理不尽な上級生の行動にびっくりした私は、堀江さんに本当にそんなことがあるのか、聞いてみた。すると、その後日談も語ってくださった。

「その一年後にね、その時私を殴った上級生が落第して同じ学年になったんだ。それで遠足があったんだけど、目的地で解散した後に呼び出して、『あの時はよくもやってくれたな！』って殴ってやったよ。さすがにその時は向こうも何も言えなかったたね」

そう言って笑う堀江さん。本当に、やんちゃで楽しかった中学時代を思い出したのか、その話の最中ずっと目を細めていらっしゃった。

「まあ、今のものさしだったら大変なことになってるようなことも、やってたね」

いたずらっ子のように笑うその表情は、旧制中学時代に戻っていたように、私には思えた。

浪人か中大か、決断の時

その後、一年浪人して中央大学に入ったというのは前回の取材時にもお聞きしていた話なのだが、ここにきて堀江さんのある計画を、新たに私は知ることになった。

それは「中大で仮面浪人計画」である。

「中大に受かったのは受かったんだけど、あんまり簡単だったもんで、ここに入るくらいならもう一年浪人してまともな大学に入ったほうがいいなって思ったんだよね。それで、受かったことの報告と一緒にその旨を伝えるために田舎の両親に手紙を書いた。そしたらいきなり二人して東京に出てきてね。何でも、父の仕事の関係で知り合いだった弁護士さんや裁判官に『息子が中央大学というところに受かったんだが、どうしようか』ということを相談してみたら、『中大に受かるなんてたいしたもんだ！』って言われたらしくて、あわてて浪人しようとする私を止めに来たみたいなんだ。でも私は浪人する浪人するって聞かなくてね……。あんまり頑固に言うもんだから、浪人はいいから山口に帰って来いと言われた。でもまた山口で浪人する気もなくて、『私は浪人するなら東京で勉強する』と言って譲らなくて。また言い合いになってね」

　あんまり頑固にそう主張する堀江さんに対して、ご両親は最終手段に打って出た。親の最終兵器、東京での浪人中の金銭的支援のカットだ。そこからさらなる大喧嘩が勃発。怒った堀江さんは旅館を飛び出して神田の学生街をひとり歩いていた。その時に、あるきっかけでその計画が頭にひらめいたという。

「神田の学生街で、学生用品の店を見かけてね。それで、中大予科の制帽を見つけたんだ。それでひらめいたんだよ。『何も親に反抗しなくてもいいじゃないか、とりあえず入って、勝手に勉強して来年違う大学を受けよう』って。まあ、仮面浪人ってやつかな」

　そうして即座に堀江さんは計画を実行に移す。まず、計画の第一段階として制帽をその場で購入。旅館に帰って「考えを改めて入ることにしました、制帽も買ってきました。この通りです」と両親に見せて安心させ、とりあえず田舎に両親を帰らせるところまで堀江さんは見事に計画を成功させた。

　しかし、結局堀江さんは戦争という大きな障害を乗り越えてまで中大に残ることになる。なぜなのか。

「入学したら予科五組の級長になっててね。それに友達もたくさんできたし、剣道部のこともあったし。あと、中大法学部のすごさを入学してから思い知ったんだね。それで結局残ることにしたんだよ」

当時の中央大学。

　思わず笑ってしまった。まさかはじめは仮面浪人をするつもりで入ったとは。しかもそれを思いついたのが制帽を見てというのが面白い。しかしそんな奇妙な縁で入った大学というつながりで私と堀江さんが出会えたというのもまた、おかしいような嬉しいような。

剣と過ごす青春の日々

大学時代で多くの時間を過ごしたという剣道部でのお話を伺った。

「入部してからすぐに、新入部員の歓迎合宿があったんだよ。そこで坊主頭だったから『雲水』ってあだ名をつけられたね。あと驚いたのは、はっきりとした理由はわからないんだが、合宿の最後の時に『主将候補を命ず』って全員の前で言われてね。いきなりだよ。びっくりしたし、そこから先が大変だった」

主将候補としての厳しい練習がその日から始まった。人間としての実力、そして剣道家としての実力をつけるためのレギュラー陣による集中指導。あまりに厳しくて、下宿の階段を四つん這いで登ったこともあったという。「まあ、今で言うところの体育会系ってやつだな」と懐かしそうに楽しそうに語る堀江さんを見つつ、体育会系とはまったく縁のない私はそのエピソードに恐怖した。

しかし、厳しい話だけではない。剣道部の面々で遊びに行くようなこともあったそうだ。

「合宿中に一日だけ稽古の後に寄席に行くのがお決まりだったかな。部費使ってね。二〇人とか三〇人とかでぞろぞろと行くんだけど、いつも人数ごまかして安い料金で入ったりしてね。適当に少なく言っておいて、一気にみんなで我先にと入ってくんだよ。そしたら向こうの人も人数わかんないでしょ。それで入ったら、入ったで居合抜きの芸人を冷やかしたり、落語家とかほかの芸人とかを野次ったりしてね。好き勝手やってたなあ」

しかし、そんなに好き勝手やっていて、学校で問題になったりはしないのだろうか。

「世間が学生に対しておおらかな目で見ていたからね。『まあ、学生だから』っていう感じで。そういう時代だったよ」

旧制中学時代の話にも増して、楽しそうに語る堀江さんの姿はきらきら輝いていた。

しかし、折しも時は日中戦争から太平洋戦争へ向かいつつあった。そんな中でも、旧制中学から中央大学予科へ進み、学友や剣道部の仲間と青春を謳歌する堀江さん。だが、彼らにも戦争の影は迫ってきていた。

神宮と浅草の別れ

神宮と浅草。そこには堀江さんの別れの記憶がある。

昭和一八（一九四三）年、一〇月だったか一一月だったか判然としないとのことだったが、浅草の料亭で、学徒出陣の先発組の送別会があった。堀江さんはその幹事を務めていた。予科の同期の仲間たちが、入隊準備ということで郷里に帰るのだが、その前にお別れ会をやろう、という趣旨で始まったという。ところで、堀江さんが幹事になったいきさつというのはどういうものだったのか。

浅草の送別会の様子。

「その前年の昭和一七年の七月かな、そのくらいに剣道部の送別会で浅草の料亭を使った。その関係で、じゃあ私が幹事をやるって話になったんだよ。まあ、予科のクラスの級長だったというのも大きいけどね。みんな郷里に帰っちゃうから、バラバラになる前にみんなで集まりたかったんだな」

離れ離れになったら二度と会えないだろうと思っての送別会。神宮外苑で学徒出陣の壮行会の時も、似た気持ちだったという。

「あの時は雨の中、スタンドで見ててね。『俺も後から行くからな』って思いで見てたよ。『いつか靖国で会おう』という話もした。やっぱり悲壮感はなかったし、行くのが当然だろうと思ってたよ。徴兵検査で甲種に合格した時も、自慢だと思ったしね。誇りだと。男である以上、軍に行くのは当たり前だと思ってたよ」

そうして「後から必ず行く」と誓って先に行く人々を見送った堀江さん。その見送った人の中に一人、特別に仲の良かった方がいた。その人の名は、金子三郎という。

ひとの運命とは

その名は前回の取材の時にもお聞きしていた。

堀江さんに『今より征く、心中無雑』という一枚の葉書を最期に残し、そして東シナ海に消えた男、福岡県朝倉郡出身の金子三郎、その人だ。

彼と堀江さんとの出会いは予科のクラスでだったという。クラスが同じなことに加えて、同じ一年浪人仲間ということで、軍事教練などを経て意気投合。あまりに仲がよくなって、堀江さんは、大学の近くである神田の小川町に下宿していたのに、金子さんに誘われてわざわざ大学から遠い中野の彼と同じ下宿に住むようになったという。平日には神田の喫茶店でたわいもない話をしたり、昼ごはんを賭けてビリヤード（当時は玉突きと言っていたそうだ）をしたり、映画や寄席にも一緒に行き、土日には武蔵野の郊外にハイキングに行ったりしていて、いつも一緒にいるほど仲が良かったという。

中野の下宿で、金子さん（上）と堀江さん（下）。

しかし、戦争はたやすく二人を引き裂いた。堀江さんは一年遅れの招集だったのに対し、金子さんは先発組にいた。入隊の準備に郷里に帰るという金子さんと、東京に残る堀江さん。二人は昭和一八（一九四三）年秋、紅葉の美しい日光へ旅行に行く。

「金子が郷里に帰る前に旅行に行こうということになってね。中禅寺湖の近くの旅館を取って。その旅館、暖房がなくてね。もう寒くなってたころだったから、本当に困ったよ。あの時はとにかく楽しかった。まあ、これが最後だなんて、思ってなかったしね……」

結局、それが親友だった二人が過ごした最後の時間になる。

その後、郷里に帰った金子さんは海軍に入隊。堀江さんより一年早い軍隊生活へと突入していった。その後、一度だけ金子さんに会える機会が訪れたという。しかし、さっきの話では日光以来は会っていないはずだ。何があったのだろうか。

「いつだったか、金子が横須賀に配属されていたんだよね。それで横須賀なら会いに行けるからといって、鎌倉の駅で待ち合わせしたんだ。だけど、結局来なかった。理由はわからないよ。でも、来なかったんだ。来られなかったのかも、しれないけどね」

そして、堀江さん自身も軍に入隊し、次第に金子さんとの連絡は取れなくなってしまった。そして、八月一五日を迎えた。

「終戦後、居場所がわからなくてとりあえず実家に手紙を出した。でもしばらく返事がなくてね。昭和二一年になってから、手紙が来てね。そこで初めて金子のことを知ったんだ」

その手紙は、金子さんのお父さんからのものだった。そこには、返事が遅れたことに対するお詫びと、金子さんの戦死の報が書かれていたという。

> 「愚息三郎は、昭和二〇年五月三日、黄海（現在の東シナ海）方面の戦線に於いて、戦死致しました。あちこちと復員される姿を見て、今日か明日かとその帰る日を待ちわびて居りました。その望みを全部打ち砕かれてしまいました」

1943（昭和18）年、中野の下宿にて、金子さん。

力なく書かれたその手紙。戦争によって子を亡くした親の叫びが、そこにあった。手紙の実物を見て、私は涙が出そうになった。なぜ、金子さんの命は奪われなければならなかったのだろう。なぜ、こんな悲しい思いをする人を生んでしまったのだろう。その理不尽さが「戦争」なのだろうか。

「うっすらと、感じてはいたけどね」。堀江さんはそう言って少しうつむいた。

その後しばらくして、堀江さんは福岡県朝倉郡の金子さんの実家を訪れ、金子さんの墓前に立った。

「もうね、その時は何とも言いようのない気持ちでした。本当にね。金子の誕生日が私みたいにもし一二月二日より後だったら、今頃元気であの頃みたいに付き合ってたかもしれないね。本当に人生のあやってのはこういうことだよ。人の運命ってのは、そんなもんなんだ」

そう語る堀江さんの目にはかつての友の姿が映っているようで、私は胸を打たれた。そして、堀江さんは金子さんから来た最期の葉書のコピーを私に見せてくださった。

「今より征く、心中無雑、唯盡忠あるのみ　祈健康　さらば」

ただそう記された一枚の葉書を見て、六三年前の現実と壮絶さを、私はその時初めて知った。身震いせざるを得なかった。

ただ一回を生きるために

しかし、前回の取材の時に堀江さんはそのようなことがあった上で、やはり軍隊は必要だとおっしゃっていた。その真意は何なのだろうか。

「『百年兵を養うは、一朝有事のため』という中国の言葉があります。たった一度の有事のために、平和を守るために必要だということだ。私もそう思うんだよ。軍ってのは国にとって最大の無駄遣いだよ。でも、それを自覚した上でたった一回を生きるために軍ってのは必要だと思う。それで、前にも似たようなことを言ったと思うけど、政府はその軍を使わないために最大の努力をするべきだ。結局無駄遣いを無駄遣いのままにしておくのが一番で、本当の瀬戸際の時にだけ使うという選択肢があることが大事だと私は思うよ」

取材後、堀江さん（右）と取材者（左）。

「一回を生きるために」。その一回に奪われた命を知っているからこそ、その言葉には重みがあって、私はその言葉をしっかりとメモ帳に記した。

「尊重し、認め合うことが大事ですよ。人の価値観を否定しない、迎合しない。そうして認め合うことができればね、いいと思いますよ……」

そうして、私の堀江さんへの取材は終わった。

夏の終わり

堀江さんの家を出ると辺りはもう薄暗くなっていて、半袖のシャツを着た私は、少し肌寒さを感じた。堀江さんと奥さんに別れの挨拶をして帰路につく。自転車を押しながら遠ざかっていく私の後ろ姿に、堀江さんが声をかけてくださった。

「また、来てくださいよ。あなたのことは、孫と同じように思ってるんだから。また、来なさいよ。いつでも待ってるから」

「ありがとうございます」。そう言って笑って、私は自転車のペダルをこぎだした。

街の明かりがまぶしい。夏は終わり、秋へと移ろいゆくこの時期。私は、日本の豊かな四季を感じながら自転車を走らせる。堀江さんとの取材を思い出し私は思った。

「この夏、あなたに出会えたことが私にとってとても幸せなことだったと思います。本当に小さな縁での出会いでしたが、あなたに出会えたことで私は多くのことを知り、気付き、感動することができました。豊かな四季を味わっている心の余裕がなかった時代があったこと。多くの友情、愛情が無情にも引き裂かれた時があったこと。多くの尊い犠牲の上に、現在の平和があること。忘れません。そして、きっとまた会いに行きます。その時までどうか、お元気で。本当にありがとうございました」

今回の取材を通して、私は今まで歴史の教科書の上でしか知らなかった「戦争」を、もっとも身近に感じられた。実際にあの時代を生きた大学生の話を聞いたからだと思う。今までは、どんな流れで何が起きてどうなった、という知識でしか知らなかった。しかし、堀江さんに話を聞いていく中で、自分の認識が変わったような気がする。あの空襲で何人が亡くなった、あの戦闘で何人が亡くなった。そういう数ではなくて、そこにいた一人ひとりに家族がいて、大切な人がいて、自由な未来があったということ。そして、それが奪われたということ。その事実に対して、圧倒的なまでのリアリティを私は実感し、平和の尊さを学んだように思う。

赤信号で、いったん停車した。その時私は、あの喧騒にも似たセミの鳴き声が、すっかり聞こえなくなっているのに気づいた。信号が青に変わった。また自転車をこぎ始めた。帰ったら堀江さんにお礼の手紙を書こう。ちょっぴり肌寒い夜風を浴びながら、私は目から涙がこぼれるのを止めることができなかった。

空、陸、海の死線を越えて

——波乱万丈の生涯を生きる現役弁護士

取材者 白川 遼
▼法学部二年

証言者 津田禎三
▼昭和二三（一九四七）年中央大学法学部卒業、元海軍少尉、現役弁護士（取材時、八八歳）

証言者の経歴

大正九（一九二〇）年、大阪府生まれ。
昭和一七年…中央大学法学部入学。
昭和一八年…大竹海兵団入団。
昭和一八年…横須賀武山海兵団入隊。
昭和一九年…海軍航海学校入校。
昭和一九年…海軍少尉任命。
昭和二一年…中央大学復学。
昭和二三年…中央大学卒業。
昭和三六年…司法試験合格。
昭和三八年…大阪弁護士会登録。

取材日

平成二〇（二〇〇八）年七月一四日

はじめに

「戦争」と聞くと、私は戦争映画でよく見かける戦闘シーンが頭に浮かぶ。

兵士たちが勇敢に敵国の軍に攻め込んでいくシーンや、真っ黒な煙が立ち込める海上で、戦闘機に乗り敵艦隊を攻撃するシーン。そして人が爆弾で吹き飛ぶシーン。

私はこのような映画を、楽しみながら見てきた。戦争を体験したことのない私は、そこにリアリティを感じることができないからだ。何となくゲーム感覚でエンターテイメントで、非現実だと割り切っている。映画だからそれでもいいかも、と思ってしまうが、これを戦争体験者が見たら何を思うのか。

現実味が湧かないのは映画だけではない。ニュースで流れる戦争や紛争のシーンも、いま一つ実感が湧いてこない。世界のどこかで、それが起こっているというのに。

戦争を経験したことがないというのは、幸せなことだと思う。しかし、戦争を非現実のものと錯覚してしまうことは、危険なことである。

私が戦争に行った先輩の話を聞きたいと思ったのは、戦争体験を聞き後世に語り継ぐ、という大上段に構えた理由からではなかった。それより、私自身が先輩の話を聞き、その人の戦争を追体験したかったからという思いが強かった。そこには映画で見るような派手さや美談はないかもしれないが、もっと実感を持って戦争を考えることができるようになるのでは、という自分自身への期待があった。

取材へ

二〇〇八年七月一四日、月曜日、午前五時。私は大阪駅に来ていた。私に戦争体験を聞かせてくださる津田禎三さんが、大阪で現役の弁護士をしている方だったからだ。インターネットで偶然津田さんに関するホームページを見つけた友人が、私に彼のことを教えてくれたのだった。ホームページによると、津田さんは、中央大学在籍時に学徒出陣。戦場で壮絶な体験をし、現在は弁護士をしているという。実際に戦争に行ったことのある先輩からお話を伺いたいと思っていた私は、津田さんのお話をぜひとも伺いたくなった。

大阪を訪れるのは初めてだった。津田さんにお会いするという緊張もあり、気持ちが昂って、前日から一睡もすることができなかった。津田さんとの約束は午後二時からなので、まだまだ時間はある。そこで、昼前までは寝ておうと大阪駅前のインターネットカフェに入った。しかし、初めての地で、初めての経験を前に、私の目は冴える一方だった。私は津田さんに関して調べた情報を見返して、彼の戦争体験に思いを巡らせた。津田さんが戦争でどのような体験をしたのか、今、彼は戦争をどう考えているのか。津田さんの戦争を、人生を、すべて聞きたいと改めて思った。

結局一睡もできぬまま、五時間滞在したインターネットカフェを後にして、取材へと向かった。

外はうっすらと雲が出ていたが七月の昼下がりは暑く、汗がシャツに染み込んでいくのを感じた。なにわ橋近くの商店街は人が多くアーケードの下を皆急ぎ足で歩いている。平日の昼過ぎだというのに、大阪は慌ただしい。

大阪の交通量と人の数の多さに圧倒された私は、目的の場所を見つけるまで少し時間がかかってしまった。津田さんの働く法律事務所が入っているというビルは、西天満のビジネス街の一等地に大きくそびえ立っていた。

約束の午後二時が近づき、私はそのビルの一階に入った。中にいるのは皆スーツ姿の社会人だ。私服だった私は恥ずかしくなり、思わずうつむいてしまった。

約束の時間の少し前になり、ビルの一二階に上がった。エレベーターを出て廊下を少し歩いたところにその法律事務所はあった。「なにわ橋法律事務所」だ。

緊張しながらドアを開けると、受付には若い女性の方が立っている。津田さんにお話を伺う旨を伝えると、すぐに部屋を案内してくれた。私はその部屋で五時間以上滞在することになる。普段津田さんはここで依頼人から相談を受けているのだろうか、などと思いながら部屋を見渡すと、壁に備え付けてある本棚に、法律書がびっしりと並んでいるのに気がついた。その本棚と反対側の窓を見ると、そこからは大阪の街並みが一望できた。目の前を川が流れていて、そこにかかる橋の上を車が絶えず走っていた。川の向こうを見ると、たくさんのビルが立ち並んでいる。私の住む東京の風景と変わらない気もして、何だか心が落ち着いてきた。

椅子に座って少し経った頃、スーツ姿の津田さんが入ってきた。八八歳のご高齢だとは思えないほど、動作が機敏で口調もはっきりとしていた。

「はじめまして、津田です」

威厳がありながら、その顔は穏やかだった。弁護士をやっているだけあり人と話すことに慣れているように思えた。

「はじめまして。中央大学法学部二年の白川です」

津田さんとは裏腹に、私の自己紹介は何ともたどたどしかった。緊張している私に、津田さんはまず、私と彼の共通点である、中央大学の話をしてくださった。

津田さんは昭和一七（一九四二）年、中央大学法学部に入学した。二年生の時に学徒出陣するが、戦後復学、昭和二二年に卒業した。私の入学が平成一九（二〇〇七）年だから、六五年先輩だ。津田さんは中央大学卒業後転職を繰り返し、四三歳で弁護士になった。現在大阪で弁護士をしながら、中央大学学員会の大阪支部にも参加されるなど、大変活発な方である。

取材した部屋の窓から見える風景。

私が初めて津田さんに電話をした時、「私の後輩ということになりますな」と言ってくださったのを思い出した。中央大学の先輩・後輩という細い糸によって、今回出会うことができたのだ、という実感が湧いてきた。津田さんの戦争体験、人生を聞こう、と気合いが入った。

少し大学に関する話をしたところで私の緊張もほぐれ、本題に入った。津田さんの人生を年代ごとに追って話を聞いていくことにした。

生い立ち

津田さんは一九二〇（大正九）年、大阪で五人兄弟の末っ子として生まれた。父が弁護士をしており、厳しい人だったという。津田さんが三歳の時に、父の弁護士事務所と暴力団の間で民事事件をめぐるトラブルが発生したため、彼は和歌山県桃山町（当時は安樂川村神田）の親戚の家に避難させられ、抗争が二カ月で収まった後も、小学校に上がるまでそこで生活した。

田舎育ちだったこともあり、大阪に戻って入学した西天満小学校ではガキ大将だったという。

小学校を卒業後、津田さんは名門、旧制北野中学に入学した。しかし、その北野中学で病欠や成績不振、素行不良のため二度の落第を経験した。その後、北野中学五年次に、新しく就任した校長に直談判で辞任を迫ったため、放校処分となり、処分が下る前に自ら退学した。

「校長が学校のピアノを私物化したり、評判のいい先生を辞めさせたりしていた。それはあかんということで、校長室に一人で乗り込んでいったんや。普通は徒党を組んでやるもんだけどな」

津田さんは臆面もなく、校長に辞任を迫ったという。現在弁護士である津田さんは、当時から正義感が強かったということがわかる。

「今はその放校された北野中学校（現在の北野高校）で、理事をやっとるよ」

と、からからと豪快に笑いながら話した。

中央大学入学

旧制北野中学を中退したものの、津田さんは親友から説教され、旧制高等学校に行くことを決意した。北は青森から南は高知まで、試験を受けたものの、不合格。そして、親友が「中央大学は弁護士を多く輩出している名門だ」と言って受験手続をしておいてくれた中央大学予科に受験し、合格。昭和一五（一九四〇）年のことである。津田さんは名前も聞いたことのなかった中央大学予科に入学する。中央大学予科では朝鮮半島出身の学生が多く、友人にも多かったが、戦争が進むにつれ、母国に帰っていったという。

時代は太平洋戦争へ向かうころで、学内では軍事教練も熱心に行われていたそうだ。

その後、津田さんは予科を卒業し、中央大学法学部へと入学する。昭和一七年一〇月のことだ。

中央大学ではどのような生活を送っていたのだろうか。津田さんが学生だった頃、中央大学は駿河台校舎にあった。そこでの思い出は多いという。

「新宿によく遊びに行って、中村屋といううまいカレー屋に食べに行ったな。朝鮮半島出身の友達も連れて行ったしな」

津田さんは当時のことを楽しそうに話した。また、大学ではグループに分かれて機関誌のようなものを出していたそうだ。津田さんは「単純の論理」など、哲学のことを書いたという。在学中は政治に対してはあまり関心がなく、哲学の本を読みあさっていたそうだ。

津田さんも私たちと変わらず、大学生活を満喫していたことがわかる。

一方で、その頃の日本はというと、昭和一七年六月五日のミッドウェー海戦で日本が大敗し、以降戦局が悪化する、ちょうどその時であった。そこから日本は、ガダルカナル島撤退、アッツ島での守備隊全滅と、敗北の一途をたどることになる。

法学部の二回生の時に学生の徴兵猶予が停止され、津田さんのところにも召集令状が届いた。学徒出陣が決まったのだ。この時の心境を聞くと、津田さんは次のように答えた。

「嬉しくもなく、悲しくもなかった。当然のことと思っていたから恐怖心もなかった。死ぬことが嫌だとか、そういうことも考えなかったしな。日本のために戦いに行くんだ、親や兄弟を守るんだ、と覚悟していた」

津田さんはこの時に、日本が負けているということも何となくわかっていたという。学生の間では、いろいろな情報が出回っていたのだそうだ。

「大本営発表通りの楽観的な考えはなかった。学生の徴兵猶予が停止されるというのは、普通のことではないからね。日本もたいへんなことになった。家族を、日本を守らなあかんと思っていた」

津田さんの語気に少し力が入った気がした。やはりこの時代、国民には、お国のため、という精神が少なからず浸透していたのだろう。

出征の時、津田さんは当時両親が住んでいた甲子園にある神社で、見送られた。津田さんの母は、涙を流していたという。

「母は思っていることを言わんかったけど、見送る時も帰ってきた時も、いつも涙を流しとったなー。あーこれで見納めかと思った。母はわしが戦争に行ってから毎日お百度参りしていたと、後から聞いたよ」

雨の壮行会――神宮外苑で

津田さんは、雨の中、明治神宮で行われた壮行会で、中央大学の学生とともに行進した。東条英機の演説のことは覚えていないというが、その時も、日本を、家族を守るんだ、という思いを持ち続け、死への恐怖心はなかったそうだ。戦争に行くことに何の抵抗もなく、死への恐怖心も湧かないというのは私には信じ難かった。だが、津田さんが強がっているようには見えなかった。

学徒出陣した津田さんは、呉の大竹海兵団で約五〇日間の二等水兵生活を経て、昭和一九（一九四四）年二月、横須賀武山海兵団に海軍兵科第四期予備学生として入隊する。ここで六カ月の基礎訓練を受け、海軍航海学校へ入校。一二月には卒業し、少尉に任官する。

武山海兵団の学生隊に入った時、津田さんは苦い思いをしたという。

「私が学生隊に入った時、その中での順位が学校の格付け順だったんよ。だから中央大学の私は末席のほうだわ。こんちくしょうと思ったね」

私は思わず苦笑してしまった。このころも大学のランクがついていたのかと思うと、今と変わらないところもあったようだ。

しかし、その後の試験で成績優秀だった津田さんは、海軍航海学校では一分隊三班の班長になる。そして、海軍航海学校を卒業して少尉に任官する際、数千人以上いる学生隊全員の中での順位は何と四番だったという。ここからも、現在弁護士をしている津田さんの聡明さと意気込みがうかがえる。

一度目の遭難 —— 空

少尉に任官した津田さんは、すぐに駆逐艦「梅」への乗り組みを命ぜられる。その時は家族との面会も許されなかったという。

「梅」はそのころ、フィリピンから動けない状態になっていたそうだ。そこで津田さんたちは大きな二式飛行艇に乗って、中佐や大尉、海軍報道班員とともに、任官したばかりの少尉たち総勢三五名で、フィリピンに向けて横浜を後にした。

その頃の日本の戦況は最悪だった。昭和一九(一九四四)年七月、サイパン島で日本守備隊玉砕、八月グアム・テニアン島で日本軍全滅、一〇月には台湾沖航空戦で日本軍敗北、また比島沖海戦で戦艦「武蔵」が空母「瑞鶴」、「瑞鳳」とともに沈没するなど、負け戦の連続だった。

そんなことを知らずに津田さんは、自分の身にこの後何が起こるのか、想像もせずにいた。

津田さんはこの戦争で、三度の苦難を乗り越えることになる。

フィリピンへ飛び立った飛行艇は、鹿児島の鹿屋で一泊した後、台湾の東港へと向かった。東港の水上基地へ着水状態へと入った時、第一の苦難がやってきた。飛行艇が着水ミスをしたのだ。突如飛行艇は海面へと叩きつけられ、一度空中へバウンドし、その後急速にまた海面へと落下した。機体は途中、空中でまっ二つに折れ、津田さんは折れ目から放り出されたのだ。

「おもちゃ箱をひっくり返したようだったな。あー落ちる、と思ったね。落ちたのが海だったからよかったけど」

機体から放り出された津田さんは、一二月のなまあたたかい台湾の海へと落下した。運よく海面と垂直に落下したため、無傷だったそうだ。

「海面に浮き上がってまわりを見たら、飛行機の破片がいっぱい浮いていてね、飛行機の油も浮いとるし、すさまじい状態だったわ」

津田さんが飛行機の破片につかまっていると、折れた飛行機の残骸が沈んでいくところを見たという。

「沈んでいく飛行機をみたら、中に人がおるわけや。中でもがいて、風防を叩いているから、こらあかんと思って近寄って風防を手で叩いたね。神様、と思いながら風防に頭を叩きつけた。わしも海ん中におるわけやから力が入らなくて、飛行機はそのまま沈んで行っちゃった。これは本当に、思い出すとつらいね。よう助けんで許してくれっちゅう思いやね……」

大阪の市街を見渡せる窓の外を見つめながら、重い口調で語る津田さんは本当に辛そうだった。戦闘ではなくとも悲劇はあったのだ。

「今でも時々、ハッと戦争のことを思い出すんだけど、決まって最初にこの飛行艇の着水ミスのことが思い出される。最近はほとんど思い出さなくなったけどな」

津田さんがこの時に心に受けた傷は、想像し難いほど深かったようだ。人が死ぬ瞬間を見ることはおろか、身近な人の死さえ経験したことのない私にとって、この話は衝撃的だった。

取材風景。

その後、津田さんは救助艇によって救出されたが、飛行艇の油にまみれて体中火ぶくれになった。この時の火傷の痕は、戦後何年も消えなかったという。

二度目の遭難――陸

台湾東港の基地病院で手当てを受けた津田さんは、その後十数日間を宿舎でのどかに過ごした。そして夜になると、若い少尉たちとともに東港で唯一のレス（海軍士官専用の料

海軍時代の津田さん（右）。

亭）に出かけたという。

そうして暮らしているうちに、津田さんの乗るはずだった「梅」がフィリピンを脱出して、台湾の高雄に帰港した。ついに、津田さんは駆逐艦「梅」の乗艦命令を受け、高雄に単身移動する。

高雄に着いて「梅」が作戦実行から帰ってくるのを待つ間に、津田さんは二度目の遭難をすることになる。

津田さんは高雄の市街地で、敵機が港湾部へ空襲しているのを見物していた時、敵機がいきなり市街地めがけてやってきて、小型爆弾を投下した。それが、津田さんが飛び込んだ建物にちょうど命中したのだ。建物は崩壊した。しかし、津田さんは瓦礫の下で柱と柱の間に挟まり、またしても奇跡的に無事だったのだ。

「自分は悪運が強い」

津田さんは平然と言った。

三度目の遭難 ―― 海

ようやく「梅」が台湾に帰港し、彼は艦上の人となった。「梅」は終戦間近の昭和一九（一九四四）年六月に竣工された、小型低速の戦時増産型簡易艦であり、軟鋼材を使用しているために装甲が薄かった。「梅」は、他の木の名前がついた駆逐艦とともに、別名「雑木林」とも呼ばれたそうだ。

「梅」では将校が不足していたため、彼は航海士兼通信士兼機銃群指揮官兼第四分隊士（航海分隊）と、一人で四役を任ぜられた。

彼が任官した昭和二〇年の一月というと、米軍の日本本土侵攻に備えて、大本営が本土決戦計画を決定した頃である。本土では米軍による爆撃が日に日に多くなっていた。

津田さんは「梅」に乗り、機銃群を指揮する日々が続いた。作戦行動は夜が多く、物資の輸送、護衛、特殊連絡などを実行した。そして一月も終わりに近づいたある日、第三八戦隊司令部から極秘の作戦命令が届いた。アパリ作戦の命令だ。この作戦は、僚艦二隻、戦闘機三機とともに、フィリピン・ルソン島北端の港であるアパリに集結した陸海空軍の航空要員を救出するというものである。この作戦で、津田さんは三度目の遭難をすることになる。

一月三一日未明に出発した「梅」と僚艦二隻はアパリを目指し航海を続けた。そしてバシー海峡に入った頃、津田さんは左後方から三機の飛行機が近づいてくるのを見たという。味方戦闘機だと思った津田さんは、すぐに艦長に報告した。しかしこれは間違いだった。実はこの三機の飛行機は米軍の爆撃機だったのだ。「日本軍の無線の暗号は解読されていたのかもしれない」。すぐに戦闘が始まった。

「梅」は敵機より集中攻撃を受け、津田さんの周りで兵士がばたばたと倒れていった。そしてついに、津田さんの近くでも爆弾が炸裂した。次の瞬間、気がつくと周りは血の海だったという。津田さんは弾片で両脚をやられた。右足は貫通で骨が折れ、両脚に爆弾の破片が七つささった。この傷により津田さんは、現在戦傷病者手帳を持っている。爆弾の破片は今でもひざ下にあり、傷跡もはっきりと残っている。津田さんは大きくへこんで残っているその傷跡を見せてくれた。

「爆弾の破片はわしのおなかにも飛んできた。だけど腹巻を何重にも巻いていてね。最後の一枚のところで止まってたんや」

津田さんは平然と話したが、私は驚きと恐怖の連続だった。今津田さんが私の目の前に立っていること自体、幸運なことに思えてしまう。

激しい攻撃を受けた「梅」はその後沈没した。津田さんはその際、先任将校の命令で、唯一無傷で残ったカッター（手漕ぎボート）に乗り、機密書類をすべて持って艦から離れるよう命じられた。足をやられた津田さんは、体をロープに巻かれて持ち上げられ、船に乗ったそうだ。一二人の兵士を指揮して船を漕がせ、ようやく沈んでいく「梅」から離れた。

僚艦二隻は中破、小破であったため、その船によって津田さんの乗ったカッターは無事救出された。しかし、「梅」の乗組員の半数以上が南海の底へと消えたそうだ。

「救出された人はみんな甲板に寝かされるんだけど、足がとんでるものやら腕がない者やらで、ひどいもんや。救出されたけど、その場で死んでいく者もおるしね」

津田さんはそう言って、また窓の外を見つめた。津田さんは若くして、死と隣り合わせの体験を何度もした。想像を絶するこの体験は、今の私が当事者なら、きっと耐えられないだろう。

窓の外をぼんやりと見続けたまま、津田さんは続けた。

「死んでいく人はみんな『天皇陛下万歳』って言うて死んでいくと思っているかもしれないけど、わしね、死んでいく人はたくさん見てきたけど『天皇陛下万歳』言うて死ぬ人を一人も聞かなんだわ。何か言うて死ぬ人見たのは二人きりだ。何て言うたと思う。『お母さん』や。一人は若い子で、一人はわりかし年が上やったな。やっぱりそういう時（死ぬ時）に思うのは、母親なんやなー。それを聞いた時は涙が出たね」

声を低くして、「お母さん」という津田さんの言葉に、胸が苦しくなった。軍人もやはり人の子だ。最後に思い出すのは母親なのだろう。その気持ちは私にも何となくわかる気がする。私が中学生だった時に映画で見た、「お母さん」と言って死ぬ兵士のシーンがふと頭をよぎった。

傷を負った津田さんは高雄海軍病院で応急手当を受けた後、病院船高砂丸で台湾海峡を北上し、二月に別府の海軍病院へと送られた。

津田さんは病院船・高砂丸で日本内地に帰る時、初めて恐怖心を覚えたという。

「ものすごい恐怖に駆られたのはこの時や。これで内地に帰れる。生きて帰れる。どうせ自分は戦争で死ぬと思うてて、覚悟はできていたから死ぬことは怖くなかった。だけど、この船がもし攻撃されたら戦うすべがない。そう思うと怖くてあぶら汗が出てきたな」

津田さんは、敵に襲われてしまうと、病院船では戦うこともできなくなることに恐怖心が湧いたのだ。内地に帰れるという安堵感とともに、無防備な病院船では何もできないという無力感による恐怖が津田さんを襲ったのだ。

戦時中、米軍によって病院船が襲われることも、たびたびあったそうだ。だが、この時は米軍から攻撃も受けず津田さんは無事に内地に帰ることができた。

津田さんは、大分県別府市の海軍病院生活での生活を、こう語った。

「右足が折れてるから首から吊って、戦友と別府の町を松葉杖で歩いていたんよ。そしたら町の人が『兵隊さんご苦労様でした』言うて握り飯をくれたりしたな。別府の海軍病院では、笑顔だったたな」

終戦、復学、そして

津田さんは海軍病院で終戦を迎えることになる。

玉音放送を聞いた時のことを尋ねると、意外な答えが返ってきた。

「特別な驚きはなかったな。負け戦ばっかりやっていたしな。ただ、大阪の基地でも行って腹切らなあかんのかな、腹切ったってしょうがないしな、なんて考えてた。だからわし、基地にはもう行かなかった」

『国民は玉音放送を涙ながらに聞いた』というイメージが強い私は、津田さんの言葉に驚いた。津田さんは敗戦に対して、あまり悲しさは感じていないようだった。戦場にいたのだから、日本の行く末を肌で感じていたのかもしれない。

戦争が終わってから、津田さんは中尉へと昇格した。

「戦争が終わってから中尉になってんねん。だから『ポツダム中尉』っちゅうねん」

津田さんは笑いながら言った。

別府の海軍病院を退院した津田さんは、紀州の山奥でしばらく過ごす。突いていた松葉杖は二本から一本となり、それがやがてステッキへと代わった。そして昭和二一（一九四六）年四月、東京の中央大学へと復学した。

実は戦争に行く前に結婚していたという津田さんは、食べていくために働く必要があった。そこで、同じ法学部の友人とともに、西荻窪で果物屋を開いたそうだ。津田さんはそこで商売をしながら大学へと通った。

昭和二二年九月に、中央大学を卒業。果物屋をすでに店じまいしていた津田さんは、大阪通産局の石炭課で「熱管理監査官」として勤めたり、大和ペイント株式会社という塗料会社を起こして社長をしたりと、転職を繰り返した。

現役弁護士の津田さん。

そして昭和三〇年、津田さんはついに現在の職業である弁護士を志す。自分は金を儲けようとする商人に向いていない、と感じたそうだ。厳格な父にどうにか許しを請い、父の法律事務所で事務の仕事をしながら司法試験の勉強に励んだ。五回試験で失敗し、六回目で合格。その二年後に晴れて弁護士となる。四三歳の時だ。それから八八歳の現在まで弁護士をやり続けている。

取材中に、「誰かのために、何かのために」という言葉を繰り返した津田さん。まさに、弁護士という仕事がお似合いだと私は思った。津田さん自身も、弁護士という仕事が大好きだという。

「わしは、生涯現役だよ」。津田さんは、笑いながら言った。

戦争を、人生を振り返って

ここまで一通り人生について聞いたところで、津田さんは戦争をこう振り返った。

「私は戦争で、短期間だけれどもいろいろな経験をした。いろいろな人と出会って、たくさんの周りの人が死んでいった。友人も平和な時にできる友とは違うしな。生きるか死ぬかをともにした友だから、戦後も助け合ってきて深い仲やしな。今も戦争でできた人脈が続いとる。だからわしは青春を戦争に費やしたことを後悔したことがない」

戦争というと、私はどうしても負のイメージが浮かんでしまう。しかし津田さんは、ご自身の戦争体験を決して否定的には見ていない。青春時代に生きるか死ぬかの中で培った友人との関係は、私が考えている以上に深い。津田さんはまた、まっすぐ私の眼を見て次のように言った。

「戦争はしたくないし、やるべきではない。しかし、もしも日本に対して土足で上がってくる国があるようなら、私はいくつになっても銃を持って立ち上がる」

この言葉はとても印象深かった。「自分は決して愛国主義者ではない」というが、日本を思う心は強い。しかし、決して他国を否定しているわけではない。戦った敵国の兵士に対する思いを聞くと、

「恨みはないなー。向こうもやりたくてしたわけじゃないからな」

太平洋戦争時代、軍や政府は敵国を『鬼畜米英』と称し日本国民の敵愾心を煽ったと中学、高校時代に習った。『鬼畜米英』とまで言われた敵国兵士に対し津田さんが恨みを持っていないというのは、軍政下でも津田さんは決して自分を見失ってはいなかったことを意味するのかもしれない。

若者よ、情熱を燃やせ

「戦争の苦難を乗り越えてきたことが心の支え」という津田さんは、今も前向きに生きている。現代の若者について、こう評した。

「若い人は自分の思っていることを言わないし、無関心だな」

若者は常に第三者的な見方をしていて、何ごとにも無関心なように感じるという。私はこれを聞いて少しばつが悪

かった。津田さんのこの言葉は、私にも当てはまるからだ。私は国内外の政治に対して関心が薄く、もうすぐ二〇歳になるというのに選挙について考えたこともほとんどない。どこかで事件が起きても、「あーそんな事件が起きたのか」で終わってしまう。今までこんな自分に何の違和感もなく生きてきたことが恥ずかしくなる。そんな私のような若者に対して、津田さんは次のようなメッセージをくれた。

「若者よ、もっと情熱を燃やせ。誰かのために、何かのために」

津田さんの言葉には、情熱がこもっていた。この言葉には、戦争体験の話とはまた違った重みを感じた。

情熱を失わずに、戦争時代を、そして戦後を生きてきた津田さんは、「人生は楽しかったし、これからも楽しみたい」と語る。津田さんはとことん前向きだ。

一九歳の私は、八八歳の津田さんから情熱をもらった気がした。

取材を終えて

取材が終わった時、窓の外は暗く、時計の針は午後七時を回っていた。私と津田さんはその後もしばらく雑談を交わし、一緒に記念写真を撮るなど、楽しいひと時を過ごした。そして最後に、エレベーターのところまで見送りにきてくださった津田さんは、「何かあったらまた来なさい。今度は飯でも食いながら話そう」と笑顔で声をかけてくれた。その時、私と津田さんの関係は、本当に大学の先輩と後輩の関係になっていることに気づいた。初めてお会いして、まだ六時間もたっていないというのに。私は何か、人生の大先輩の友人ができたような気がして、嬉しい気分になった。

津田さんと取材者（左）。

津田さんの戦争を、人生を追体験したことで、この先私の人生が変わるかどうかはわからない。しかし明日から、いや今から情熱をもって何ごとにも頑張って生きていこう。私はそんな前向きな気分で、酔客で溢れる夜の大阪を後にした。

青春の軍隊生活

取材者　平野実季
▼中央大学総合政策学部国際政策文化学科二年

×

証言者　小椰《おなぎ》　稔《みのる》
▼元海軍飛行予科練習生（甲種）、昭和二四（一九四九）年、中央大学商学部卒業（取材時、八〇歳）

証言者の経歴

昭和三（一九二八）年二月一日、千葉県で生まれる。
昭和一八年…甲種予科飛行練習生になり、茨城・土浦で訓練。
昭和一九年…三月、卒業し、青森・大湊へ配属。
昭和二〇年…中央大学商学部入学。
昭和二四年…中央大学商学部卒業。
昭和二八年…中央大学経理研究所に就職。

取材日

二〇〇八年八月三日、八月二三日

はじめに

高校生の時に、課題研究という授業で、私は太平洋戦争当時のことについて調べた。そこで「もし、私がこの時代に生きていたら、どういう思いで過ごすだろうか」、「その時代を生きた人々はどう感じたのだろうか」という疑問が湧いてきて、「その時代を生きた人たちに話を聞いてみたい」と思った。しかし、その思いを行動に移すことはなく、私の高校生活は終わった。

私がこの時思ったのは、本では出来事や誰かがまとめた概要はわかっても、その当時の人々がどう感じていたのかはわからないということだった。いつかは聞いてみたいと思いながらも、戦争体験というデリケートなテーマについて体験者から話を聞くことに抵抗もあり、どうすれば良いかわからないままだった。

取材まで

大学入学後、ゼミ活動を通して、戦争を体験された中央大学の先輩にお話をお聞きする機会を幸運にも得た。その方が、今回の取材対象者である小椰《おなぎ》稔さん（取材時八〇歳）だった。取材を依頼するため、小椰さんのご自宅に『中央評論』（中央大学出版部発行の季刊誌。戦争の時代を生き抜いた先輩たち一一名にインタビューをしたルポルタージュが、第二六三号の特集として掲載された）や今回取材させてもらいたいという手紙を送ることにした。二〇〇八年七月一〇日のことだ。

年配の方に個人的に手紙を送るということは初めてだったので、どう書き出したらよいのかわからなかった。シンプルな白い縦書きの便箋を購入し、直筆で手紙を書くことにした。小椰さんを紹介してもらった先輩の話によると、小椰さんは大変礼儀正しい方であるらしい。敬語はこれであっているだろうか。自分の文章に自信の持てないままであったが、言いたいことが伝われば大丈夫だと、最後は信じて送ることにした。

最近、パソコンを使うことが多くなった私は、昔習っていた習字をするような緊張感で、筆を執った。久しぶりに背筋が伸びるような気持ちだった。

手紙に、「後日電話をおかけしたい」と記したが、手紙を送るのにこれだけ緊張するのだ。「どう電話しよう、何て言おう」と、そわそわしていた。

翌日。帰りの電車を待ち、ホームにいる時だった。見知らぬ番号から電話がきた。電話に出ると「もしもし、小椰ですが……」。私は、不意打ちにあい、思わずたじろいだ。何と小榔さんからだった。念のため記しておいた、私の連絡先を見たようだった。

「手紙を拝見したんだけどね、自分は（対象者として）あなた方の主旨とは違うと思うんだがね……」

小榔さんは、私が学徒出陣された方の話を聞きたいのではないのかと察されたようだった。

「自分は、旧制中学生の時に軍隊に志願して、中央大学には戦後入学なんだよ」

私は「それでもまったく構わないです。ぜひ、お話を聞かせてください。戦争の時代を生きてこられた人にお話を聞きたいのです」と再度お願いし、八月三日に取材させて頂くこととなった。「ありがとうございました」とお礼を言って電話を切った。

電話を切った後、こんなに早く連絡をくれた小榔さんに感謝すると同時に、無事に取材の日程が決まりほっとした。そして、大学よりもっと若い、まさに「青春」と言える旧制中学校時代に戦争を経験した小榔さんの話を聞けることが嬉しかった。私は帰りの電車の中で、取材でどんな話が聞けるのか、思いを巡らせていた。

取材

「まだ先のことだ」と思っていた八月三日。試験やら何やらでばたばたしているうちに、あっという間に取材の日が来た。

考えた質問事項とデジタルカメラを用意して「他に何かあったかな……」と心配になりながらも、目的地に向かった。東急目黒線大岡山駅。商店街を通り抜け、閑静な住宅街に入る。私が住んでいるところは一〇階以上のマンションが密集しているため、一軒家の立ち並ぶ街を歩くだけで、何となく高級な感じがした。

その日は、太陽が容赦なく照りつける、まさに真夏日であった。三〇度を超える暑さの中、三〇分ほど歩いただろうか。途中で道に迷った。親切に道を教えてくれた人に助けられ、少し遅れてしまったが小榔さんの家にたどり着いた。玄関のドアを開け、「お邪魔します」と挨拶をして顔を上げると、目の前に薄い黄色の服を着た男性が立っていた。小榔さんは、白髪が印象的で姿勢が良い。

「どうぞ。大岡山から来たの？　ご苦労だったね」と案内してくれた。「いらっしゃい」と奥さんも声をかけてくださった。そして、毛並みの綺麗にそろった茶色のトイプードルも迎えてくれた。目をキラキラさせ、こちらに寄ってくる。まるでぬいぐるみみたいなかわいさだ。

居間に案内して頂き、お土産を渡した。「お土産？ そんな気を遣わなくていいのに」と気さくな感じで笑ってくださった。居間のソファに座ると、自己紹介をする間もなく取材が始まった。取材を頼む手紙とともに送った『中央評論』を読んでくださったようで、感想などいろいろ話してくださった。

旧制中学校の時に軍隊に志願したことしか知らなかったが、話を聞いてみると、どうやら彼は海軍に入隊したらしい。

幼い頃

千葉県出身の小栁さんは、昭和三（一九二八）年二月一日生まれで、現在は目黒区の剣道連盟の会長を務めている。以前、百科事典『アポロ百科事典』（平凡社、一九六九年）にお手本の写真として載ったことがあるほどの腕前だ。戦時中できない時期があったものの、父親の影響で四歳の時から剣道を続けていて、大変健康そうであった。

六歳の時に、現在お住まいの目黒区に移り、以来この場所に住んでいるそうだ。

彼の小さい頃の夢は「お坊さん」になることだった。なぜ、お坊さんなのだろうか。

「町でお坊さんを見かけることがあったんだけど、何かひょうひょうとして格好良く見えてしまったんだよね、なぜか」

そして、中学はお坊さんになるべく仏教系の学校へ進学した。そこでは、仏教の勉強をし、いくつかお寺に修行に行ったそうだ。しかし、時代は戦争へと向っていった。

「勤労動員で働きに出たよ。ミーリングと言って、歯車を作る仕事をやったんだ」

歯車を計算して作る作業で、失敗したものを機械に入れると他の歯車も壊れるらしい。中学生にとっては、高度な技術を要するものだったのではないかと私は思ったが、周りには、同級生や女学生がいて「お国のために」という気持ちで働いていたと言う。

勤労動員のために、ろくに学校に行けない日々が続いていたある日、彼が信頼していたという先生に呼び出された。

「君は、坊主にはなれない」

そう告げられた。一体なぜなのか、理由がわからない彼が聞くと、「君は気骨が良いし、軍隊に志願しなさい」と勧められたという。

あまりに急な出来事に混乱した彼は、それから一週間悩んで結論を出した。

「坊主にはなれない」

先生がそういった本当の理由は戦後わかることになるわけだが、とにかく、その一言が、彼の心にショックを与えた。勤労動員のため学校でまともに勉強ができないし、なぜかわからないが、どうせお坊さんになれないのなら、軍隊に入ろう。そう決心したという。

一五歳の彼は、自分の夢を諦めて、軍隊に入ることにした。軍隊に入ることに戸惑いはなかったのだろうか。

「もう、そう決心したら、今度は海軍に入ろうと志願したよ。時代の流れを見ていても、軍隊に行く以外なかったよね」

小さい頃から軍事教育を受けていた彼にとって、そこで軍隊に入らないという選択肢は思いつかなかったという。それから、陸軍で地を走るより船や飛行機に乗る海軍が魅力的だと思っていた彼は「陸軍か、海軍なら、絶対に海軍に行きたい」と心を決め、試験を受けた。彼は、一五歳で甲種飛行予科練習生[*]になり、終戦まで海軍の軍人として過ごすことになる。

（*甲種飛行予科練習生▼飛行兵になるための訓練を受けた練習生。昭和一二年、航空戦力の急速な拡充のため、搭乗員の大量養成が必要になった。そこで、中学生（旧制）四学年一学期修了以上（後に三学年修了程度）の学力を有する志願者から採用する甲種飛行予科練習生制度が設けられた。年齢は満一五歳以上二〇歳未満。）

試験

海軍の試験は、陸軍より倍率が高く、いわゆるエリートなのだそうだ。一次試験は、数学、物理、国語など。飛行機乗りになるのに、そんなに幅広い知識が必要なのだろうかと疑問に思うくらいだ。二次試験は、三重で三日間の飛行適性検査が行われた。回転椅子に座ってグルグルと回されてから、きちんと前を向いて立てるかの検査。他に視力検査もあったが、その時の彼の視力は二・五あったというから驚きだ。

私は、試験内容を聞いているうちに、運動神経の悪い自分には無理だと思ってきた。その思いは、それからの訓練の話を聞くうちに「絶対に無理だ」に変わっていくのだが……。

この三日間の試験では、どんどん帰路につくものが多くなる。適性がないと判断された者は、帰るように言い渡されたそうだ。軍隊に入る前からサバイバル、そんな感じだ。

「ある日、試験を受けた人の招集があった時、僕の名前が呼ばれなくてね、落ちたかな、と思ったんだな。でも、『名前を呼ばれたものは帰りなさい』ということだったんだよね」

もう半世紀も前のことだが、記憶は鮮明に残っているようだ。軍隊の話をする小椰さんの表情は、実に生き生きしているように感じられた。

無事に試験に合格すると、甲種飛行予科練習生として茨城県の土浦で学ぶことになる。家に帰って母に報告すると「あぁ、そう」とだけ言われたそうだ。

他に言うことはなかったのだろうか。父親も同じように無言で了承した。私には、あまりにもあっさりしているように感じられた。

入隊が決まると

小椰さんは、はじめに紹介したように小さい頃から現在に至るまで剣道を続けている。入隊の決まったある日、いつものように小椰さんが剣道の道場に行くと、こんなことがあったという。彼の通う道場には、日本一と言われるほど腕のあるN先生がいたのだが、その日に突然、N先生が他の人を道場から追い出した。道場には、先生と小椰さんの二人。

「君は死ぬんだから、本物を見せてやる」

そういうと、竹刀ではなく真剣を手に持ち、演武を始めたという。それは普段人の前では行わない、居合道の大変貴重な演武だったそうだ。しかし、彼には「クルクル動いている」ふうにしか見えなかった。一五歳の少年は「これから死ぬんだ」と言われたことをどう思ったのだろうか。

先生の凄い演武よりも、私はその言葉のほうが大きかったのではないか思う。頭ではわかっていても、直接口にされると、より一層厳しく感じることがある。自分の死を公然と口に出して言われることを、その年でどう受け止めたのだろうか。

「時代の流れだからしょうがない。軍隊に行ったら、死にに行くんだよ」

この言葉は、取材中に何度か出てきた。

それから、近所の五〇人くらいの人が集まって壮行会が行われた。近所を行進してから、神社にたどり着く。

「近所の八幡神社で、『行って帰ります』ではなくて『行きます』と言った。あと、勤労動員がない頃を見計らって、学校で全校集会が開かれて『軍隊に行きます』と、宣言したね」

「行きます」という言葉。そこに、生きて帰るという意味は存在しないという。少年たちにさえ死を覚悟することを当たり前に強いる、そんな社会だったのだろう。

―土浦での予科練生活―

小梛さんは、アルバムを持ってきて見せてくださった。

小梛さん。
五省《ごせい》。毎日のように唱えたという海軍教育に用いられた自戒の言葉。
一．至誠《しせい》に悖《もと》るなかりしか（真心に反していなかったか）
一．言行に恥づるなかりしか（言行に不一致な点はなかったか）
一．気力に欠《か》くるなかりしか（精神力は十分であったか）
一．努力に憾《うら》みなかりしか（十分に努力はしたか）
一．不精に亘《わた》るなかりしか（最後まで手を抜かなかったか）

開いてみると、たくさんの白黒写真が、大切に保管されている。海軍時代の写真。ご本人が写っているものもあれば、訓練の様子がうかがえる写真まで揃っていた。

一万メートル走だったり、「カッター」といって重い櫂《かい》を動かしてボートを漕いでいるところだったり、軍隊での生活の一面が垣間見える写真が、並んでいる。その中で印象的だったのが、並んだ少年の体の上を、一人の少年が飛んでいる瞬間を捉えた写真。思わず、「これは、何をしているところでしょうか」と聞いた。

「踏み切り台を使って、一二人の少年を飛び越えて、向こう側に手をついて、クルッと一回転して、着地しなくちゃいけないの、みんな」

「えーっ」

運動神経の悪い私は、この時「絶対に無理だ」と思った。まるで、体操選手のようだ。そんな、運動神経を持った人たちの集まりだったとは。さらに「『バッター』といって、上官に毎日四〇回バットでケツを殴られるんだよ。だから、みんなケツが黒かった」そうだ。

私は、軍の中で上官によるビンタなどの暴力があった話は聞いたことがあるが、そういう暴力というのは、上官の気まぐれで行われるものだとばかり思っていた。しかし、彼の話では、毎日の訓練のカリキュラムの中に含まれているような形であるというではないか。驚いた。きっと苦痛でしょうがなかっただろう。

「辛くも、何ともないよ。精神的にはね。どうせ叩かれるなら、いつも一番にやられてやろうと思ってね。まぁ、痛いことは痛いけどね」

想像を絶する生活。絶対耐えられない、逃げ出したい、とまで思ってしまいそうだ。

しかし、彼は軍隊での生活を楽しそうに語る。成績表の写真を見せてくれた時「ほら、これが俺の成績で、一番良いと思うんだけどね、なぜか、山田がトップでね、ほら、山田のやつ……」と言いながら、無邪気な様子で仲間の成績を探す彼をみて、軍隊と言う厳しい生活の中でも、彼の青春はそこにあったんだと感じた。いつの間にか自分のことを「俺」と呼ぶ小椰さんは昔のことを鮮明に思い出しているようだった。「ほら、山田より良い成績なのにね。上官に聞いたら『山田の方が統率力ある』んだってよ」と笑った。この山田さんと小椰さんは、戦後再会し、今も交流があるそうだ。

私は「軍隊での生活は辛くなかったのだろうか」というようなことばかり考えていた。しかし、彼の話を聞くと違うようだった。

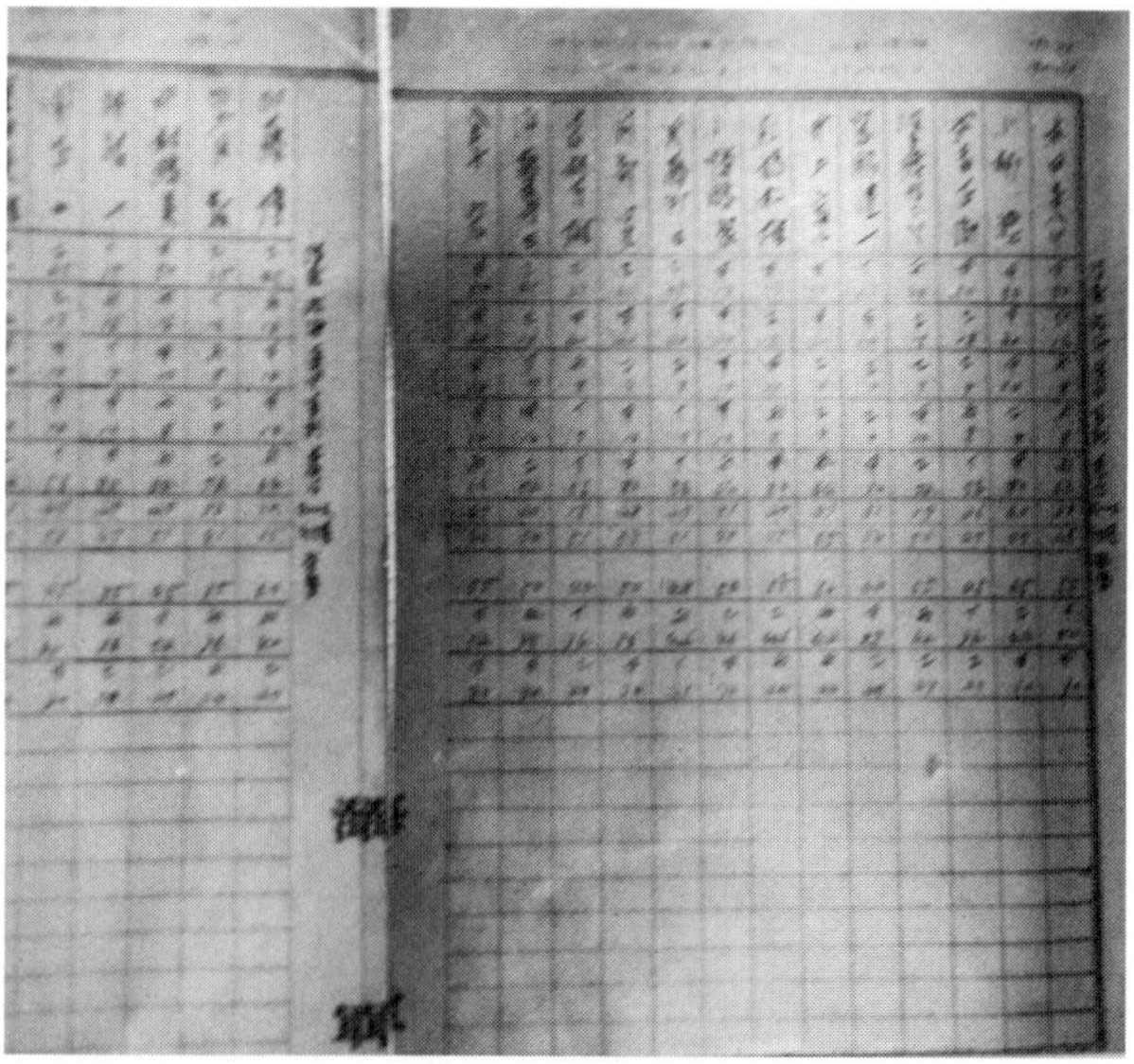

海軍時代の成績表。小椰さんと山田さんの成績も載っている。

「海軍時代は本当に勉強したんだよ。小学生の時は、貢物を持っていけば、成績がついたし、不公平だったよ。例えば、(当時貴重品だった) バナナの房を持ってきてた人もいたな。中学では勤労動員でろくに勉強できない。軍隊では、自分の頑張り時だと思ったよね」

予科練時代の小椰さん（上段中央）。

脱落者もいる中、頑張れば頑張るほど認められる。彼には、軍隊生活という厳しい生活を精一杯生き抜いた、勉学に励んだという自負があるようだ。

でも、上官からの暴力や自由のない生活など嫌なこともあったはずだ。私は、軍隊という組織を否定する言葉を密かに期待していたのかもしれない。しかし、最後までその言葉は出てこなかった。

「軍隊はまっすぐに育ててくれる。軍隊に入って良かったよ。上官にも感謝している」

何の迷いもなしに、そう言い切られてしまった。

卒業とともに出発

昭和一九（一九四四）年三月、春。一年余りで軍隊の訓練を終えると、卒業を迎えた。制服を着て、行進し、門から出る。在校生がそれを見送る。そんな形式の卒業式を終え、あとは宿舎に戻り目的地を言い渡されるのを待つ。そして、今まで訓練をともにしてきた同期とは離ればなれになる。

小椰さんは、ソ連を警戒して作られた基地、青森・大湊へ向かうことになった。そこから鹿児島に向け出発し、特攻隊として飛行機に乗る可能性もある。

青森に向かう電車の乗換えで東京・上野に立ち寄ると、空襲の影響でその日は青森に行けないことがわかる。同行の仲間も連れて、目黒の実家に泊まることにした。父親は

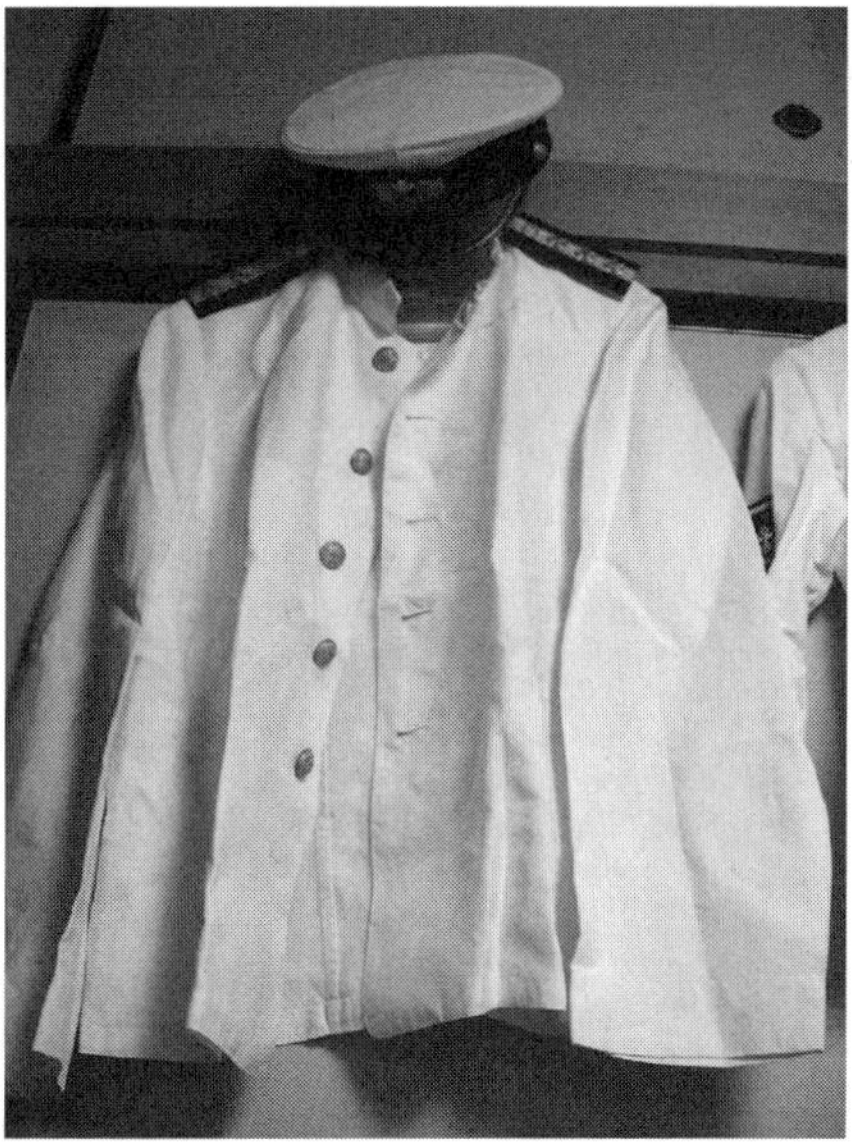

当時の海軍の制服。

その日いなかったそうだが、母親に卒業し青森に行くことを告げた。

また、女学生だった妹に会いに学校に行ってみたそうだ。

「妹は学徒動員で働きに出ていて、結局会えなかったんだよね。その時、女学生が自分たちを見て、キャー、キャー言っていたな」

海軍の制服は、英国風でどことなく格好良さが漂う。実物を見せてもらったが、真っ白なその制服は、自分の戦争に対するドロドロとしたイメージとは裏腹に爽やかささえも感じられた。

「『スマートで目先が利いて几帳面、負けじ魂これぞネイビー（海軍）』っていったものでね、海軍は、エリートで格好良いというイメージがあったんだろうね」

一五歳から一七歳の終戦まで専《もっぱ》ら軍隊に縛り付けられ、外部との関わりが本当になかったという。先のようなエピソードもつかの間、翌日には青森へ向かった。

三月の青森に着くと、春だというのに、雪が高く積もっていたそうだ。

青森・大湊へ

青森・大湊に配属になると、いよいよ実戦機で訓練を行う。練習機は布張りなのに対し、実戦機は鉄製なのだそうだ。また、そこでは基本的に陸上と水上の部隊に別れて訓練を行っていたという。小柳さんは、水上部隊で実際に零式水上偵察機といって、湾内に敵の潜水艦が入っていないかチェックする飛行機の操縦をしていたという。

ご飯は、予科練時代からそうだが一日四食だったそうだ。「欲しがりません、勝つまでは」の精神で徹底して倹約していた一般民衆の立場から考えると、考えられないほど贅沢だったといえる。

さらに、こんなこともあったという。

「肉や魚はもう食べ飽きてね、ナマコを取って食べたんだけど、あれはおいしかったね、コリコリして」

世の中では食料が枯渇しているというのに、一方で肉や魚が食べ飽きるほどとは驚いたものだ。ナマコをとって食べたというのにも同じぐらい驚いたが……。

「旧制中学の時に、実際、寺で修行をしたんだけどもね、三時に起床して掃除して……というふうに一日が始まる。そういうのは辛くなかったんだけどね、食事は一日二回、しかも、重湯でね。それは、おなかが減ったもんだけど、それに比べると軍隊の食事は良かったよね」

食事が当時にしては良かった理由として「飛行機に乗る

のは、体力が必要」ということが挙げられるそうだ。「体が一回転したり、飛ぶ時には気圧で顔がガタガタするんだよ」と言って、実際に自分の顔を手で揺れさせ表現してくれた小椥さん。どうやら、飛行機に乗るのは好きだったようだ。

そんな日常生活の話を聞いていると、戦時中なのに何だか幸せな光景が浮かんできた。しかし、その青森の地から、確実に特攻隊で命が飛んでいった。

―特攻隊員になりたい―

青森から特攻隊として飛ぶ飛行機は、小椥さんのいた水上部隊よりも陸上部隊が多かったそうだ。それでも、水上の方から飛んでいった飛行機も確かにあったそうだ。小椥さんも、水上の飛行機に二五〇キロ爆弾を搭載しているところを見たそうだ。

それらの飛行機はいったん鹿児島の鹿屋《かのや》基地に向かい、そこから特攻隊としてまた飛び立つ。

「一人ひとりの位牌があるんだけど、それらには、みんなそれぞれその時点の階級より二階級特進した階級が記されていて、裏を向いてるんだ。『ピーピッ』と無線が切れたら、特攻で亡くなった合図。それが聞こえると、位牌を表にして、（その人が）亡くなったとされる」

あまりに事務的な作業ではないか。本当に死ぬのが当たり前なのだと思った。いつか、自分の位牌が表になった時に自分は死んでいる。そんなことを思いながら生きていく場所だったのだろうか。

「その時はね、一つ上がるだけでも、ちょっと嬉しかったりしてね。階級なんてどうでもいいのにね」

そう言った小椥さんの顔は、微笑んでいたが少し空しそうだった。

毎日のように午前二時に整列させられて、特攻に行く人が三、四名指名される。それもまた、命を扱うというのにあまりに事務的な作業のような気がした。毎日こんなことが続くと人間の感覚は鈍ってくるのではないか。

小椥さんは、そこでの死を待つ生活を「まるで、死刑囚のような生活だった」ともふり返った。そんな中、なかなか特攻隊に選ばれない少年の彼は驚くべき行動に出た。

「なぜ自分を行かせてくれないのですか」

飛行長に申し出た。まるで、映画のセリフのようだ。

「出す時がきたら出す！」

そう一喝されて終わった。

「後で、飛行長に聞いたら、操縦が安定していて、うまかったから後輩の指導をしてほしかった、とか何とか言ってたよ」

小椰さんは平然と言ってのけたが、「なぜ、彼はそんなに死に急いだのか」、「どうしてそんな行動に出たのか」。不思議でならなかった。わざわざ自ら死を請願しなくてもいいのに、と自分は思ってしまう。少しは「死にたくない」とか「死ぬのが怖い」という気持ちはなかったのだろうか。

「死ぬことが怖いってのはなかった。一日でも長く生きたいと思う者もあったそうだが、自分は一日でも早く死にたいと思ったね」

私は理解に苦しんだ。でも、彼の話を聞く限りで自分はこう考えた。彼にとって「特攻として命を散らす」ことが、純粋に使命であり、これまでの訓練も最終的に行き着く先はその目標のためだったのかもしれない。実質「生きる」ことが目標ではなく、「死ぬ」ことが目標だった彼にとって、その目標を達成するために青森にやってきたのに、目標を果たせない現状に焦りが生じた。そして、そのような行動に出たのではないか。

事実、「国のために、死ぬのも粋に感じていた」と彼は語った。そうだとしたら、なぜそのような目標を抱くに至ったのか。彼に、小学校の教育は軍事的なものだったかを尋ねた時に、その答えが見出せたような気がする。

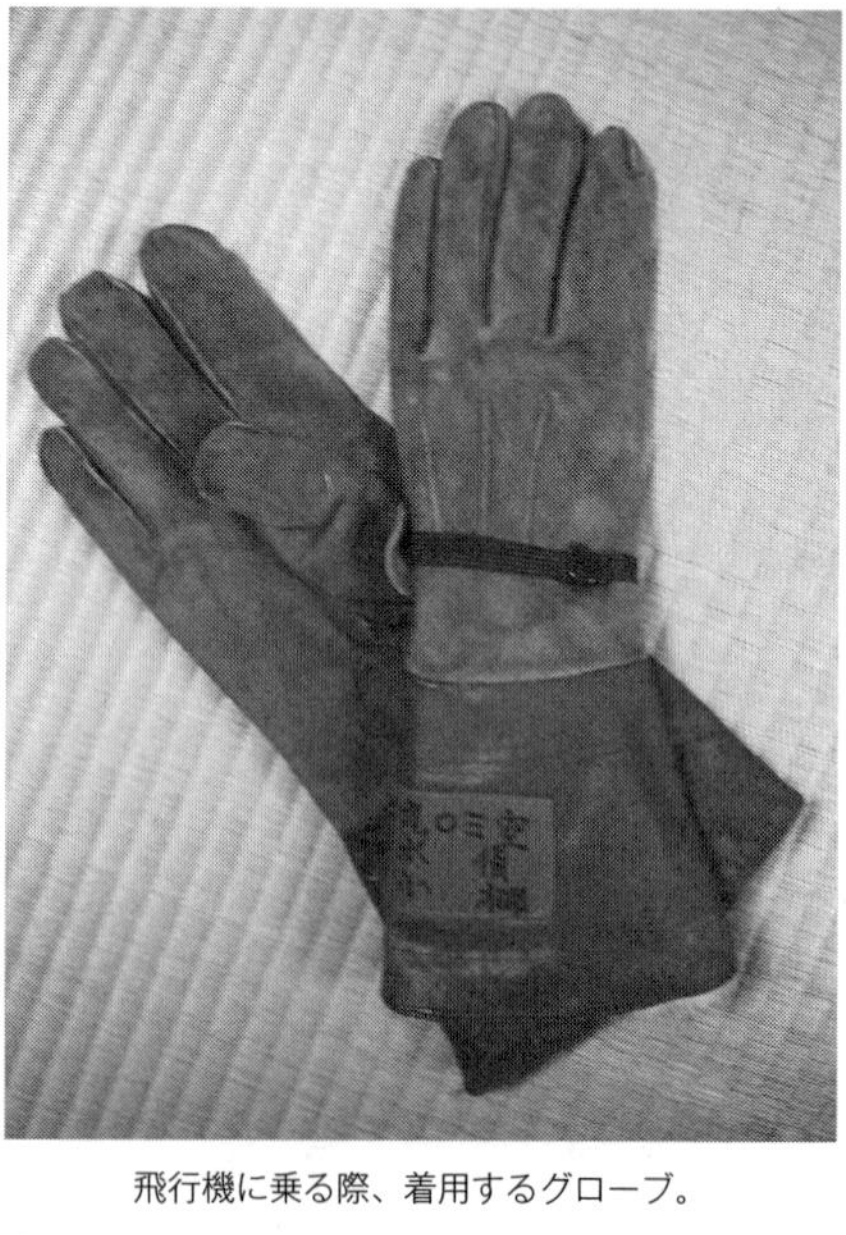

飛行機に乗る際、着用するグローブ。

「そりゃあ、もう軍事一色だよね、まさに。小学校から、そういう教育を受けて、一五歳で軍隊に入るでしょう。それから、徹底的に精神も鍛えられて、とにかく『前進、また前進』だよ。絶対に後ろは振り向かなかったね」

でも、そんなことといっても辛いとか悲しいなどの感情は生まれなかったのか。

「感情はなし。私情は挟みこまないんだよ。学徒出陣（の学生）は違ったかもよ。実際に軍隊に入る前に深い友情があったり、恋愛をして、妻がいたり。でも、自分たちはそういうものが一切なかったからね。軍隊一色だったからね。思いが違ったよ」

軍隊の生活の中で、彼には何か他の感情が入り込む隙間がなかったそうだ。

彼は予科練習生時代、もらっていた給与を家族に仕送りしていたという。

「外出して、お金を使う人もいたけど、自分は外出しなかったね。外出しても何もないからね、青森なんて」

家族にきちんと仕送りをしていた彼は、家族への気持ちはずっと大事にしていたのだと思った。

「五人兄妹だからね」

それぞれ疎開したり、工場で働いていたりしたそうだ。手紙を送ることもできたが、軍隊のことについては一切触れることができず、書いたとしても墨で消された。寒い青森の地から手紙を送るという行為で、ただ家族に「元気だ」と伝えることはできたという。

終戦

八月一五日。小椰さんは、特攻には行かずに終戦を迎える。

いつものように召集がかかり、上官に「天皇陛下の放送だ」と言われ玉音放送を聞いた。

「終戦は実感が湧かなかったよ。玉音放送を聞いてもピンとこなくてね。部隊長が『無条件降伏』と言った時、『何だそれ？』ってね」

玉音放送を聞いても納得がいかないようだった。それでは、いつ小椰さんは終戦を実感したのだろうか。それは、八月から一〇月の約二カ月間、青森に残り残務処理を行っていた時に感じたという。

「（残務処理で、飛行機の）プロペラを外した時。あの時は、うん、何とも、悲しかったのかな。ＧＨＱの指令で行ったわけだけども、『ちくしょう』って……」

もう飛べない自分の飛行機を見て、訓練と飛行機とともにあった彼の戦争は終わったのかもしれない。

終戦から約二カ月後の一〇月、家族に対面する嬉しさよりも、敗残兵としての「情けない気持ち」で実家に戻ることとなったという。

東京へ

東京の小椰さんの実家。玄関先の蜘蛛がスーッと降りてきたのを見て、小椰さんの母親は「もしかして……」と思ったそうだ。母親の勘は当たった。ちょうどその日に、小棚さんが帰ってきたという。

久しぶりの再会の時、何と言ったのだろうか。「おかえり」、「ただいま」という言葉を交わしたそうだ。その当たり前の挨拶を交わせることが、どんなに嬉しいことなのか。終戦直後は、どの家族にとっても、この平凡なやりとりが特別なものだったに違いない。

それから、母親に現在に至る東京の惨状を聞いた。

「東京がこんな状態とは知らなかった」

さらに、東京に広がる見慣れない焼け野原が、荒涼とした風景がそれを物語っていただろう。食料などの生活物資が不足していた東京に比べて、主に食料物資が豊富だった青森の基地にいた小棚さん。「こんなことなら、（青森の基地から）いくらか持ち帰ってくるんだった」と後悔したという。

本当の理由

先に書いたように、中学校で彼に軍隊入りを薦めた先生がいた。その先生は彼が信頼していた先生だったという。そこで、彼は先生に報告しようと、中学校に行って先生の居場所を教えてもらった。

東京に帰ってきて間もない一七歳の秋、先生の自宅を訪問した。「戻りました」と報告したところ、先生が急に蜘蛛のように這いつくばったそうだ。そして「すまなかった！」と頭を下げた。なぜ、先生が彼に謝るのか。

先生が中学生の彼に、兵隊になるように薦めたのは学校の存続のためだったそうだ。学校から一定数の兵隊を出さないといけなかったらしい。

「気にする必要はないですよ。そんなこともういいですよ」

彼は、先生にそう声をかけて別れた。それ以来、先生と会ったことはないそうだ。

「実際、軍隊生活が終わった後のことで、まぁ、今さらって感じだよね」

中学の頃の「お坊さんになりたい」という彼の夢は、政府の方針によって潰されたといっても過言ではない。「時代の流れ」の中で、少年の夢は儚《はかな》くも散っていったのだ。

その後

しばらく経ったある日、「これを読みたまえ」と旧制高等学校（今の大学に相当）に通っていた義兄に西田幾多郎の書「善の研究」を薦められた。それは、旧制高等学校の必読書であったそうだが、小椰さんはまったく読めなかったそうだ。

「こんなのわかるわけないじゃないか」と思いながらも、勉強しなくてはと思ったそうだ。彼は、軍隊を離れることで初めて外の世界を知る。軍隊で教育を受け、働いている時は、軍事機密の問題もあり彼は隔離されていたといってよい。隔離されたその状況は、彼を他の思想に触れさせない。とにかく、終戦で軍隊から離れてみて「軍隊のための勉強しかしていない、ほかのことはできない」と気づくのだ。

それをきっかけに小椰さんは、中央大学商学部に入ることになる。馬に乗って登校する先生がいたり、教室が闇市化したり、戦後の大学は多少の混乱があったものの無事大学を卒業。商学部では会計の知識を身につけた。その後、いくつか会社に勤めたが、当時の社会は何せ不安定だったそうだ。安定した職業を求め、自衛隊の契約担当官になる。主に自衛隊の食糧の調達や身の回りの生活物資を取り扱う経理関係の仕事を行った。

そんなある日、航空自衛隊の募集が行われることを知った。そこで小椰さんは迷わず志願しようと思ったそうだ。

「航空自衛隊に行き、それから民間の航空会社に勤め、パイロットとして世界を回りたいと思ったんだ」

家の中に飛行機の写真や模型が飾ってあることからもわかるように、やはり飛行機は好きなようだ。しかし、そのことを母親に告げると反対にあったそうだ。その頃、朝鮮戦争当時ということもあって、心配した母親に三日三晩泣かれたという。

「本当は予科練入りに反対したかったけど、あの時は言えなかったんだよ」

戦時中はそんなことを言える状態ではなかったのだろう。

ご自宅に飾ってある飛行機の写真。戦後、青森にて。

彼は、母親にそう打ち明けられて、自分の航空自衛隊への夢は諦めるべきだと思った。

ただ「あぁ、そう」と言って送り出した戦時中の彼の母親の気持ちを思うと、何だかやりきれない。これも「時代の流れ」の変化で、言えなかったこと、言えたこと、なのだろうか。

それから、中央大学の経理研究所の研究員や、中央大学の経理関係の仕事に携わるようになったそうだ。三カ月で七カ国もの国の大学を訪問して会計基準の調査、また中央大学の多摩キャンパスの移転にも関わったそうだ。

「多摩キャンパスの体育館で、入学式や卒業式をやるでしょう。あんな大きな体育館は、なかなかないんだよ」

海軍に入ると決めた時、「入った以上はベストを尽くす」と、必死だったそうだ。

その精神は、その後の人生にも少なからず影響しているように思える。彼は、目まぐるしく変わる時代に、それぞれ自分の位置でベストを尽くしてきたのだろうと思った。過去の話をする時、どこか誇り高く感じるのはそのためだろうか。

親

戦後、彼は戦死した同期の墓にお参りに行ったという。また、同期の遺族にどういう状態で亡くなったのか、ということを知ってもらうべきではないかと思い立った。自分ひとりでは手が回らないので、同期会を作りその活動を行った。

その活動をしていく中で、遺族からの印象的な手紙があったそうだ。

「その親からの手紙にはね、息子の最期が知れて良かった、とあって。それから、ポタポタと涙とわかる跡があったんだよね。その時は、やってよかったなぁと。親の気持ちが伝わってきたよ」

このような手紙が活動の原動力となったそうだ。そして、昭和四五（一九六五）年五月、遺族を招いて海軍式の慰霊祭を行うまでに至った。

先に書いたように、小梛さん自身も戦後、本当は軍隊に入る時は反対したかったという親の気持ちを直に知ることとなった。

軍部が若い青年に軍隊に忠実になるように教育し、人材を育てるのは、軍部にとっては大変有用だったのかもしれない。「自ら、死にに行きたいです」と心から思うような人材を育て、彼らを特攻隊として起用したような時代だった。自分もこの時代に生きていたらそうなるだろうし、彼らはこうするしか他なかったと思うけれども、やはり息子に先立たれた親の気持ちは、いつの時代もそうだが、やりきれないのだと思う。

これから

小椰さんは実際に戦地に赴くことはなかったが、戦争についてどう思うか聞いてみた。

「戦争はやるべきではない。どちらも損するからね。国防としての軍隊はありかもしれないが、戦争はやってはいけない。悲劇だけが残る。平和がいい」

それでは、太平洋戦争のあった時代を生きてきたわけだが、そのことについてどう思うのだろうか。「どうも思わない。八〇年間生きてきていろんな時代があったけど、あの時はそういう時代だった」と言う。

戦争はやるべきではないという小椰さん。これから、平和を守っていくためにできることは何だと思うのか、聞いてみた。

「争わないこと。人と話をする時、争うようなことを言わない。例えば、あれが駄目だ、これが駄目だとばかり言うのではなくて、ここが良かったね、と言うとか。あと、自分がやってほしくないことは、相手にもやらない」

すごくシンプルな返答が返ってきた。これなら、私も、誰しもが普段から心がけられる。

取材を終えて

小椰さんの横の椅子に座るトイプードルに時々癒されながら、戦争の話を聞いた。彼の口から出てくる言葉は非常に淡々としていて、過去の自分を冷静に振り返っていらっ

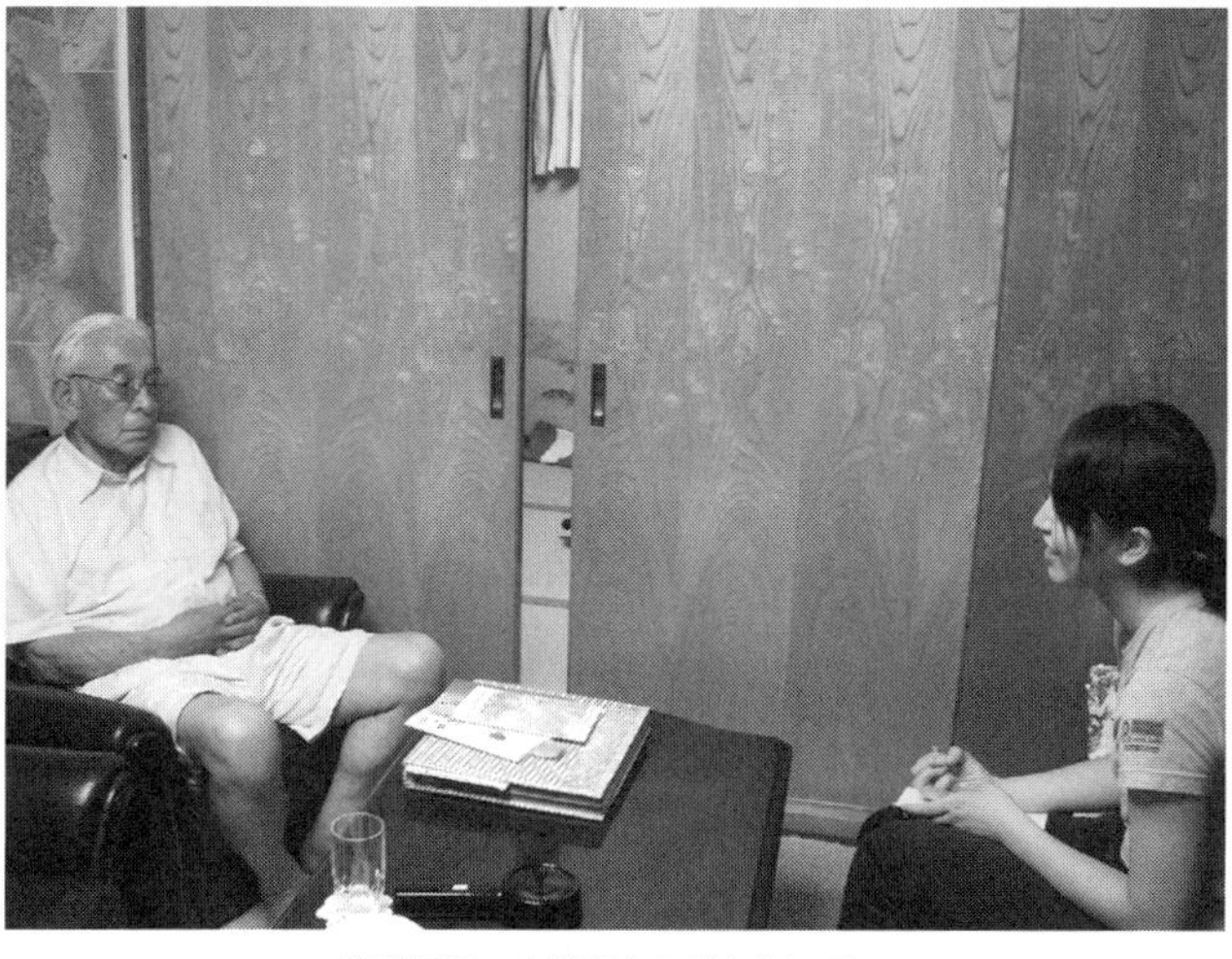

取材風景。小椰さんのご自宅にて。

しゃった。海軍の軍人だった彼の話だから、やはり「死」の話が出てくる。その「死」を望んだ少年が、今こうしてトイプードルを飼い、剣道をたしなみながら生活をしているのを見ると、平和になったのだろうなとしみじみと感じた。

彼の話の中に、「時代の流れ」という言葉が幾度か出てきた。特に「お坊さんになりたい」という少年の頃の夢が、戦争へと向かう時流にのみこまれてしまった事実の意味は大きい。

悲劇へと向かう「流れ」は、どこからともなくやってくるものなのだろうか。「流れ」の中で必死に生きるしかない私たちにとって、それは見えにくいものだと思う。しかし、一歩引いた目でそれを見られるように、そして、私も戦争は二度と起こしたくないと思うから、そういう「流れ」には敏感に反応できるようになりたいと思った。そのために、まず、歴史を勉強して、いろいろな国の状況を知る努力をしていきたい。

また、平和を守るためにはどうしたらよいかを聞いた時、小栁さんは本当に些細なことについて言及してくださった。「相手と争いになるような言い方をしない」、「やられたくないことはやらない」。それらは生きていく上で大切なことであるし、私は「時代の流れ」という大きなものが戦争を遂行するのであれば何もできないと感じてしまうが、彼の言及したことなら何とかやれそうな気がする。

軍隊教育の中には良い面もあったという小栁さん。私たちは、学校の部活動や行事を行う中で、同じ思いを共有する仲間ができる。彼にとって軍隊は、私たちの青春の中のそれと同じ意味合いを持つものであると感じた。私たちのそれとは比べものにならないくらい、「死」を目前として一緒に厳しい訓練に耐え育んだ友情は深いのだと思う。だから、彼から軍隊生活について「良かった」という言葉が出てくるのではないか。

「軍隊生活のことは一生忘れない」

彼の言葉に力がこもった。今でも、同期で集まる時は軍隊時代の生活について話をすることが多いそうだ。

その後の人生についていろいろなエピソードをお聞きしたが、あの時代に「死」というものに向き合ったからこその強さが小栁さんにはあると感じた。でも、今回話をされた時は、大変穏やかで、私にも細やかな気遣いをしてくださった。

外に出ると、昼と違って涼しく爽やかな風が吹いていた。帰りはバスに乗って、目黒駅から帰ることにした。バスからは、犬を連れて散歩する人、お祭りの様子などが目に入った。お祭り会場の中心には、櫓《やぐら》があり、ピンクのちょうちんや、浴衣で踊る人たちが見えた。いつまでも、この幸せな風景を守っていかなくてはならないと、心から思った。

最後に

取材中、「申し訳ない気持ちがある」と何度かおっしゃっていた。若い頃、ともに訓練をした仲間と同じように死ぬはずだった自分が生き残っているのが、申し訳ない、と。終戦から半世紀たった今でも、その気持ちが消える様子はない。

「心に秘めておきたい思い。だから、あまり語りたくはない」

そんな思いや体験を、「中央大学の後輩」という細いつながりだけだったにもかかわらず、丁寧にお話してくださった。

小椰さん。本当にありがとうございました。

取材者　**内山日花李**　▼法学部二年

×

証言者　**泉　五郎**　▼海軍兵学校卒業、昭和二七（一九五二）年中央大学法学部卒業（取材時、八四歳）

軍人として生きた頃

――学生である前に、若者である前に

証言者の経歴

昭和一五年…海軍兵学校入学。

昭和一八年…同学校卒業。

昭和二四年…中央大学法学部入学。

昭和二七年…同大学卒業。

取材日

平成一九（二〇〇七）年六月七日、同月三〇日、七月三一日

プロローグ

泉五郎さんは、中央大学生になる前に軍人として生きることを選んだ先輩である。昭和二四（一九四九）年に中央大学法学部に入学しているが、彼はその九年前の昭和一五年、海軍兵学校に入学している。つまり、海軍軍人として戦争を経験し、終戦後中央大学に入学したという経歴を持っている。学徒出陣を経験した先輩とは全く違うバックグラウンドの持ち主であることに興味を持ち、私は泉さんの取材を開始した。

取材は、あるホームページを見つけたことから始まった。取材相手を見つけるため、思いつく単語を入力してインターネット検索をしていたところ、たまたま引っかかったホームページだった。その名も「なにわ会」。ホームページのトップには「なにわ会は海軍兵学校七二期、海軍機関学校五三期、海軍経理学校三三期の合同クラス会です」と書かれていた。そのまま下へスクロールしていくと、ブログや掲示板まで見られるようになっており、しかもかなりまめに更新されているようだった。

さらにスクロールしていくと、「名簿」というバナーがあることに気づいた。バナーは兵学校、機関学校、経理学校ごとに分かれており、さらに「生存者」、「戦没者」、「復員後物故者」に分かれていた。取材相手につながる具体的な情報が得られるかもしれないと思った私は、兵学校の「生存者」という項目をクリックした。

出てきたのは総勢一五九名の生存者名が記載された名簿だった。記録は、平成一九（二〇〇七）年二月三日のものだった。名簿には、氏名、出身校、大学、学部、自衛隊、死亡年月日の順で項目分けされた欄がある。「出身校」には卒業した中学、「大学」と「学部」にはそれぞれ出身の大学・学部が載っていた。「自衛隊」という欄は、戦後、海上自衛隊や陸上自衛隊に入隊した場合、「海自」、「陸自」と記載され、「死亡年月日」は平成一九年二月以降になくなった方の死亡年月日が記載されている。

私は、「大学」という欄を注視して名簿を一人ずつ調べた。中央大学出身の方がいるかもしれないと思ったからだ。期待を膨らませながら下へ下へと見ていくと、「中大」という文字が顔を覗かせ、思わず「おっ」と声が出た。そして、「中大」と書かれたすぐ横にあったのが、「泉五郎」という名前だった。

その時の私は、海軍兵学校についての知識をほとんど持っていなかった。兵学校というぐらいだから、軍人を育成する学校なのだろうと予想はできたが、それ以外のことは何一つわからなかった。しかし、軍人として、そして学生として、二つの経験を積んでいる彼の人生に強く興味を引かれた。そもそも私は軍人というと、近づき難くて、強い権力を保持しているイメージを持っていた。だから、私たちと同じように大学で勉強していたこと自体、意外に思えた。「この人に会ってみたい」。すぐにそう思い、私は泉さんを取材することに決めた。

「なにわ会」に行った女子大生

取材相手に泉さんを選んだ私は、彼とコンタクトを取る方法を考えた。彼が所属する「なにわ会」を通じて情報を得られないだろうか。そう思って、もう一度「なにわ会」のホームページを見返してみると、数日後に慰霊祭と懇親会が行われることがわかった。ここに行けば泉さんに会えるかもしれない。迷わずホームページの管理者に、泉さんを取材するため慰霊祭と懇親会に参加させて欲しいという主旨のメールを送った。

返事は翌日すぐに来た。メールによれば、慰霊祭と懇親会の参加許可を頂けることになり、しかも後日管理人の方の仲介で、泉さんと電話で連絡を取れることになった。

慰霊祭の三日前。大学から帰ってきてからすぐ、私は泉さんに連絡を取った。散らかった部屋で一人、床に正座をした状態で、受話器を握り締めていた。電話のベルが鳴る間、緊張は最高潮に達したと思う。「はい、もしもし」。聞こえてきた声はあまりにはっきりとした声だったので、動揺した私は応答する声が裏返った。それから一気に早口で、取材の趣旨と、当日は午前中の慰霊祭は授業があるので出られないが、午後の懇親会から参加するので、その時お話を伺いたいということを伝えた。泉さんは快く取材を引き受けてくださったが、その後どんなやりとりをしたのかはよく覚えていない。ひとまず、三日後に泉さんと初めて会えることになった。

泉さんに会う前に、私は海軍兵学校について本やインターネットを使い、簡単に勉強しておいた。海軍兵学校とは、大日本帝国海軍の海軍将校を養成するために設立された教育機関だ。海軍機関科士官を養成する海軍機関学校、海軍主計科要員を養成する海軍経理学校とともに、海軍三大教育機関の一つである。

兵学校には一六歳から一九歳の少年たちが入学し、海軍士官を目指し原則四年の訓練を受ける。卒業後海軍少尉候補生に任命され、さらに訓練を経て海軍少尉となる。当時、

海軍兵学校時代の泉さん。

海軍兵学校は東京帝国大学に匹敵するエリート校であった。

兵学校について調べていくと、私はどうやらすごい経歴の持ち主に会おうとしているということが、だんだんわかってきた。その上、取材をする日は同じ経歴を持った方々が何人も集まっているのだ。一体私がこれから出会うのはどんな人たちなのか。大体、普通の女子大生だったら、一人きりで元軍人さんの集まりに乗り込もうなんて思わないかもしれない。自分がいかに恐いもの知らずなのかを、この時初めて自覚した。楽しみとも不安ともつかない複雑な気持ちを抱きながら、やがて私は取材初日を迎えた。

慰霊祭と懇親会が行われることになっていた六月七日は、夏をすぐそこに感じさせるような蒸し暑い日だった。午前中は授業を受けていたが、午後の取材が気になって先生の話にあまり集中できなかった。授業を終えるとすぐに、大学から電車を乗り継ぎ、懇親会が行われる会場のある市ヶ谷へと急いだ。

市ヶ谷の駅を降りると、正面に見えたのは靖国通り。会場のホテルはその通り沿いにあった。ホテルと駅は目と鼻の先だったので、すぐに見つかった。ホテルを通り過ぎてしばらく行くと靖国神社がある。待ち合わせの時間三〇分前に駅に到着していた私は、靖国神社で参拝をして、ホテルへと向かった。

懇親会の会場はホテル内の宴会場だった。宴会場を覗くと、真っ先に大きな軍旗の横断幕が目に飛び込んできた。そして軍旗にたじろぐ間もなく驚いたのは、会場内の平均年齢の高さだった。今まで見たこともない光景を前にすると、なかなか会場内へ入る勇気が出なかった。中へ足を踏み入れる心の準備をしていると、突然声をかけられた。その人こそ、泉さんだった。

泉さんの印象は外見こそ高齢だが、足取りも口調も予想以上にしっかりした方だった。八〇を超えているとは思えない。しわくちゃの顔に鼻筋は外国人のようによく通っていて、若い頃はなかなかのハンサムだったのではないかと思わせた。そんな取りとめもないことを考えながら、会場を案内する泉さんの後ろに私はくっついていった。

私は泉さんの計らいで、宴会場のテーブルに相席させて頂くことになった。同じテーブルには、泉さんの他に五人ほどの男性が座っていて、ほんのり赤い顔で私のことを珍しそうに見ていた。その視線に躊躇《ちゅうちょ》しながらも、この取材の趣旨を泉さんに改めて話した。私は戦争体験者の話を後世にも伝えていきたいということ、そして自分自身も戦争とは何だったのかを改めて考えたいと言うと、泉さんはこんなことを話してくださった。

「歴史はね、とても多面的で、教科書に書いてある記述だけで歴史を理解することはできない。コップを横から見た時、下から見た時、上から見た時の見方って違うでしょ。歴史もいろいろな角度から見れば異なる理解の仕方ができる。だから、私が戦争はこういうものだったと言い切ることは難しいね」

泉さんがこの時言っていたことは、全体の取材を通して繰り返し彼が話してくださったことである。しかし、たとえ今回の取材で戦争の一部分しかわからなかったとしても、構わないと私は思った。なぜなら、今まで私が知っている戦争は、教科書の記述の中にしかなかったからだ。泉さんの人生を通して戦争を見ることで、これまで知らなかった戦争の一面を知りたい。それによって、今回の取材が戦争全体を捉えたことにならなくても、歴史を本当の意味で学べるはずなのだ。

そんな話をしていると、突然合唱が始まった。泉さんによれば、宴もたけなわになると、毎回出席者みんなで歌を歌うのが恒例になっているそうだ。口ずさんでいた歌は、戦時中流行した「軍艦マーチ」や、「広瀬中佐」。周りを見渡すと、誰もが当時を懐かしむように、楽しそうに歌っていた。泉さんは曲目が代わるたび、「この曲、知ってるかい」と私に言っては、楽しそうにどんな曲なのかを教えてくださったが、当然のことながら私の知っている歌は一つもなく、ただ周りを見ながらぽかんとしていた。

その時の私には、彼らがどんな情景を思い浮かべて、どんな気持ちで歌っているのか、よくわからなかったのだ。しかし、一つだけわかったことがあった。

それは、泉さんが会場にいる参加者について説明してくださっていた時のことだ。懇親会は、海軍兵学校七二期、海軍機関学校五三期、海軍経理学校三三期の生存者と、遺族の方が参加する。毎年、慰霊祭で靖国神社へ参拝をした後、この日のように懇親会を開くそうだ。泉さんは、この懇親会に生存者と遺族が出席していることを繰り返し強調していた。私は最初、その意味がわからず、「そうなんですか」と返事するだけだった。

しかし、そんな私を見て泉さんは言った。「あんた、何でこうやって集まるのかわからないでしょ」。言われて、私ははっとした。その時まで、私はこのクラス会を中学や高校の同級生が集まるクラス会と同じように考えていた。しかし、それは大きな間違いだった。同級生の関係と生死を分かち合った仲間の絆。どう考えてもつながりの強さが違う。

そして、この懇親会には生存者だけでなく遺族も出席している。これは泉さんではなく、傍にいた海軍出身の方の話だが、戦後数年間の懇親会と今とでは様子が違ったという。今でこそ、生存者も遺族も笑って話を交わすことができるようになったが、はじめの頃は申し訳なくて話しかけることもできなかったそうだ。

懇親会を終えて、会場を後にする同期生に向かって、泉さんが毎回のようになさっていたことがある。それは敬礼だ。びしっと手を掲げ、敬礼をする姿はなかなか格好良い光景だった。敬礼をする時は、互いにほとんど言葉は交わさない。しかし、私には目と目で何か通じ合っているように思えた。些細《ささい》なことではあるけれども、それは彼らが今も強い絆でつながっている証なのかもしれない。

私も心の中で敬礼をしながら、この日は会場を後にした。

死を恐れない軍人

「いよいよ夏本番」とばかりに、太陽が辺りをぎらぎらと照りつけ始めた六月三〇日。私は千葉へと向かっていた。千葉市在住の泉さんのご自宅で、二度目の取材を行うためだ。私の自宅からは電車で約二時間の道のり。電車の中では、城山三郎の『硫黄島に死す』を読んでいた。普段だったら、あまり手に取らないジャンルの本だが、今回の取材を始めたことで、少しでも当時のことをイメージできたらと思い、読み始めていた。

初めて降り立つ千葉駅は、とても大きく見えた。駅の東口を抜けるとすぐ、何車線もある大きな通りに出る。通りには、百貨店やビルが立ち並ぶ。待ち合わせ場所は、その通りが見える交番の前だった。人も車も多いので、常にきょろきょろしながら泉さんの姿を探していると、通りの向こうでこちらに手を振っている人が見えた。よく見ると、何週間かぶりに会う泉さんだった。

泉さんのご自宅は千葉駅から少し距離があるということだったので、泉さんの車に乗って向かうことになった。泉さんは運転をしながら、千葉市の案内もしてくださった。「ここはね、前は県庁だった場所だよ」とか、「この小学校に私の子どもが通ってたんだ」とか、「千葉は、昔船着場だったんだよ」とかいろいろなことを教えてくださった。泉さんは兵庫の生まれだが、終戦後千葉で酒屋を開いてからは、ずっと千葉住まいなのだそうだ。

千葉大学の側を通って間もなく、泉さんのご自宅に到着した。中に入ると、品のいい家具が並べられ、泉さんは、座り心地のよさそうなソファにゆったりと腰をおろした。「じゃあ、始めようか」。そう泉さんが言った後、インタビューは泉さんの経歴をたどることから始まった。

泉さんは兵庫県の三田中学校を卒業後、海軍兵学校に入学した。三田中学校では五年ぶりの海軍兵学校入学者だったという。彼が兵学校に入学するに至った動機は、家族の影響が大きかった。

「兄が海軍経理学校主計科士官に採用されたの。それに、海軍に入れば学費はいくらもかからないでしょ」

本心としては一般の高等学校に入りたかったが、親孝行をすることを選んだ。また、海軍は当時の軍国少年にとって憧れの的であった。海軍に入ったのは、海軍は格好良いという漠然としたイメージも手伝っていた。

そんな理想とは裏腹に、兵学校での生活は緊張の連続だった。

「えらいとこに来たと思ったね」

苦笑いを浮かべながら、兵学校に入った頃のことを泉さんはそう語った。上級生への敬礼はいかなる時も欠かせない。怠れば殴られる。階段を上る時は常に二段飛ばしで上る。これも怠れば最初からやり直しさせられる。

兵学校の中の生活はひどいものだったが、ひとたび外に出れば待遇は変わる。町を歩けば、誰もが自分に対して頭を下げる。国民皆が自分たちをちやほやしてくれるのだ。軍国主義が国を支配していた時代ではそれが当たり前だった。兵学校に入学後、母校である三田中学校を泉さんが訪問すると、やはり大きな歓迎を受けたそうだ。

そして、入学して一年後の昭和一六(一九四一)年、戦争は始まった。その時泉さんはさほど驚きはしなかったという。「いよいよか」という心境だったそうだ。戦争が始まることは当然とさえ思っていたらしい。彼の当時の冷静さは、日本海軍としての自信だったのだろうか。

泉さんのご自宅にて。

「日本は勝てるのではないかと思っていましたか」

「いいや、思ってなかった。当時の日本の軍事力とアメリカの軍事力は倍以上あった。だから、最初から負けると思っていたよ」

しかし、勝ち目のない戦いであっても、兵学校に入学した以上、生徒は所詮組織の一部である。これから始まる戦争を食い止めることは到底できなかった。

昭和一八（一九四三）年兵学校卒業。彼も海軍将校として戦争に参戦することになる。練習艦隊の実習後、舞鶴の軽巡洋艦への乗組、陸奥湾で五艦隊への合流後に父島への輸送作戦に参加、潜水学校普通科を経て呂五九潜水艦、伊三六九潜水艦に勤務した経験を持つ。とはいっても、彼は終戦まで目立った激戦に遭遇することはなかった。配置や任務がたまたま激戦地を免れたのだ。

しかし、一方で周囲の仲間は命を落としていく。伊三六九潜水艦でのメレヨン島〔注〕輸送作戦では、餓死寸前の日本兵を何人も目の当たりにした。日々隣り合わせの死。日々不利になる戦局。そうした状況の中で、彼は「死」に対してどのように考えていたのか。

答えは「考えなかった」。意外にもあっさりしたものだった。

「戦争に来た以上死ぬことは当然なの。死ぬことなんて考えたってしょうがない」

彼は少しの淀みもなくそう話した。

「最後まで胸を張って、海軍としての誇りを持って格好良くいきたいじゃない。やせ我慢でも何でも、部下の前で自分がうろたえることはできない」

一言、一言、力の込められた言葉だった。

しかし、私は、彼のその答えを聞いた時に疑問を感じた。いくら何でも格好良すぎではないだろうか。普通人間は「死」について動揺したり、悲しんだり、葛藤を抱えたりするのではないか。彼の話す言葉の裏に、もっと感情的なものがあるのではないかと私は疑った。彼に対する疑念を何度もぶつけてみたが、「軍人として」、「上に立つ人間として」という精神論を彼は語るだけであった。

この日の取材を終えてしばらくした後も、その疑問は私の中に残ったままであった。そこで、私はその疑問の答えとして一つの仮説を立てた。そして、自分の考えを踏まえてもう一度泉さんに取材をお願いすることにした。

軍人として生きた頃

私が立てた仮説とは、彼が「泉五郎」である前に一人の「軍人」であったということである。兵学校時代の精神教育によって、彼は「軍人」としての気質を叩き込まれた。その精神教育が、本来持っていた「泉五郎」としての感情をおのずと押し殺していたのかもしれない。事実、彼は当時の自分を〝精神的サイボーグ〟だったと語った。

また、彼自身に若くして「軍人」として生きる覚悟があったのだろう。死をも恐れず、敵に立ち向かわなければならない使命や、国を守る責任を彼は丸ごと全部受け入れていたから、自分の死に対しても、仲間の死に対しても、割り切った考えを持つことができたのではないか。

こうして私は、この仮説が成立するかどうかを確かめるべく、七月三一日、三度目の取材を行った。自分なりに考えた解釈を説明したが、本人を目の前にするとなかなかうまくしゃべれない。しかし、軍人としての生き方から見える戦争を描きたいということだけははっきりと伝えられたと思う。私の拙い説明を聞き終えると、困った顔とも苦笑いともつかない顔を彼は浮かべていた。私の説明能力のなさにあきれてしまったのか、軍人を語ることは彼にとってははばかられることなのかと心配になったが、彼は口を開いてくれた。

「なぜ死を恐れなかったかということだよね」

そう言って彼が話し始めたのは、軍人精神が培われた兵学校生活のことだった。

海軍士官時代に使用していた帽子。

兵学校では、皆が連帯責任を負うことが一つの規範だった。例えば、兵学校の売店でのこと。生徒たちは日用品を売店でそろえる。ただし、海軍の売店は普通の店とは勝手が違っていた。生徒たちは必要なものを持ち帰り、持ち帰ったものを伝票に記入しておく。代金は後払いだった。生徒たちを信頼してこそのシステムだったので、伝票の記入を詐称すれば、直ちに犯人を問いただされる。名乗り出る者がいなければ、総員整列が命じられ、全員が殴られるという罰が下される。

トイレで先輩に呼び出され、連帯責任を取らされることもしばしばあった。兵学校ではトイレで流し忘れがあると、先輩に呼び出されたそうだ。その時代で水洗トイレという時点でも驚きだが、このルールを聞いた時は少し笑ってしまった。この場合も、犯人が名乗り出ない限り、厳罰が仲間全員に振りかかる。

しかし、生徒たちは連帯責任がかかる恐れがある時、複数の生徒たちが「俺がやりました」、「俺がやりました」と名乗り出ることのほうが多かった。自分さえ名乗り出れば仲間に迷惑がかかることはないからだ。その積み重ねで、自分を犠牲にすることによって仲間を助けようとする精神が養われていった。

「軍人の美学」

彼はこの精神をそんな言葉で表現した。特攻隊に志願することも同じような心理が働いているのだろう。死を恐れないことは彼らにとって仲間を救うことでもあったのだ。

生徒たちは連帯責任という厳しい規律を強いられていた一方で、恵まれた待遇を受けることができた。帰省した実家から兵学校へ帰る途中、駅で切符を買おうとしたらタダでいいと言われる。兵学校を卒業し、少尉候補生になると皇居に招かれ、天皇に拝謁した。さらに、海軍大臣による少尉候補生のための祝賀会が盛大に行われ、パーティーの後は、今で言うグリーン車の二等車に乗って帰るのだ。

こうした待遇を受けた彼らは、決して思い上がることはなかった。むしろ、高待遇を受けるにふさわしい人間でなければならないと思うようになる。優遇されることは、同時に軍人として部下を統率し、戦闘に臨む責任を負うことだと考えていたのだ。この軍人教育を象徴する言葉を教えてもらった。

『義務と権利は表裏一体である』という言葉があってね。これは海軍の伝統的な言葉。権利にふさわしい義務を果たせということ」

充実した処遇を受けるのが「権利」なら、命をかけて戦うことが「義務」。「権利」と「義務」という言葉にしてしまえばもっともなことのようにも聞こえるが、処遇と彼らの命が同じ天秤に載せてられてしまっている。彼らには高待遇を受ける「権利」はあっても、普通に生きる「権利」はなかったことが私には信じられなかった。

しかし、実際に彼らの心の中にある「権利」と「義務」の天秤がつりあっていたかといえば必ずしもそうではなかった。彼らはやせ我慢で天秤をつりあわせようとしていた。そんな彼らの心の内がうかがえるエピソードを、泉さんは語ってくれた。

泉さんは、階級が上がり部下を持つようになると、部下が送る手紙を検閲する仕事を勤めることがあった。どんな手紙にも「元気にやっています」と書かれていた。しかし、泉さんは知っていた。その言葉が彼らの本音ではないことを。本当は苦しい。本当はつらい。本当は死ぬことが恐い。でもその気持ちを口に出してしまったら、「義務」を果たせなくなってしまう。

泉さんも心情は彼らと同じだった。だから、いつも言葉の裏にある気持ちを思いながら検閲をしていたという。言葉で言わなくても気持ちが伝わるのは、同じ経験を積んでいるからこそであった。

泉さんたちは恵まれた生活にふさわしい人間にならなければならないと思う一方で、そのために自己を犠牲にしなければならないという厳しい現実を、すべて受け入れることができているわけではなかった。彼らは、軍人になりきれない、若者の純粋さを確かに持っていた。

これまでの話を聞いて、私はもう一度自分の考えに立ち返った。泉さんが死ぬことを恐れなかったのは、彼が「泉五郎」である前に「軍人」であったからだったということは事実だろう。その背景には、兵学校の精神教育によって、軍人の美学や規範を植え付けられていたということも確かである。ここまでは、私が考えてきた通りだった。違っていたのは、当時の彼が必ずしも自分の運命を受け入れて、軍人として生きようとする強い意思を持つことができていたわけではないということだ。実際は、恐怖心や逃避に駆られる気持ちを捨てることはできなかった。軍人として生きることは、二〇歳前後の青年たちが臨むには険しすぎる道だった。同年代の私たちにしてみても、軍人の生き様を自分の人生として受け入れることは容易なことではないだろう。しかし、それは決して口に出すことはなかった。あくまで泉さんは「若者」ではなく、「泉五郎」でもなく、「軍人」であろうとしていたのだ。

彼が「軍人」として生きた頃を知ることによって、私は戦時中でも素直に、ひたむきに生きた若者の姿を見ることができたように思う。過酷な運命を背負いながらも、時には仲間を助けるために自分を犠牲にし、若者なら誰でも抱える弱い部分を見せることなく軍に忠実であろうとした彼ら。私は彼らのそんな姿を想像すると、輝かしさを感じる反面悲しくも感じる。その生き方の極地に特攻隊があるように思えるからだ。

特攻隊員の若者たちは、愛する妻や、故郷にいる家族、そして自分たちの周りで支えてくれる人々との別れが、どんなに悲しく、辛くとも、二度と引き返せない戦地へ飛び立っていった。「夫」や「息子」である前に、「軍人」であることを貫こうとしたのだ。けれども残された人々にとって、それは悲しい生き様でしかないだろう。結局、彼らは軍人として生きることを義務付けられた時、その純粋さとひたむきさゆえに、どんなに軍人としての人生が過酷だったとしても、その人生を歩まざるを得なかった。精神的サイボーグと化した彼らを最後に待っていたのは、「特攻隊として散る」ことだけだったのかもしれない。

戦後と平和

戦争中軍人であり続けた泉さんは、終戦後どのようにして生きたのか。その後の彼の経歴の話に戻りたい。

彼が玉音放送で終戦を知ったのは横須賀で、メレヨン島輸送作戦を終えた伊三六九潜水艦の改修工事中のことだった。その時彼は茫然自失だったという。戦死した仲間に対しては、自分が生き残ったことを申し訳なく思う気持ちはあまりなかった。ただ、自分が信じられないくらいの幸運に恵まれていたのだと考えていた。

終戦後の彼の生活は決して楽なものではなかった。社会の軍人に対する態度は、手のひらを返すように変わってしまったからだ。政府は、軍人に対して公職追放令を発布した。公職追放令とは、連合国軍最高司令官総司令部の指令により、戦争犯罪人、戦争関係者が政治家、官僚、国家公務員、地方公務員などの公職に就くことを禁止した法令である。もちろん軍人も、この法令の対象になった。また、軍関係者の国立大学への転入は入学者の一割に制限された。

泉さんは、終戦後故郷の兵庫へ帰り、兄弟が営むスポーツ店を手伝った。その頃現在の奥さんに出会い、結婚。夫婦の生計を立てなければならなくなったが、地元では働き口が見つからない。まして、元軍人とあってはたいした職業にも就けない。

そこで、彼は学歴を得るために大学へ入ることに決めた。いったん関西学院大学に入ったが、キリスト教が性に合わず中退し、昭和二四（一九四九）年に中央大学へ入学した。中央大学では法学部に入ったが、六法全書を読むと気がおかしくなるくらい法律も性に合わなかったらしい。実は泉さんは今も現存する研究会である中桜会にも入室していた。しかし、研究室の先輩にお茶汲みを命じられたことに腹を立てて、三日程度で中桜会はやめてしまったらしい。

大学に通いながらも、アルバイトに明け暮れる毎日が続いた。後楽園の警備、サンドウィッチマンなど、あまりに多忙で学校に行く暇がないほどだった。さらにその頃体は直腸癌《がん》に侵されていた。手術後回復したが、闘病と毎日働き詰めの大学生活は相当苦しいものだったに違いない。

大学卒業後は、職を転々とし、酒屋の経営に落ち着いた。三人の子どもにも恵まれた。戦時中軍人として生きた彼は、「夫」として、「学生」として、「店主」として、「父親」として生きて来たのだ。

では、終戦後の人生の中で彼の軍人精神はどうなったのか。終戦後も、彼に残っている軍人精神とは何かと尋ねると、彼は「軍人としての誇り」だと答えた。その証拠に、戦後社会が軍人批判を始めても、決して軍人であることを隠さなかったという。軍人として生きたことで自分を誇れるようになれた。それは当時、彼が死をも恐れず、どんな時も強く、まっすぐな軍人として生きることをずっと目指してきたからだろう。軍人であった時代が過ぎても、その頃の記憶は彼の誇りとして、彼の心の中に残り続けている。

ある時、私は彼に終戦記念日のことについて尋ねたことがある。終戦記念日をいつものように過ごすのかを聞くと、彼はいったん表情を変えた。そしてこう言った。

「私たちにとっては敗戦記念日なんだよ」

それまでは考えたこともなかったが、彼らにとって八月一五日とは、戦争が終わった日であり、戦争に負けた屈辱が蘇る日でもあったのだ。彼が口にした「敗戦記念日」という言葉。それは、軍人としての誇りを彼が今も大切にしている証なのだろう。

終戦後、軍人として生きた時代とは異なる平和な時代になっても、彼は軍人としての誇りを持ち続けて生きてきた。そんな彼が考える平和とは何なのか。彼は本当の平和は、日常の平和から生まれるものだと語った。

「昔はね、どの家も鍵をかけなくったって平気だったし、殺人事件なんてめったに起こらなかった。だけど、今の時代は親が子を殺したり、子が親を殺したり、信じられない事件がたくさん起きているでしょ。こんな社会で戦争のない平和を守るなどあり得ない」

泉さんの言葉は、嘆きにさえ聞こえた。

現代社会では人々の考え方がどんどん多様化し、時には残酷で異常な事態が発生している。こうした状態を放っておけば、社会の秩序が崩れ、戦争が始まっても誰も止められなくなってしまうかもしれない。そばで起こっている事態に対応できなければ、遠くの世界で起きている悲惨な状態に対応することもできないだろう。「日常の平和」という言葉に思わずはっとさせられた。

青春の色

最後に、これまでの取材を振り返りたい。私がこの文章を通して伝えたかったことは、戦争の是非ではなく、一人の人間の人生から見える戦争の姿だった。なぜなら、初めて泉さんに出会った日、彼が言っていたように、今回の取材は戦争全体のほんの一部分に過ぎないからだ。戦争がどのようなものだったかという結論を出すには、より多角的に考える必要がある。だから、その結論はこれから私が今回のような経験を積み重ねながら、時間をかけて考えなくてはならない問題だと思う。

では今回の取材で浮き上がってきた戦争の姿とは何だったのか。それは戦争が若者をより一層輝かせ、同時により一層悲哀なものにするということだ。軍人という生き方は、彼らの純粋さやひたむきさがなければ成立しなかったと私は思う。なぜなら、彼らはその素直さ、そして純粋さゆえに軍への忠誠心を失うことがなかったと考えるからだ。軍人には若者がうってつけだったのかもしれない。彼らが軍人になることで、若者特有の精神がより一層際立つのだ。

しかし、若者だったがゆえに時に悲しい結果を招くこともある。特攻隊という事実がそうであり、その他にも命を落とした若者はたくさんいる。そうした人々のことを思うと、彼らの精神はいいように利用されていた面もあったのではないか、彼らは軍や国のためではなく、彼ら個人の夢や希望に純粋さを傾けるべきだったのではないかと考えてしまう。

当時の若者にとって戦争は青春の断片だったかもしれない。しかし、彼らの青春は本当に単に「青」かったか。彼らが軍人として生きた頃。それは美しくも悲しい微妙な色に染まっていたに違いない。

取材後記

今回の取材で私は非常に苦労した点がある。それは時代を超越して物事を考えることだ。戦争が起きていた当時には、私たちが生きる時代とは異なる考え方や潮流があった。それらを背景として、戦争という歴史的事実がある。しかし、当時のことを完全にリアリティを持って想像することはやはり難しい。「きっとあなたたちには私たちの生きた時代を理解することはできないと思うよ」。これは取材を通して泉さんから繰り返し言われていた言葉である。私はその言葉を否定することはできない。

　しかし、もっと苦労するのはこれから生まれてくる世代だ。なぜなら、戦争を経験した人々がいなくなり、戦争を教えてもらうには戦争のリアリティを持っていない私たちのような世代に聞くしかない。そう思うと、私は戦争体験者に生の声を聞き、そして時代のギャップを感じられただけでも幸運だったというべきだろう。同時に、今度は私たちができるかぎり当時のことを振り返り、感じ取りながら、後世に伝えていかなければならない。

取材終了後の記念写真。

　この先何十年後かに、今の私と同じ大学生がこの文章を読んだら彼らはどんなふうに戦争を感じ取るのだろうか。この文章が、泉さんたちが生きた時代と、未来に生きる大学生たちをつなぐ架け橋になることを祈っている。

　この文章の最後に、当時の若者が過ごした青春を色彩で表現したのは、人々にとって青春は、たとえどんなに時を経たとしても、色鮮やかに蘇る記憶だと思ったからだ。取材時、泉さんに見せて頂いた写真はモノクロだったが、きっと彼の目には、当時の鮮明な情景が映っていただろう。

　最後に、取材にご協力頂いた泉五郎さんをはじめ、泉さんの奥様、海軍兵学校なにわ会の皆様に心より感謝致します。ありがとうございました。

〔注〕　メレヨン島▼現在のウォレアイ環礁。フィリピンの東にあるミクロネシア連邦ヤップ州に属する。

監修者 ▷ 松野良一 （まつの りょういち）

1956年生まれ。中央大学総合政策学部教授。専門はメディア論、ジャーナリズム論。中央大学大学院総合政策研究科博士後期課程修了。博士（総合政策）。2003年4月から中央大学FLPジャーナリズムプログラムを担当。

戦争を生きた先輩たち

平和を生きる大学生が取材し、学んだこと I

二〇一〇年八月一〇日 初版第一刷発行

監修者 ―― 松野良一
発行者 ―― 玉造竹彦
発行所 ―― 中央大学出版部
東京都八王子市東中野七四二－一
〒一九二－〇三九三
電話 〇四二－六七四－二三五一
FAX 〇四二－六七四－二三五四
http://www2.chuo-u.ac.jp/up/
装幀 ―― 松田行正
印刷・製本 ―― 藤原印刷株式会社

ISBN978-4-8057-5224-1